Johanna Danninger

Landluftduft

Montlake Romance

Das Buch

Das niederbayrische Dorf Wammling ist in Aufruhr. Ein Kurhotel mit Golfanlage inmitten der ländlichen Idylle? Das muss verhindert werden! Vor allem Anna stürzt sich in den Kampf gegen das geplante Bauvorhaben, denn dazu soll ausgerechnet der alte Gutshof abgerissen werden, an dem ihr Herz seit Kindheitstagen hängt. Zu allem Überfluss mietet sich auch noch der selbstgerechte Autor Ben Hager in die Ferienwohnung ihres Opas ein und treibt sie mit seiner Arroganz fast in den Wahnsinn. Als Ben sie dann auch noch zwingt, ihn zu Recherchezwecken in die ländlichen Gepflogenheiten einzuweihen, muss Anna langsam erkennen, dass er ihr nicht nur den letzten Nerv raubt, sondern noch etwas ganz anderes ...

Die Autorin

Johanna Danninger, geboren 1985, arbeitet als Krankenschwester und lebt mit ihrem Mann, einem Hund und zwei Katzen, umgeben von Wiesen und Feldern, im schönen Niederbayern.

Schon als Kind dachte sie sich in ihre eigenen Geschichten hinein. Seit sie 2013 den Schritt in das Autorendasein wagte, kann sie sich ein Leben ohne Tastatur und Textprogramm gar nicht mehr vorstellen.

»Landluftduft« ist ihr neunter Roman. Und in ihrem Kopf schwirren noch zahlreiche weitere Ideen, die nur darauf warten, endlich aufgeschrieben zu werden! Mehr über die Autorin finden Sie unter:

https://www.facebook.com/j.danninger.autorin

Johanna Danninger

LANDLUFT-DUFT

Roman

Montlake Romance

Deutsche Erstveröffentlichung bei
Montlake Romance, Amazon Media EU S.à r.l.
5 Rue Plaetis, L-2338, Luxembourg
Mai 2017

Umschlaggestaltung: bürosüd° München, www.buerosued.de
Umschlagmotiv: © Juniors Bildarchiv GmbH / Alamy Stock Photo; © nico99 / Shutterstock; © eClick / Shutterstock; © DenisNata / Shutterstock; © Michal Chmurski / Shutterstock; © gillmar / Shutterstock
Lektorat & Korrektorat: Verlag Lutz Garnies, Haar bei München www.vlg.de

Printed in Germany
By Amazon Distribution GmbH
Amazonstraße 1
04347 Leipzig, Germany

ISBN 978-1-542-04593-3

www.amazon.de/montlakeromance

Kapitel 1

Die Federung knarzte bedenklich, während ich den holprigen Feldweg entlangradelte. Die Kette knarzte nicht minder bedenklich, doch das bedeutete zumindest, dass sie ihren Dienst ordnungsgemäß verrichtete. Solange ich die Gangschaltung nicht anrührte, dürfte das auch so bleiben. Es war zwar nicht immer angenehm, ausschließlich im dritten Gang zu fahren, aber dennoch besser, als mit herunterbaumelnder Kette den Drahtesel zu schieben.

Der Weg führte in einer weiten Kurve zwischen zwei Maisfeldern hindurch. Im Vorbeiradeln betrachtete ich den aufgeplatzten Boden zwischen den Pflanzen. Regnen dürfte es mal wieder. Die gesamte Umgebung lechzte nach Wasser. Die vergangenen zwei Juliwochen waren von einer extremen Hitzewelle geprägt gewesen, die nicht nur Wald und Wiesen zu schaffen machte.

Achtunddreißig Grad mochten toll sein, wenn man den ganzen Tag im Freibad herumlungern konnte, aber für das arbeitende Volk waren solche Temperaturen einfach nur anstrengend. Vor allem, wenn man in dem festen Leinenstoff einer Kellnerinnenuniform steckte, die zum größten Teil auch noch schwarz war. Das Oberteil klebte mir jetzt schon eklig am

Rücken, und das, obwohl ich erst vor zehn Minuten den angenehmen Schatten des Hauses verlassen hatte.

Die geteerte Hauptstraße, in die ich schwungvoll einbog, flimmerte in der schwülen Luft des Spätnachmittags. Nach der Kurve ging es ein wenig bergab, doch sogar der Fahrtwind war schwer und erdrückend, sodass er mir wie eine Ohrfeige ins Gesicht klatschte. Richtig widerlich.

Ich erreichte die ersten Häuser der Gemeinde Wammling. Keine Ahnung, wer sich einst diesen seltsamen Namen ausgedacht hatte. Mein Opa war der festen Überzeugung, der Ursprung läge im Vermächtnis der Dorfmetzgerei, die zu Zeiten Napoleons die weltbesten Wammerl zubereitet habe. (Wammerl ist das bayrische Synonym für gegrillte Schweinebauchscheiben.) Tatsächlich reichte die Geschichte unseres Dorfes bis zur Mitte des sechzehnten Jahrhunderts zurück, die Familienmetzgerei Gruber hatte jedoch erst gegen Ende des Ersten Weltkrieges ihre Zelte hier aufgeschlagen. Opas Geschichte enthielt also einen kleinen Rechenfehler. Allerdings konnte ich nicht abstreiten, dass die Gruber-Wammerl phänomenal schmeckten.

Wammling war ein sehr kleiner Ort. Nahezu winzig. Ein Fliegenschiss auf der Landkarte, den man erst bei fünfhundertfacher Vergrößerung auf *Google Maps* fand. Eingebettet in ein Tal zwischen bewaldeten Hügeln, fernab von Autobahnen und Glasfaserkabeln, konnte man die Ortschaft durchaus als idyllisch bezeichnen.

Hier tickten die Uhren anders. Nicht unbedingt langsamer, aber bei Weitem nicht so laut. Irgendwie angenehmer. Das wusste ich spätestens, seit ich vor Kurzem aus München zurückgekehrt war, wohin mich mein Studium einige Jahre verschlagen hatte. Die Großstadt war eine völlig andere Welt, die mich nie wirklich begeistern konnte. Diese Welt hatte freilich auch Vorzüge – *Starbucks* und U-Bahn zum Beispiel –, doch im Gesamtbild überwogen die Nachteile. Zumindest für mein Empfinden. Ich war schlichtweg nicht dafür geschaffen, in ständiger Hektik durch abgasgeschwängerte Luft zu hetzen und mich abends in einer Vierquadratmeterwohnung einzusperren, um mich von den Strapazen des Tages zu erholen.

Nein, da fühlte ich mich in meinem Heimatdorf doch um einiges wohler. Hier, wo jeder jeden kannte und die größte Sorge der Bevölkerung darin bestand, die Errichtung eines neuen Funksendemastes zu verhindern.

Der Aufruhr dieses kürzlich ausgefochtenen Kampfes legte sich allmählich wieder. Die Bürger Wammlings, mich eingeschlossen, blickten zufrieden zu dem bewaldeten Hügel hinauf, den sie vor der Verschandelung hatten retten können, und genossen den unverfälschten Anblick. Dabei war es nicht darum gegangen, den Fortschritt aufzuhalten, sondern um die Frage, wie viel Fortschritt eigentlich notwendig ist. Waren es drei Balken Handyempfang wert, einen hässlichen Mast über den sonst völlig unberührten Wald ragen zu lassen? Uns jedenfalls nicht. Wir verzichteten gern auf mobiles Internet, denn das eröffnete uns ganz andere Möglichkeiten: Gespräche. In Wammling wurden Behauptungen noch auf altmodische Weise ausdiskutiert. Und zwar am Stammtisch, in stundenlangen Debatten, ohne dass irgendein Schlaumeier die Diskussion per Wikipedia innerhalb von Sekunden beendete.

Verschwitzt und mit dem restlichen Schwung der abfallenden Hauptstraße erreichte ich auch schon den wichtigsten Teil von Wammling. Den sozialen Knotenpunkt der Ortschaft. Nachrichtenzentrale und Informationsquelle in einem, getarnt als unscheinbarer Granitbrunnen auf einem mit kantigen Steinen gepflasterten Platz. In nahezu perfekter Dreiecksformation befanden sich hier der *Gasthof zur Post*, die Metzgerei *Gruber* und die Bäckerei *Müller*. Auch genannt: das Wammlinger Bermudadreieck. Nur dass hier keine Flugzeuge spurlos verschwanden, sondern nahezu jegliche Information praktisch nahtlos aufgesaugt wurde, um innerhalb von Sekundenbruchteilen im gesamten Ortsgebiet wieder aufzutauchen.

Die Müllerin kehrte träge mit einem Reisigbesen vor ihrer Ladentür, als ich über den Dorfplatz knarzte. Das tat sie immer, wenn sie keine Kundschaft hatte. Schließlich könnte sie ja sonst etwas verpassen. Und damit die Leute nicht dachten, sie hätte nichts zu tun, fegte sie eben imaginären Dreck hin und her. In ganz Wammling gab es kein saubereres Pflaster als das von der Müllerin.

Ihre Augen leuchteten bei meinem Erscheinen auf. Dem Schweiß auf ihrer Stirn konnte ich entnehmen, dass sie schon seit einer ganzen Weile in der brütenden Hitze stand und so tat, als kehrte sie. Ganz zu ihrem Leidwesen hatte sich nämlich so ziemlich jeder in kühlere Gefilde zurückgezogen und auf dem Dorfplatz herrschte ansonsten gähnende Leere.

»Servus, Anna!«, rief sie schon von Weitem, sodass ich mich gezwungen sah, kurz bei ihr anzuhalten. »Is dir ned zu warm zum Radlfahrn?«

»Eigentlich ja, aber der Opa is mit dem Auto weg«, antwortete ich.

»Aso, der fährt scho wieder mit'm Auto?« Die Müllerin stützte sich auf den Besenstiel, um sich völlig auf die Neuigkeit konzentrieren zu können. »Geht des scho wieder mit seinem gebrochenen Hax'n?«

»Wär ja schlimm, wenn ned. Er is ja schließlich scho seit zwei Monaten von der Reha zurück.«

»Mei, die Zeit vergeht schnell …« Sie schüttelte den Kopf und musterte mich mit diesem einen Blick, den ich von ihr nur allzu gut kannte. Den legte sie immer dann auf, wenn sie glaubte, hochbrisantes Insiderwissen absorbieren zu können. »Dann wirst du quasi nimmer lang hierbleiben. Hast scho eine neue Arbeit gefunden?«

»Bis jetzt war nichts Gescheites dabei«, antwortete ich und zuckte mit den Schultern. »Ein bissl werd ich also scho noch hierbleiben.«

Mit dieser offensichtlich für die Müllerin viel zu undetaillierten Antwort schob ich mein Fahrrad an ihr vorbei und stellte es in den gusseisernen Radständer vor dem Gasthof zur Post. Ich hatte keine Lust, mit der Müllerin über meine Zukunft zu plaudern. Sie wusste ohnehin genauestens darüber Bescheid. Nämlich, dass ich gar keine Arbeitsstelle finden konnte, da ich ja noch keine einzige Bewerbung geschrieben hatte. Und das wusste sie deshalb so genau, weil in ihre Bäckerei ein Tante-Emma-Laden inklusive Post- und Paketstelle integriert war und sie zudem ein inoffizielles Techtelmechtel mit dem Briefträger Gustl unterhielt. Der Müllerin würde ein Bewerbungsschreiben meinerseits also in keinem Fall entgehen. Nur der Grund für das Ausbleiben dieses Bewerbungsschreibens blieb ihr verborgen. Er hätte die Müllerin jedoch brennend interessiert. Natürlich würde sie niemals direkt danach fragen, schließlich war sie ja nicht neugierig. Vielleicht würde ich ihr dann sogar die Wahrheit sagen. Solange sie es nur mit ihrem lauernden Blick versuchte, machte ich mir allerdings einen kleinen Spaß daraus, sie im Ungewissen zu lassen.

Amüsiert las ich das heutige Tagesangebot auf einer Tafel vor der eichenen Eingangstür zum Gasthof: *Gebackene Schweinelende in Weißbrotkruste an frittierten Kartoffelstiften.*

Die Wirtin hatte sich wieder selbst übertroffen. Seit sie regelmäßig diese Restaurantsendungen im Fernsehen verfolgte, bildete sie sich ein, das alteingesessene Gasthaus zu revolutionieren. Zum Leidwesen ihres Mannes, des Kochs des Hauses, der vermutlich immer noch der Meinung war, Haute Cuisine sei eine französische Käsesorte. Er unterstützte das Streben nach gehobener Küche nur in geringstem Maße. Und zwar kochte er weiterhin nur das, was er kannte, und seine Frau dachte sich dazu dann solche ausgefallenen Bezeichnungen aus, die sie voller Überzeugung auf die Angebotstafel kritzeln konnte. So sah es aber auch wirklich gleich viel exquisiter aus als ein schnödes *Schnitzel mit Pommes*.

Mir waren die Anwandlungen der Wirtin ziemlich egal. Den Gästen auch. Sie tolerierten ihren Eifer und bestellten brav das Tagesgericht, auch wenn sie oft gar nicht verstanden, was sich hinter den illustren Worten verbarg. Im Grunde gingen sie auch kein Risiko ein, denn der Koch bereitete weiterhin seine gediegene Hausmannskost zu, und die Wirtin freute sich, wenn die Gäste im Anschluss die erlesenen Speisen lobten.

Der Flur des alten Gebäudes empfing mich mit wohltuender Kühle. Kein Baustil der Moderne würde jemals eine bessere Klimatisierung zustande bringen als fünfzig Zentimeter dickes Gemäuer und ein Fußboden aus Granitsteinplatten. Von der traditionellen Gemütlichkeit ganz abgesehen, in die man sofort verfiel, sobald man über die von jahrzehntelanger Nutzung buckelig gewordenen Steinplatten schritt. Ich blieb einen Moment stehen und breitete die Arme aus, um mich von der erfrischenden Luft möglichst vollständig umfließen zu lassen. Dabei konnte ich fühlen, wie das hitzige Rot langsam aus meinem Gesicht wich. Weil ich leider nicht ewig hier stehen bleiben konnte, fuhr ich mir mit beiden Händen über meinen hellbraunen Schopf und zwang die aus meinem einfachen Pferdeschwanz entflohenen Strähnen hinter die Ohren, um wenigstens einigermaßen ordentlich auszusehen. Dann betrat ich die Gaststube, aus der bereits aufgeregtes Stimmengewirr durch die alte Holztür klang.

Es entsprang der Wirtin, dem Wirt und dem Metzger Gruber, die an einem der schweren Eichentische saßen und bei meinem Erscheinen schlagartig verstummten. Ihre Mienen zeugten vom Schock infolge eines dramatischen Ereignisses. Dieser

Begriff war in Wammling nicht ganz klar definiert. Ein dramatisches Ereignis konnte hierzulande vieles sein. Angefangen von einem Defekt der Schankanlage bis hin zu einer nicht identifizierten Leiche im Wald. Ich blieb also erst mal entspannt und warf ein unverbindliches »Servus« in die Runde.

»Mei, Anna«, begann die Wirtin sogleich, »hast du des scho gehört?«

Was auch immer »des« war, ich vermutete, dass ich es noch nicht gehört hatte. Die Müllerin anscheinend auch nicht, weil ich sonst längst gewusst hätte, um welches Drama es sich handelte. Was wiederum bedeutete, dass die Neuigkeiten frischer als die Sonntagsweißwürst vom Gruber sein mussten, und die Sonntagsweißwürst waren der Inbegriff der Frische.

»Was is denn passiert?«, fragte ich pflichtbewusst, bevor die Wirtin vor lauter Mitteilungsbedürfnis noch platzte.

Sie warf in völliger Entrüstung eine Strähne ihres blondierten Bobschnitts zurück. »Der Bürgermeister war gerad beim Gruber im Laden. Höchstpersönlich.«

Der Metzger Gruber nickte bestätigend. »Genau.«

Ich lehnte mich an den Tresen. Da der Bürgermeister meines Wissens kein Vegetarier war, konnte sein Besuch in der Metzgerei wohl nicht das eigentliche Problem gewesen sein.

»Und da hat er erzählt, dass er heut im Landratsamt war«, fuhr die Wirtin fort. »Dort haben's ihm an Antrag auf eine Baugenehmigung vorgelegt. Dem Bürgermeister hat's glatt die Schuhe ausgezogen!«

Nun wurde ich richtig hellhörig. Wollte der Betreiber des Mobilfunknetzes in Berufung gehen?

Der Wirt konnte wohl nicht länger mit ansehen, wie seine Frau den Spannungsbogen immer weiter zog. Er ließ die flache Hand auf die Tischplatte krachen und platzte aufgebracht heraus: »Die wollen ein Hotel bauen! Ein Kurhotel! Is des zum Glauben? So a Mordsdrum Anlag mit Golfplatz! Bei uns!«

Ich runzelte die Stirn. Die Sache mit dem Golfplatz machte mich stutzig. Ich wusste ja nicht viel vom Golfspielen, aber brauchte man dazu nicht eine Menge Platz, relativ eben und ohne Bewaldung? Ein entsprechendes Grundstück gab es hier weit und breit nicht.

»Wo genau?«, hakte ich nach.

»Oben, in Lichtenöd«, erklärte die Wirtin erschöpft. »Des gesamte Anwesen soll weggerissen werden.«

»Was?«, rief ich und schlug mir automatisch die Hand vor den Mund. Die Geschichte nahm nun auch für mich dramatische Ausmaße an. Dieser Plan hatte weniger mit der Errichtung eines Hotels, sondern mit dem Abriss des alten Gutshofes zu tun. Ich liebte diesen Ort. Schon als Kind war ich durch die verlassenen Gebäude gestreift und hatte mir erträumt, wie es einst auf dem herrschaftlichen Anwesen wohl ausgesehen hatte.. Es war schon eine Schande, dieses Gehöft völlig verkommen zu lassen. Eine noch größere Schande wäre es jedoch, es einfach abzureißen.

»Der alte Guttersberger war scho immer a Depp«, brummte der Metzger Gruber. »Für den hat's nie was Wichtigeres gegeben als Geld, hat mei Vater g'sagt. Deswegen isser damals ja fort aus Wammling.«

»Aber der lebt doch nimmer«, warf der Wirt ein. »Soweit i weiß, gehört der Lichtenöder Hof jetzt seiner Tochter.«

»Und du meinst, dass die anders is? Die war noch nie in Wammling und auf dem Hof erst recht ned. Verkaufen wollt sie aber a ned, des weiß i vom Bürgermeister. Da hat nämlich mal einer angefragt. Aber scheinbar war die Guttersberger-Tochter auf des Geld ned angewiesen.«

Die Wirtin schüttelte langsam den Kopf. »Und jetzt will's nu mehr Geld verdienen.«

»Oder sie hat's doch verkauft«, überlegte der Metzger Gruber. »Der Antrag is nämlich ned von ihr gestellt worden, sondern von irgendeiner Firma. Der Bürgermeister hat auch ned gewusst, wer da eigentlich dahintersteckt.«

»Is aber auch egal, wer dahintersteckt, oder?«, sagte ich und mischte mich damit wieder ins Gespräch ein. »Es is einfach nur furchtbar.«

»Auf alle Fälle«, bestätigte der Wirt. »Stellt's euch des mal vor – in ganz Wammling würd's vor Preißn wimmeln! Golfspieler nu dazu!«

Der Metzger Gruber schauderte sichtlich.

»Tja, und für den Golfplatz müssten die so ziemlich den ganzen Wald abschlagen, der zum Anwesen g'hört«, merkte ich finster an.

Alle blickten mit betretener Miene zu Boden und ließen in ihrer Vorstellung die möglichen Folgen dieses Bauvorhabens auf sich wirken.

Ich war gedanklich schon ein kleines Stück weiter. Bis jetzt handelte es sich noch um einen Bauantrag, der auf Genehmigung wartete. Solch ein großes Projekt war nicht einfach so durchzusetzen. Vor allem, wenn es umfangreiche Eingriffe ins Landschaftsbild beinhaltete. Auf den Antrag würden noch viele Prüfungen zukommen, und eines wusste ich jetzt schon mit absoluter Gewissheit: Ich würde alles dafür tun, dass der Antrag keine einzige dieser Prüfungen bestand.

***

Am nächsten Morgen schritt ich pflichtbewusst über den Hof meines Opas in Richtung Stall. Der Himmel zeigte sich klar und wolkenlos. Es würde nicht lange dauern, bis sich die gnadenlose Sommerhitze wieder über das Land legte.

Das Anwesen war eigentlich nicht groß genug, um als Hof bezeichnet zu werden. Im bayrischen Volksmund nannte man so etwas »Sacherl«. Ein kleines landwirtschaftliches Anwesen, bestehend aus Wohnhaus, Scheune und Stall. In diesem Fall zu drei Seiten angeordnet, mit offenem Blick auf Wiesen und Felder, einer gewaltigen Kastanie in der Mitte des gepflasterten Innenhofs und einem überdachten Freisitz neben der Haustür, auf dem es sich aushalten ließ.

Ein Wohntraum in Alleinlage. So würde es wohl auf dem Immobilienmarkt angepriesen werden. Und das war es auch. Obwohl bereits im achtzehnten Jahrhundert erbaut, zeigten sich die Gebäude gepflegt und gut in Schuss. Man konnte auf den ersten Blick sehen, dass jede einzelne Generation hier stets dem Verfall entgegengewirkt hatte.

Die Fassade des Wohngebäudes war in lichtem Gelb gestrichen, die alten Fenster in Dunkelgrün und die Holzläden passend dazu. Blumenkästen mit bunten Geranien waren unter jedem Fenster montiert. Dieses Jahr blühten sie jedoch nicht ganz so üppig wie sonst.

Was Oma wohl dazu sagen würde? Die Geranien waren stets ihre Schätze gewesen. Ich gab mir wirklich viel Mühe bei der Pflege, aber sie wollten sich einfach nicht in ihrer üblichen Pracht zeigen. Fast, als trauerten sie.

Stall und Nebengebäude waren zweistöckig und zusammenhängend in L-Form errichtet. Der untere Teil bestand aus unverputztem Naturstein, während der obere Stock aus urigem Holzblock geformt war. Wilder Wein rankte sich über das Gemäuer und musste beständig in die Schranken gewiesen werden, um das Holz vor seinen gierigen Trieben zu schützen.

Vor einigen Jahren hatten meine Großeltern in eine große Sanierung der Nebengebäude investiert. Dachstuhl und Holzblock waren ausgebessert, neue Schindeln aufgebracht und Wasserleitungen erneuert worden. Im Zuge der weiträumigen Renovierung hatten sie das Obergeschoss der Scheune zu einer hübschen Ferienwohnung umgebaut, die sich vor allem bei Familien großer Beliebtheit erfreute.

Für Kinder wartete der Hof mit einigen Attraktionen auf. Eine davon stob aufgeplustert um die Ecke, als sie meine Schritte hörte. Kreszentia, unsere Hofwächterin, nahm ihre Aufgabe ausgesprochen ernst.

Sie senkte den langen Hals zum Angriff, stoppte jedoch sofort, als sie mich erkannte. Schnatternd gab sie ihre Entwarnung kund und schüttelte ihr weißes Gefieder. Erwartungsvoll wackelte sie schließlich mit schräg gelegtem Kopf auf mich zu.

Wer glaubte, ein Hund wäre der perfekte Wachschutz für sein Heim, der hatte noch nie näheren Kontakt zu einer Gans gehabt. Kreszentias scharfem Blick entging keine Bewegung. Niemand konnte die Grundstücksgrenzen überwinden, ohne ihre Aufmerksamkeit zu erregen. Und sie wog sorgsam ab, wer hier eine Aufenthaltsberechtigung erhielt und wer nicht. Mit Erfolg. Seit Kreszentia über den Hof wachte, machten sämtliche Türschwellenvertreter und Religionsabwerber einen weiten Bogen um das Anwesen.

Kreszentia blickte erwartungsvoll zu mir auf, darum spannte ich sie nicht länger auf die Folter und zückte die standesgemäße Scheibe Brot, mit der ich die Gans allmorgendlich begrüßte. Ich zerpflückte das Brot, während Kreszentia ungeduldig an meinem Hosenbein knabberte.

»Jaja. Du weißt doch genau, dass du teilen musst!«

Dieses Wissen war vermutlich der Ursprung ihrer Ungeduld. Ihr wäre es natürlich lieber, das Brot für sich alleine zu haben. Ich hingegen war Verfechterin der Gleichberechtigung, darum wartete ich noch einen Moment auf die restlichen gefiederten Bewohner des Gehöfts.

Und da kamen sie schon. In eiligem Durcheinander wackelte eine Horde Hühner, angeführt von Hahn Hans, auf mich zu. Ich warf die Brotkrumen in möglichst weiter Streuung auf den Boden und betrachtete lächelnd die Hektik, die daraufhin noch größer wurde. Als hätten sie seit Tagen nichts mehr in die Schnäbel bekommen, pickte das versammelte Geflügel gierig über das Pflaster, um ja kein Krümelchen zu übersehen. Kreszentia versuchte ihre nähere Umgebung durch ausgiebiges Fauchen abzusichern, doch angesichts der Leckereien hielt sich der Respekt der Hühner ihr gegenüber in Grenzen.

Vorsichtig suchte ich mir einen Weg durch das Tohuwabohu und betrat den Stall. Der vertraute Geruch von frischen Sägespänen und Heu empfing mich. Der große Laufstall war leer und bereits sorgfältig ausgemistet. Sogar die Stallgasse war schon gefegt. Allem Anschein nach war ich eine ganze Stunde zu spät aufgestanden.

Ich ging durch das hintere Tor nach draußen und fand meinen Opa auf der angrenzenden Koppel inmitten eines Vierbeinerauflaufs, bestehend aus allen Bewohnern des Stalls. Das waren die drei Esel namens Tik, Tak und Toe, zwei getupfte Miniponys mit den nicht minder einfallsreichen Namen Max und Moritz und zwei imposante Norikerstuten in Blauschimmelfärbung, deren Namensgebung quasi an Genialität grenzte: Hanni und Nanni. Die beiden waren der ganze Stolz meines Opas. Wenn er sie vor seine Kutsche spannte und mit ihnen durch die Gegend fuhr, wirkte er nahezu unbesiegbar.

Unbesiegbar war überhaupt eine passende Beschreibung für meinen Opa. Mir kam es oft so vor, als könnte ihm nichts und niemand etwas anhaben. Schon gar nicht das Alter. Er war wohl der Inbegriff dessen, was man als rüstig bezeichnet.

Opa Joseph war fast achtzig Jahre alt, wollte davon aber nichts wissen. Seit ich denken konnte, hüllte er seine sehnige Gestalt in graue Latzhosen, die vier Nummern zu groß waren, und trug einen Strohhut auf seinem dichten schlohweißen Haar. Ein sorgfältig gestutzter Bart bedeckte den Großteil seines wettergegerbten Gesichts. Seine schiefe Nase, die er sich als junger Mann bei einer Auseinandersetzung mit dem Nebenbuhler um die Oma zugezogen hatte, trug er voller Stolz zur Schau. Und an seinen hellblauen Augen schienen die Jahre komplett ohne Spur vorübergegangen zu sein. Klar und ungetrübt blickten sie in die Welt, oftmals mit einer Schärfe, die man einem solch hageren Männlein gar nicht zutrauen würde.

Er hatte ein paar Karotten unter den Arm geklemmt und verteilte sie gelassen an die drängelnden Vierbeiner, völlig ohne Sorge, dabei aus Versehen unter die Hufe zu geraten. Vor allem bei den gewaltigen Stampfern der beiden Kaltblüter war das nicht ganz so abwegig. Interessanterweise hielten aber alle beteiligten Gierschlunde einen kleinen Abstand zu dem resoluten Mann in ihrer Mitte, sodass er von ihrer Schubserei untereinander verschont blieb. Mein Opa hatte alles unter Kontrolle. Wie immer.

Ich lächelte in mich hinein und beobachtete ihn eine Weile. Er sprach leise mit den Vierbeinern. Eigentlich war mein Opa kein Mann vieler Worte, doch im Umgang mit seinen Tieren hatte sich dies schon immer anders verhalten. Sie waren seine engsten Vertrauten. Geduldige Zuhörer, die seine Geheimnisse stets für sich behielten und nie urteilten. Ich wusste genau, dass es sich mit ihnen leichter reden ließ als mit Menschen.

Die Karotten waren verteilt und die Ponys trotteten bereits gelangweilt von dannen, darum machte ich mit einem Räuspern auf mich aufmerksam.

»Guten Morgen«, sagte ich laut und ging in die Koppel. »Du sollst doch ned ausmisten …«

Er kraulte Hanni zwischen den Ohren und warf mir einen missbilligenden Blick zu. »Langsam musst di dran gewöhnen, dass i wieder g'sund bin. De Faulenzerei tut mir ned gut.«

Natürlich nicht. Für meinen Opa war Untätigkeit die höchste Strafe. Während er seinen Beinbruch auskurieren musste, war er unheimlich ekelhaft gewesen. Gelinde ausgedrückt. Ich war ehrlich froh, dass er sich so gut von seiner Verletzung erholt hatte, und mir lag nichts ferner, als ihn wieder auf die Couch zu ketten, doch die schweren körperlichen Tätigkeiten musste er ja wirklich nicht auf sich nehmen. Der Opa sah das anders, darum war in den letzten Wochen ein wahrhafter Wettkampf darum entstanden, wer von uns zuerst aufstand, um den Stall zu machen. Heute hatte ich seit Langem mal wieder verloren und ärgerte mich darüber. Trotzdem ließ ich das Thema lieber fallen, weil wir dabei ohnehin nicht auf einen Nenner kämen.

»Hast des von Lichtenöd gehört?«, wollte ich wissen, während die Esel hoffnungsvoll meine Hosentaschen beschnupperten.

Mich wunderte kaum, dass der Opa bestätigend nickte. Er war gestern beim Kartenspielen gewesen und daher bestimmt bestens informiert.

»A richtige Schand is des«, brummte er.

»Vielleicht kann man ja noch was dagegen tun. Ich werd mich mal schlaumachen.«

»Mach des.«

»Hast du scho was gegessen?«

Er schüttelte den Kopf. »Spiegeleier wär'n recht.«

»Geht klar«, antwortete ich schmunzelnd und wollte mich bereits auf den Weg zum Hühnerstall machen, als er mich zurückhielt.

»Vergisst du eh ned, dass morgen die neuen Gäste kommen?«

Verdutzt drehte ich mich um. »Davon weiß ich gar nix!«

»Hab i dir des gar ned g'sagt?« Er zuckte unbekümmert mit den Schultern. »Also, für morgen hat ein Herr Hager eingebucht. Könnt'st du die Wohnung nu herrichten?«

Ich seufzte schwer. »Klar.«

Normalerweise hatte ich mit dem Vorbereiten der Gästewohnung überhaupt nichts am Hut. Eigentlich war dafür die Liesl zuständig, die meine Großeltern auch im Haushalt unterstützte, seit die Oma krank geworden war. Liesl war eine gutherzige Mittfünfzigerin und hatte sich aufopferungsvoll um den Opa gekümmert, bis ich mit meinem Studium fertig und hierhergezogen war. Nachdem sie sich vergewissert hatte, dass ich Haushalt, Hof und Opa artgerecht versorgen konnte, hatte sie sich letzte Woche endlich ihrer lang aufgeschobenen Knieoperation unterzogen und war inzwischen auf Kur unterwegs. Bis sie sich wieder komplett erholt hätte, war also ich für das Wohlbefinden unserer Feriengäste zuständig.

Grundsätzlich war das auch kein Problem. Die meisten Familien blieben für sich und verbrachten ihre Abende in dem extra dafür angelegten Garten hinter der Scheune. Zudem beherbergten wir nur Selbstversorger, darum machten die Gäste eigentlich nicht viel Arbeit.

Meistens bot ich an, die Kinder mit in den Stall zu nehmen und sie die Esel und Ponys putzen zu lassen. Es machte mir unheimlich viel Spaß, den Kindern den Umgang mit den Tieren nahezubringen, und dafür wurde ich stets mit leuchtenden Augen und strahlenden Gesichtern belohnt. Ich fand es immer wieder interessant zu beobachten, wie Kinder und Tiere interagierten. Oftmals dauerte es nur Minuten, bis beide Seiten ihre anfängliche Scheu verloren und die Kinder voller Begeisterung mit einer Bürste über das Fell strichen. Das dabei entstehende Vertrauen war etwas Wundervolles, meiner Meinung nach sollte jedes Kind einmal solch ein Vertrauen erfahren.

Ich war mit Tieren aufgewachsen und wusste dies sehr zu schätzen. Ein Leben ohne Haustiere war für mich völlig ausgeschlossen. Auch heute noch gab es nichts Schöneres für mich, als über warmes Fell zu streicheln oder die Arme um den Hals des Pferdes zu schlingen und die Nase in seine Mähne zu drücken. Obwohl Tierhaltung natürlich mit viel Arbeit verbunden war, wog es alle Anstrengungen wieder auf, wenn am Abend jeder einzelne Schützling zufrieden sein Futter kaute. Es machte mich einfach nur glücklich, dann in der Stallgasse zu verharren und dem genüsslichen Schmatzen zu lauschen.

Als ich aus dem Stall in den Innenhof trat, fragte ich mich, ob ich jemals an einem anderen Ort dieses Gefühl der Zufriedenheit finden könnte, wie ich es hier empfand. Die alte Kastanie raschelte leise in einem leichten Windhauch. Es kam einer ernüchternden Antwort gleich.

Kapitel 2

Am nächsten Nachmittag war es endlich so weit – das lange ersehnte Gewitter polterte auf Wammling nieder. Schon Stunden zuvor war die elektrostatische Aufladung der Luft zu spüren gewesen. Mit entsprechender Wucht entlud sie sich schließlich in einem gewaltigen Donnerwetter, das teilweise die Fensterscheiben klirren ließ.

Ich mochte Gewitter. Irgendwie.

In jenen Momenten schien die Welt einfach stillzustehen. Sie verharrte geduldig, während Sturmböen die Bäume schüttelten und Regenschauer den Boden überschwemmten. Mit Grollen und Tosen zeigte die Natur, dass sie sich von nichts und niemandem kontrollieren ließ. Unberechenbar tobte der Himmel vor übermütiger Kraft und bewies eindrucksvoll, welche Macht in ihm steckte.

Ich saß mit einer dampfenden Tasse Kaffee auf der überdachten Terrasse und beobachtete die grellen Blitze, die über den verfinsterten Nachmittagshimmel schnalzten. Der Sturm ließ das Maisfeld wie ein grünes Meer in wilden Wellen tanzen. Feine Wassertröpfchen wehten von der Seite hin und wieder auf meine Wangen. Kühl und erfrischend fühlte es sich an. Wohltuend nach der vorangegangenen Hitzewelle. Die große Kastanie im Innenhof bog sich ächzend unter dem Wind, doch meistens übertönte das laute Prasseln des Sturzregens alle anderen Geräusche.

Als der stürmische Regenguss immer mehr zu einem sanften Nieseln verklang, wagte sich Kreszentia durch die Klappe ihrer Stalltür wieder nach draußen. Sie streckte sich genießerisch und schlug einige Male mit den ausgebreiteten Flügeln. Dabei sah sie ein wenig so aus, als tanzte sie durch den Regen. Die musikalische Untermalung gestaltete sie dabei selbst, indem sie lautstark herumschnatterte, ohne damit etwas Bestimmtes aussagen zu wollen. Mir kam es vor, als wäre es ihre Art zu lachen.

Kreszentia stockte kurz in ihrem Lachen, weil ein rotes Fellknäuel an ihr vorbeigaloppierte. Der Kater Mikesch hatte allem Anschein nach übersehen, rechtzeitig vor dem Gewitter in Deckung zu gehen, denn er sah aus, als wäre er eine Runde im Weiher geschwommen. Ganz so abwegig war das nicht, denn Mikesch hatte tatsächlich keine Angst vor Wasser. Irgendwie merkte man, dass er ziemlich viel Zeit mit Kreszentia verbracht hatte, als er noch klein war.

Trotzdem mauzte er herzzerreißend, noch bevor er bei mir angekommen war. Er klang anklagend, so als wäre ich für seinen gar jämmerlichen Zustand verantwortlich. Nämlich dass er heimatlos, durchnässt, ungeliebt und natürlich seit Tagen am Hungern war.

Katzen waren wahrlich die Meister der Übertreibung.

»Armer, alter Kater«, begrüßte ich ihn mitfühlend. »Du schaust wirklich aus, als hättest du seit zwei Stunden nichts gefressen.«

Er bestätigte jammernd meinen Verdacht und sprang umgehend zu mir auf die Bank, um möglichst viel Mitleid zu erheischen. Ich reagierte leider nicht schnell genug, und schon war mein schwarzes Shirt übersät mit klebrigen roten Katzenhaaren.

»Ach ge!«, schimpfte ich halbherzig und schob den tropfnassen Kater mit dem Ellbogen von mir.

Seine Antwort klang so wehleidig, dass mir gar keine andere Möglichkeit blieb, als meine Tasse abzustellen und das arme Geschöpf ins Haus zu lassen. Mikesch flitzte durch den Türspalt. Bevor ich ihm folgen konnte, ging allerdings Kreszentias Alarmgeschnatter los.

Ich wandte mich um und sah einen Mann an der Hofeinfahrt stehen, der nicht minder bemitleidenswert wirkte als der Kater. Zumindest war er ebenfalls patschnass. Wie es um seinen Hunger bestellt war, konnte ich auf die Schnelle natürlich nicht einschätzen. Was er hier eigentlich zu suchen hatte, ebenfalls nicht.

Er war hochgewachsen und von recht ordentlichem Körperbau, was das völlig durchnässte Hemd eindrucksvoll verriet. Die legeren Jeans waren bis zu den Knien vollgesogen und mit Matschspritzern übersät. Wenn das Wildlederschuhe waren, wie ich sie unter einer Schicht Matsch hervorblitzen glaubte, hatte er sie heute wohl zum letzten Mal an.

Insgesamt war auf den ersten Blick zu erkennen, dass dieser Mann kein Hiesiger war. Vermutlich ein Städter, mit Schwerpunkt BWL. Im schlimmsten Fall lag seine Herkunft jenseits des Weißwurstäquators.

Mein Scan wanderte wieder aufwärts zum Kopf des Besuchers. Ich war mir sicher, dass er sein dunkles Haar normalerweise in einer ordentlichen Frisur trug. Derzeit klebte es ihm schwer vor Nässe ohne erkennbare Form in der Stirn. Sein Gesicht schien ziemlich gut zu dem erwähnten recht ordentlichen Körperbau zu passen, doch aufgrund der schockierten Grimasse ließen sich Details momentan nicht direkt erkennen.

Der Grund der Schockstarre war Kreszentia, die mit wildem Fauchen und vorgestrecktem Kopf auf den Eindringling zuschoss.

»Zenzi!«, rief ich scharf. »Aus!«

Die Gans reagierte nur widerwillig, verlangsamte ihren Lauf jedoch zu einem watschelnden Schleichen. Diese Gangart hatte sie sich wohl von Mikesch abgeschaut, als er sich an eine Maus heranpirschte. Aufgrund des Körperbaus einer Gans blieb die katzenartige Eleganz allerdings aus, doch Kreszentia kompensierte dies mit einem eindrucksvollen Zittern ihrer Schwanzfedern, das ihr die Anmut einer Klapperschlange verlieh.

Der Fremde schien wahrlich beeindruckt, denn er rührte sich keinen Millimeter von der Stelle, während Kreszentia ihn schnaufend umkreiste. Mikesch schaute noch einmal herzzerreißend zur Haustür heraus, bevor ich sie zuzog, um dem Mann das Leben zu retten. Ich ging durch den leichten Nieselregen zu ihm.

»Hallo«, sagte ich unverbindlich, was gleichzeitig die Frage danach beinhalten sollte, was er hier zu suchen hatte. Bevor ich das nicht wusste, ließ ich die Gans sicherheitshalber weiter ihre Runden ziehen.

»Hallo«, antwortete der Mann gepresst, ohne Kreszentia aus den Augen zu lassen. »Bin ich hier richtig bei Familie Häusler?«

»Ja?«

Kreszentia kreiste weiter.

»Hager mein Name. Ich habe bei Ihnen eine Unterkunft gebucht.«

Satzbau und Ausdruck bestätigten meine erste Kategorisierung. Der wirklich nur für Kenner hörbare, zwanghaft unterdrückte Dialekt könnte zu einem Münchner passen. Dass er der Herr Hager sein sollte, der Urlaub auf dem Bauernhof gebucht hatte, erfüllte mich jedoch mit Ratlosigkeit. Kritisch betrachtete ich sein Gesicht, das von Entspannung noch weit entfernt war. Trotzdem erkannte ich, dass er kaum älter war als ich, allerhöchstens kratzte er am Dreißiger. Zudem wirkte er nicht unbedingt wie ein Vater, der seine Ferien mit der Familie auf dem Land verbringen wollte. Er war eher so der Typ »Juniorsuite«. Außerdem trug er definitiv Wildlederschuhe.

»Entschuldigen Sie«, sagte er schließlich, »wäre es möglich, dieses ›Vieh‹ irgendwie unter Kontrolle zu bringen?«

Ja. Eindeutig nicht der Typ »Urlaub auf dem Bauernhof«.

Ich rang mir ein Lächeln ab. Bei Städtern musste man bekanntlich Nachsicht walten lassen. Automatisch kramte ich mein allerfeinstes Hochdeutsch hervor und erklärte höflich: »Das ist eine Gans. Sie heißt Kreszentia und ist zuverlässiger als jeder Wachhund.«

»Und bissiger, wie es scheint«, fügte er ohne jeglichen Humor hinzu.

So richtig sympathisch wollte der Herr Hager mir nicht werden. Trotzdem lächelte ich tapfer weiter. »Eine Gans kann eigentlich nicht wirklich beißen. Nur zwicken.«

Er rümpfte die Nase.

Ich unterdrückte ein Seufzen und richtete ein beruhigendes Wort an Kreszentia: »Brave Gans. Alles gut. Er ist ein Gast, er ist hier willkommen.«

Kreszentia schwenkte ihren langen Hals, als wäre sie sich da nicht so sicher. Ich mir ja auch nicht, um ehrlich zu sein. Vermutlich spürte die Gans, dass mir der Herr Hager ein wenig suspekt war. Sie stoppte zwar ihre Umkreisung, klapperte aber weiter skeptisch mit dem Schnabel.

»Sie könnten sie streicheln«, schlug ich vor. »Dann beruhigt sie sich schneller.«

»Damit sie mir die Hand abbeißen kann?«, schnaubte er entrüstet, woraufhin Kreszentia bestätigend fauchte.

»Nur zwicken«, wiederholte ich.

Er sah mich an, als zweifelte er allmählich an meinem Verstand. Meine gute Schule ließ mich den Blick ignorieren. Ich ging in die Hocke und streichelte ein paarmal über das feuchte Gefieder der Gans. »Ist schon gut«, erklärte ich ihr leise. Dann schob ich sie sanft zur Seite. »Alles in Ordnung.«

Kreszentia blickte mich abwägend mit ihren schwarzen Knopfaugen an und wackelte schließlich ein Stück zur Seite, nur um den Eindringling aus der Entfernung weiterhin anzustieren. Trotzdem entspannte sich der Herr Hager augenblicklich. Die Schockstarre wich aus seinen Zügen und machte dort einem anderen Ausdruck Platz, der mir überhaupt nicht gefiel.

Überheblichkeit. Seine Schultern waren einfach einen Tick zu gestrafft und das Kinn ein Stück zu weit erhoben, um es anders zu benennen. Er war jemand, der es gewohnt war, dass die Leute nach seiner Pfeife tanzten, und der stets bekam, wonach er verlangte. Und das strahlte er auf eine solch arrogante Weise aus, dass sich schon jetzt alles in mir gegen ihn sträubte. Ich konnte solche Typen einfach nicht ausstehen. Diese hochwohlgeborenen, von Papi finanzierten, verzogenen …

»Verfügen Sie über einen Abschleppdienst vor Ort?«, fragte er.

Ich blinzelte. Meine aufkeimende Abscheu wandelte sich in ehrliche Besorgnis. Seine Frage, gepaart mit seinem verschmutzten Auftreten zu Fuß, ließ eigentlich nur einen Schluss zu: »O nein! Hatten Sie etwa einen Unfall?«

»Nicht direkt«, wehrte er ab. »Also? Abschleppdienst?«

Er klang genervt, darum blinzelte ich erneut.

»Was ist denn mit Ihrem Wagen?«

»Die richtige Frage lautet: Was ist mit Ihrer Straße?«, erwiderte er angesäuert.

Ich kräuselte die Stirn und betrachtete abermals den Matsch auf seinen Schuhen. Dann zählte ich eins und eins zusammen. »Sie sind stecken geblieben? Auf unserer Straße?«

»Wenn man diesen Acker überhaupt als Straße bezeichnen

kann, der zu Ihrem Anwesen führt. An Ihrer Stelle würde ich dem zuständigen Straßenbauamt gehörig in den Arsch treten. Die Schlaglöcher sind eine Zumutung!«

»Das ist Privatgrund und muss auf eigene Kosten instand gehalten werden«, antwortete ich mit gezwungener Ruhe. »Im Übrigen ist bisher noch nie jemand an ihrem Zustand gescheitert.«

Seine braunen Augen blitzten gefährlich auf, aber den Spruch hatte ich mir wirklich nicht verkneifen können. Natürlich war unsere Straße im Endeffekt ein Feldweg, aber sie verlief vollkommen eben. Von ein paar kleineren, allenfalls als Mulden zu bezeichnenden Schlaglöchern abgesehen. Ich hatte keine Ahnung, wie man dort überhaupt stecken bleiben konnte. Gewitter und Platzregen hin oder her. Selbst das größte Unwetter hatte es bisher nicht geschafft, die Straße unbefahrbar zu machen. Und ich hatte wahrlich schon schlimmere Unwetter erlebt als heute. Aber na ja, vielleicht tat ich dem werten Herrn unrecht und ein Teil des Feldwegs war unterspült, oder was weiß ich.

Ich räusperte mich vernehmlich. »Haben Sie einen Abschlepphaken?«

»Ich gehe davon aus.«

»Okay, dann sollten wir das schon hinkriegen.«

»Wir?« Er rümpfte die Nase. Das tat er anscheinend öfter.

Ich reagierte gelassen. »Keine Sorge, ich habe genau die richtige Ausrüstung für so eine Situation. Gehen Sie schon einmal vor zu Ihrem Wagen. Ich komme gleich nach.«

Ich ließ ihn mitsamt gerümpfter Nase stehen und ging hinüber zur Scheune, um das alte Dieselross anzuschmeißen. Den wohlklingenden Namen unseres Traktors hatte ich mir nicht selbst ausgedacht, sondern seinerzeit der Hersteller Fendt. Das war 1930 gewesen. Unser gutes Stück war nicht ganz so alt, entsprang aber immerhin der Mitte der Fünfziger. Ein wahrer Klassiker unter den Dieselschleppern. Gehegt und gepflegt von meiner Oma persönlich, die schließlich live dabei war, als ihr Vater den Traktor fabrikneu erwarb und irgendwie schon damals den heutigen Liebhaberwert erahnt hatte.

Kraftvoll schob ich das Holztor auf. Als wäre es gestern gewesen, konnte ich Oma auf dem graublauen Dieselross über den Hof tuckern sehen, den Opa neben sich auf dem kleineren Soziussitz, auf dem Weg zu einem Oldtimertreffen.

Ich schnappte mir ein sorgfältig aufgehängtes Abschleppseil von der Wand, erklomm den Traktor und ließ mich auf den federnden Hartschalensitz fallen. Sogar das Quietschen rief geliebte Erinnerungen in mir wach. Lächelnd strich ich über das glatte Lenkrad. Es war schon lange her, seit das Dieselross zum letzten Mal bewegt wurde. Noch um einiges länger hatte ich nicht darauf gesessen. Hoffentlich hatte ich nicht zu große Töne gespuckt und brachte das gute Stück überhaupt zum Laufen.

Nach einigem Orgeln und Keuchen bewahrte mich der zuverlässige Dieselmotor vor einer etwaigen Peinlichkeit. Mit ein paar Zwischenhustern geriet er allmählich in Schwung und fand schließlich in einen kräftigen Rhythmus. Der Motor hallte laut in der Scheune. Eine wunderbare Melodie aus Kindheitstagen.

Gemächlich tuckerte ich über den Hof. Der Regen hatte aufgehört und die grauen Wolkenfetzen verzogen sich langsam. Ein kleines Eckchen der Sonne lugte schon wieder hervor. Der Opa war im Hauseingang erschienen und blickte mir fragend entgegen. Mikesch strich ihm wehklagend um die Beine.

»Der Hager is stecken geblieben!«, schrie ich über das Dröhnen des Motors hinweg.

»Wie hat er denn des g'schafft?«, schrie der Opa zurück.

»Städter!«, schrie ich.

Das erklärte natürlich alles. Der Opa winkte kopfschüttelnd ab und schlurfte zurück ins Haus, dicht gefolgt von Mikesch.

Ich tuckerte weiter und verließ den Hof in Richtung Hauptstraße, wo das Hager-Auto irgendwo stehen musste. Es duftete ganz herrlich nach Sommerregen, vermischt mit dem eigentümlichen Geruch des alten Dieselmotors. Die Luft war kühl und erfrischend. Über der Hügelkette zu meiner Linken wölbte sich ein hübscher Regenbogen.

Leider erblickte ich schon hinter der ersten Biegung die immer noch oder auch wieder gerümpfte Nase des Herrn Hager. Seine Begeisterung hielt sich wahrlich in Grenzen. Meine ebenfalls, als ich erkannte, was da auf unserer Straße stecken geblieben war. Als Auto war dieses Teil gewiss nicht zu bezeichnen. *Playmobil* produzierte geländetauglichere Fahrzeuge als dieses seltsam lackierte Spielzeug, das mit einem Hinterreifen in das vom Regen aufgeweichte Bankett und damit wohl in unüberwindbare Schwierigkeiten geraten war.

Ich ließ das Dieselross mit laufendem Motor ein paar Meter entfernt stehen und sprang ab. Stirnrunzelnd betrachtete ich das silberne Objekt mit weniger Bodenfreiheit, als sie ein Boxspringbett aufwies.

»Was ist das denn?«, entfuhr es mir.

»Das ist ein Elektro-Roadster«, antwortete er pikiert. »Ein Erlkönig, um genau zu sein. Ich bin einer der Ersten, der ihn in Deutschland testen darf.«

»Na, diesen Test hat er schon mal nicht bestanden, was?« Ich lachte amüsiert und dachte nicht länger darüber nach, als ich weiterscherzte: »Was wiegt denn dieser Schuhkarton? Zur Not können wir ihn wohl auch bis zum Haus tragen.«

Der Hager fand das alles überhaupt nicht zum Lachen. Er sah eher so aus, als wollte er mich Kopf voran in das Maisfeld schmeißen. Seine Lippen waren zu einem dünnen Strich zusammengepresst, darum versuchte ich, wieder ernst zu werden.

»Wo haben Sie eigentlich Ihre Familie versteckt?«, fragte ich. »Im Kofferraum ja wohl nicht. Passt da überhaupt ein Verbandskasten rein?«

Wie gesagt – ich *versuchte*, ernst zu werden. Klappte nur nicht ganz.

»Würde ich mit Familie anreisen, wäre ich kaum mit einem Zweisitzer unterwegs«, antwortete er in einem Tonfall, der irgendwie meine Intelligenz beleidigte.

Die Information übertönte jedoch mein Ehrgefühl.

»Sie sind alleine hier?«, wiederholte ich ungläubig und runzelte skeptisch die Stirn. »Warum?«

»Wie ›warum‹? Darf ein Mann nicht alleine wegfahren, oder was?«

Seine Geduld schien aufgebraucht. Er vergaß sogar, die Nase zu rümpfen. Ich musterte ihn abermals von Kopf bis Fuß. Ein gut aussehender Mann Ende zwanzig in zweifellos teurer Freizeitkleidung, als fahrbaren Untersatz den neuesten Erlkönig des Legotechnik-Werks …

»Ich meinte damit nicht, warum Sie alleine reisen, sondern warum Sie Ihre Ferien hier verbringen wollen. Urlaub auf dem Bauernhof wird erfahrungsgemäß von Familien mit Kindern gebucht.« *Nicht von arroganten Businesstypen*, fügte ich in Gedanken noch hinzu.

»Ich bin nicht zum Spaß hier, sondern um zu recherchieren.« Er überlegte kurz. So als müsste er abwägen, wie viel er von seinem erhabenen Leben preisgeben wollte. Dann sagte er: »Ich bin Autor und schreibe derzeit an einem Krimi, der auf dem Land spielt.«

Meine Brauen schraubten sich vor Erstaunen in die Höhe. Gleichzeitig wanderten meine Mundwinkel enttäuscht nach unten. Ich las gern und viel, doch mein romantisches Bildnis eines freundlichen, etwas verschrobenen Schriftstellers war augenblicklich dahin.

»Aha«, antwortete ich nur. Ich wies mit dem Daumen auf das Spielzeugauto. »Haben Sie den Abschlepphaken gefunden?«

»Halte ich einen in der Hand?«

Ich biss mir auf die Lippen. Natürlich befand sich der werte Autor in einer nervenaufreibenden Situation. Klatschnass, Wildlederschuhe dahin und Erlkönig versenkt. Allerdings brauchte er seine schlechte Laune gewiss nicht an mir auszulassen. Aufgrund des wirklich sehr undankbaren Gebarens des Herrn Hager angesichts seiner nahenden Rettung sah ich nicht länger ein, ihm mit gezwungener Freundlichkeit zu begegnen. Das hatte ich wirklich nicht nötig.

»Kofferraum?«, schlug ich ausdruckslos vor.

Er tapste über den nassen Boden, als bereitete ihm jeder Schritt Schmerzen. Anschließend kramte er eine Weile in dem winzigen Kofferraum herum. Ich beugte mich unterdessen zur Frontschürze des Fahrzeugs hinab und suchte nach einer Klappe, hinter der ein Abschlepphaken verborgen sein könnte. Ich fand sie recht schnell und bekam sie unter Einsatz meiner Fingernägel auch auf. Dahinter kam ein Gewinde zum Vorschein, in das man den gesuchten Haken eindrehen musste. Wenn er denn gefunden wurde.

Ich ging nach hinten, um Herrn Hager bei der Suche zu unterstützen. Er war in die Tiefen des eigentlich nicht sehr tiefen Kofferraums versunken, und ich konnte nicht umhin zu registrieren, welch spannendes Schauspiel seine Rückenmuskulatur unter dem nassen Hemd dabei veranstaltete. Wirklich schade, dass er so ein Unsympath war.

Ich riss mich von dem Anblick los und spähte an ihm vorbei. Eine Weile sah ich ihm dabei zu, wie er mit einer Hand seinen Koffer lupfte und mit der anderen verzweifelt die Utensilien untersuchte, die ordentlich darunter verstaut waren. Verbandskasten, Warndreieck, Reifenreparaturkit, ein

Kabel, das man wohl zum Aufladen des Fahrzeugs benötigte, und der Abschlepphaken. Nachdem er ihn zum dritten Mal hin- und hergeschoben hatte, griff ich wortlos an ihm vorbei und nahm das gute Stück an mich. Ohne einen Kommentar ging ich nach vorne und schraubte den Haken in das Gewinde ein.

Der Hager sagte ebenfalls nichts. Sein mahlender Kiefer zeugte davon, wie peinlich ihm die Sache war.

Ich wendete das Dieselross auf einer Feldzufahrt und tuckerte rückwärts zu dem Spielzeugauto. Ich befestigte das Abschleppseil und drückte dem Hager die durchhängende Mitte in die Hand.

»Halten Sie das Seil hoch, bis es auf Spannung ist«, wies ich an. »Dann starten Sie Ihren Wagen, kuppeln aus und lassen sich ein Stück von mir ziehen, bis alle Räder wieder auf festem Boden sind.«

»Das ist ein Automatik«, merkte er an.

»Na, dann schalten Sie eben in Neutral«, gab ich unbeeindruckt zurück und kletterte auf den Traktor.

Herr Hager folgte brav meinen Anweisungen, bis das Seil gespannt war. Bevor er sich in sein Auto setzte, bemühte er sich noch, seine Schuhe auf dem Grünstreifen in der Mitte der Straße notdürftig zu säubern. Ich musste zugeben, dass ich ein wenig schadenfroh war, weil er trotzdem nicht drum herumkäme, seinen Erlkönig sauber zu schrubben. Wobei ich bezweifelte, dass dieser Mann je in seinem Leben ein Auto selbst geputzt hatte.

Er reckte den Daumen hoch und umklammerte anschließend das Lenkrad, als bereitete er sich auf einen Hochgeschwindigkeitsstart vor. Ich musste mir ein Grinsen verkneifen, während ich im Schneckentempo losfuhr und das Spielzeugauto vorsichtig mit mir zog. Das Dieselross schnaufte nicht einmal, obwohl die Seifenkiste anscheinend doch einiges wog, weshalb sie wahrscheinlich auch im Schlamm stecken geblieben war.

Ich sprang ab, löste das Abschleppseil, drehte den Haken heraus und verschloss die Klappe in der Frontschürze. Der Herr Hager blieb ungeniert in seinem Karren sitzen und wartete, bis ich alles erledigt hatte. Mit finsterer Miene klopfte ich an seine Seitenscheibe. Er ließ sie herab, leise Popmusik drang aus dem Wageninneren.

»Gern geschehen«, sagte ich, steckte den Arm durch das Fenster und ließ den Abschlepphaken in seinen Schoß fallen.

Er antwortete empört, doch ich war bereits wieder in Richtung Dieselross unterwegs, darum konnte ich seine Worte nicht verstehen. Was vermutlich auch besser war.

Auf dem Rückweg drehte ich mich nicht ein einziges Mal um. Erst als ich das Dieselross rückwärts in die Scheune fuhr, bemerkte ich, dass er nicht wie erwartet gefolgt war.

Der Kasper war doch hoffentlich nicht schon wieder stecken geblieben?

Nein, da kam er auch schon in Schrittgeschwindigkeit in die Hofeinfahrt gerollt. Sogar die flache Entwässerungsrinne, die das Pflaster vom Feldweg trennte, ließ den Roadster hüpfen. Bei der harten Federung ließ sich dann schon nachvollziehen, welche Probleme sich auf unserer Straße ergeben konnten. Trotzdem hielt sich mein Mitleid in Grenzen.

Ich schob das Scheunentor zu und deutete auf den Carport, der extra für unsere Feriengäste errichtet worden war. Herr Hager parkte praktisch geräuschlos ein. Durch den kaum hörbaren Elektromotor sah es aus, als bewegte sich das Fahrzeug von Geisterhand. Irgendwie gruselig.

Genauso gruselig war die Miene seines Besitzers, dessen nasse Klamotten ihn offensichtlich ekelten. Steif kletterte er aus dem niedrigen Wagen und sah sich griesgrämig um.

»Die Treppe hinauf«, sagte ich ihm Vorbeigehen. »Der

Schlüssel steckt. Ich wünsche Ihnen einen angenehmen Aufenthalt!« Damit schritt ich von dannen. Nicht dass dem Schnösel noch einfiel, ich sollte sein Gepäck nach oben bringen.

Irgendwie wusste ich schon jetzt, dass uns dieser Feriengast ein gewisses Maß an Schwierigkeiten bescheren würde …

Kapitel 3

Bereits am nächsten Tag verstärkten sich meine Befürchtungen bezüglich unseres Feriengastes. Ich hatte zwar ein bisschen gehofft, es würde bei dieser einen Begegnung bleiben, denn nach seiner Ankunft war von Herrn Hager nichts mehr zu sehen oder zu hören gewesen. Wäre am Abend nicht das Licht in der Ferienwohnung angegangen, hätte ich mir vielleicht sogar Sorgen gemacht.

Der Tag begann vielversprechend und gemütlich, ich stand am Herd und bereitete das traditionelle Sonntagsfrühstück für meinen Opa und mich zu. Der Opa saß am gedeckten Tisch in der Küche und blätterte in der Gemeindezeitung. Die überdimensionale Hornbrille saß auf seiner Nase. Er hatte sie eigentlich dauerhaft dringend nötig, nutzte sie jedoch nur als Lesehilfe. Die meiste Zeit über verschmähte er das Teil, was ich vollkommen nachvollziehen konnte. Das fürchterliche Monstrum mit dem seltsam gemusterten Rand und Gläsern, dick wie Fensterscheiben, verlieh dem Opa die Anmut eines Insekts. Trotzdem weigerte er sich, eine neue Brille zu besorgen, weil: Nur zum Zeitunglesen tat es das alte Ding ja.

Ich hatte mich schon oft gefragt, wie er ohne Sehhilfe überhaupt noch etwas erkennen konnte, aber bisher hatte ich, obwohl es erstaunlich war, beim Opa keine Probleme in diesem Zusammenhang bemerkt.

»Pass auf, dass es ned z'reißt!«, mahnte der Opa an, ohne von der Zeitung aufzublicken.

Seine Sorge war ebenso traditionell wie unser Sonntagsfrühstück und nicht weniger traditionell unbegründet.

»Ist mir das scho einmal passiert?«, lautete meine allwöchentliche Gegenfrage.

Der Opa schaute mich streng mit seinen überdimensionalen Augen an. »Weiß ma's?«

Der bewährte Dialog ließ uns beide grinsen. Die Backofenuhr schrillte. Ich stellte den Ofen aus, öffnete die Tür zum Abkühlen und schaltete gleichzeitig die Herdplatte ab, auf der das Wasser im Topf zu sprudeln begonnen hatte. Das Timing war perfekt. Die herrlich frischen Weißwürst vom Metzger Gruber landeten in dem heißen Wasser und würden in wenigen Minuten die perfekte Temperatur erreichen, während die aufgebackenen Brezen in der Zeit abkühlen konnten.

Ich war wahrlich ein Weißwurstprofi.

Zufrieden holte ich den süßen Senf aus dem Kühlschrank und stellte ihn auf den Tisch. Die Brezen dufteten so herrlich, dass mein Magen vor Vorfreude einen Hüpfer machte.

»Hallo?«, drang es durch das gekippte Fenster zu uns herein.

Der Opa und ich sahen uns fragend an.

»Hallooooo! Hört mich jemand? HALLO?«

Es klang verdächtig nach Herrn Hager und zudem verzweifelt, darum eilte ich zur Haustür hinaus und suchte alarmiert den Hof ab. Eigentlich hatte ich erwartet, ihn schwerverletzt auf dem Boden liegend zu finden, doch stattdessen lehnte er sich aus dem Küchenfenster der Ferienwohnung heraus.

Ich blieb neben der Kastanie stehen, sah zu ihm hinauf und verschränkte die Arme. »Was soll das Geschrei? Ich dachte, Ihnen wäre etwas passiert!«

Er blickte finster zu mir herab. Da er jetzt nicht mehr aussah wie ein begossener Pudel, musste ich zugeben, dass er recht eindrucksvoll wirkte mit dieser strengen Miene. Wie ein Firmenboss, der seinen Mitarbeitern gehörig die Leviten las, nachdem sie Bockmist gebaut hatten.

»Das Problem ist eher, dass *nichts* passiert ist!«, schallte es herab.

Ich war ratlos und mir keiner Schuld bewusst. Außerdem ging mir der Tonfall ganz gewaltig gegen den Strich. Ich musste tief durchatmen, um mit einigermaßen freundlicher Stimmlage nachzufragen: »Was hätte denn passieren sollen, Herr Hager?«

»Ich warte seit zwei Stunden auf mein Frühstück!«

Meine Ratlosigkeit wandelte sich in Erstaunen. Was glaubte denn der Herr Hager, wo er sich hier eingebucht hatte? In ein Fünfsternehotel oder was?

Ich zwang mich weiterhin zur Ruhe. »Sie haben da wohl etwas missverstanden. Bei unserer Ferienwohnung ist keine Verpflegung inbegriffen.«

»Wie kann es dann sein, dass ich Halbpension gebucht und dafür im Voraus bezahlt habe?«

»Das muss ein Missverständnis sein.«

»Ach ja?« Er schnaubte unwirsch und verschwand aus dem Fensterrahmen.

Ich schüttelte verärgert den Kopf. So viel Unfreundlichkeit in einer einzigen Person war mir schon lange nicht mehr begegnet. Da ich dachte, das Gespräch sei hiermit beendet, wandte ich mich zum Gehen. Plötzlich traf etwas Spitzes auf meinen Hinterkopf.

Der Hager hatte tatsächlich einen Papierflieger nach mir geworfen!

»Was soll des denn jetzt?«, schimpfte ich. Schmerzen hatte ich zwar nicht, aber ich hielt mir trotzdem anklagend das Haupt.

»Erklären Sie mir, wer hier etwas missverstanden hat«, forderte der Hager in herrischem Ton. »Da drin steht es, schwarz auf weiß.«

Mit »da drin« meinte er wohl den Papierflieger. Skeptisch bückte ich mich danach und entfaltete ihn. Es war die Buchungsbestätigung der Website, über die wir unsere Ferienwohnung vermittelten. Hastig überflog ich die Zeilen. Schon der Aufenthaltszeitraum entlockte mir ein verhaltenes Stöhnen. Der Hager hatte sich drei ganze Wochen bei uns eingemietet? Na, prost Mahlzeit … Ein Stück weiter unten verschlug es mir komplett die Sprache. Da stand es tatsächlich. Schwarz auf weiß:

Zusatzleistung – Frühstück à € 7,90 pro Nacht.

Ich starrte entgeistert auf das knittrige Papier. Auch nach dem sechsten Lesedurchgang wollten die Buchstaben keinen anderen Sinn ergeben und kamen mir ziemlich spanisch vor.

»Also?«, bellte der Hager von oben herab.

»Moment!«, antwortete ich und stapfte mit Beweisstück A in der Hand zurück ins Haus.

Dort hielt ich es dem Opa vor die Nase. »Schau dir das mal an! Die Website hat Mist gebaut und dem Hager Frühstück bei uns zugesagt. Du musst ein bissl besser aufpassen, wenn du die Buchungsbestätigung rausschickst.«

»Des is koa Fehler«, meinte der Opa und faltete in aller Ruhe seine Zeitung zusammen. »Hab i dir des ned gesagt, dass i des dem Hager ausnahmsweise zug'sichert hab?«

»I glaub's ja wohl ned!« Das Papier in meiner Hand begann zu zittern.

Der Opa schaute unschuldig drein. »Anscheinend hab ich's wirklich vergessen. Mei, des Alter, gell …«

»Komm mir jetz ned mit der Altersschiene! Wir wissen beide, dass du ned dement bist!« Ich schnaufte lautstark und wedelte aufgebracht mit dem Blatt vor seiner dicken Hornbrille herum. »Du kannst dem doch ned einfach ein Frühstück versprechen, ohne des mit mir abzuklären! Oder wolltest ihm des selber auftischen?«

»Na ja, mit der Liesl war des halt abgesprochen …«

»Die is aber ned da!«, fauchte ich ungehalten. Eigentlich war ich gar nicht so sehr auf den Opa sauer, sondern eher, weil ich jetzt ausgerechnet den unfreundlichsten Gast, den wir je hatten, auch noch bekochen sollte. Weiß Gott, was der von einem Frühstück für sieben Euro neunzig erwartete. Davon abgesehen, dass es inzwischen zehn Uhr war und Müllerin wie Gruber ihre Sonntagspforten längst geschlossen hatten. Sei's ihnen gegönnt.

»Und wo soll i jetzt ein Frühstück herzaubern?«, fragte ich den Opa.

Er deutete zögernd auf den dampfenden Kochtopf. Ich fiel halb in Ohnmacht. Ich sollte *meine* Sonntagsweißwürst mit dem Hager teilen? Das war ja fast wie ein Verbrechen!

Der Opa machte inzwischen so ein betretenes Gesicht, dass mir gar nichts anderes übrig blieb, als ergeben die Arme in die Luft zu werfen.

»Dann ess i halt nix!«, rief ich mit theatralischer Geste und marschierte wütend auf den Hof hinaus.

Der Hager lehnte immer noch mit verschränkten Armen auf dem Fensterrahmen. Allein seine überlegen erhobenen Augenbrauen machten es mir unmöglich, eine Art Entschuldigung hervorzubringen.

»Keman S' mit!«, forderte ich ihn stattdessen auf und vergaß in meinem Ärger sogar mein feines Hochdeutsch.

Der Hager verstand mich trotzdem.

»Würde ich ja, wenn Sie dieses Monster endlich einsperren würden!«, antwortete er und deutete in Richtung Außentreppe.

Ich spähte um die Ecke und erkannte Kreszentia, die es sich vor der untersten Stufe zur Ferienwohnung gemütlich gemacht hatte und aufmerksam hoch zur Haustür blickte. Als der Hager diese öffnete, plusterte sie sich sofort auf und stieß ein mahnendes Fauchen aus.

»Da! Schauen Sie sich das an!«, rief er. »Das Vieh gehört hinter Schloss und Riegel!«

Ich kniff die Augen zusammen und ging in die Hocke, um die Gans beruhigend zu streicheln. »Ihr Geschrei ist nicht unbedingt hilfreich, Herr Hager.«

Langsam wagte er sich die Stufen herab, was Kreszentia alarmiert zur Kenntnis nahm. Sie schnatterte erbost, weil ich sanft ihren Rumpf umfasste, um sie vom sofortigen Angriff abzuhalten.

»Zenzi, is gut jetz!«, redete ich auf sie ein. »Er tut uns nichts.«

Meine Worte zeigten Wirkung, und die Gans entspannte sich ein wenig. Sie beobachtete jede einzelne Bewegung vom Hager zwar weiterhin mit Argusaugen, doch sie ließ wohlwollend zu, dass er an uns vorbeiging. Als wir nebeneinander zum Wohnhaus gingen, folgte Kreszentia mit einigem Abstand und stierte dem Hager argwöhnisch in den Rücken, während er sich immer wieder ängstlich nach ihr umdrehte. Hätte ich nicht die Haustür hinter uns geschlossen, wäre die Gänsedame schnurstracks bis in die Küche gewatschelt. Ich hörte sie draußen noch weiter empört herumschnattern.

Der Hager sah sich aufmerksam im Flur um, sagte aber nichts. Das war wohl auch besser so, denn er wirkte nicht wie ein Fan traditioneller Bauernhauseinrichtungen. Den Begriff Gemütlichkeit kannte er wahrscheinlich nur vom Hörensagen.

Ich führte ihn in unsere rustikale Küche, wo der Herr des Hauses inzwischen ohne Hornbrille auf der Eckbank thronte. Mit einem würdevollen Nicken begrüßte er unseren Gast. »Grüß Gott. Joseph Häusler mein Name. Bitte setzen S' eana.«

Er wies großzügig auf die andere Seite der Eckbank, wo sich mein Stammplatz befand. Das wurde ja immer schöner hier! Wenigstens hatte der Hager den Anstand, sich sichtlich unwohl in dem familiären Kreis zu fühlen. Er verharrte im Türrahmen und überdachte wahrscheinlich kurz seine Möglichkeiten. Dabei wirkte er wie ein Fremdkörper neben der eichenen Holzvertäfelung. Auch zu den Blasmusikklängen aus dem alten Radio wollte er nicht so recht passen mit seinem sorgfältig gekämmten Haar und dem hellblauen Poloshirt.

Ich kramte geräuschvoll einen Untersetzer für den Weißwursttopf und ein Körbchen für die Brezen aus den Schubladen. Als ich mich wieder umdrehte, rutschte der Hager bereits auf die Eckbank. Unverfroren, wie er war, streckte er dem Opa auch noch mit freundlichem Lächeln eine Hand hin.

»Hager«, stellte er sich vor. »Aber nennen Sie mich doch bitte Ben.«

Soso, der Hager hatte also einen Vornamen. Wer hätte das gedacht?

»Sepp«, erwiderte der Opa.

Ich knallte Untersetzer und Brezen auf den Tisch.

»Sehr erfreut«, sagte der Hager.

Kurzes Schweigen.

»Die Anna ham S' ja scho kennengelernt«, meinte der Opa.

»Richtig.«

Ich biss mir auf die Zunge und stampfte zum Herd.

»Morgen kriegen S' Ihr Frühstück freilich in d' Wohnung g'liefert«, versprach der Opa. »Sagen S' halt dann der Anna, was Sie wünschen.«

Was Sie wünschen?

Beinahe hätte ich mir die Haare gerauft. Jetzt war ich doch glatt zum persönlichen Frühstückssklaven des Herrn Hager ernannt worden! Mein Frust war mir vermutlich anzusehen, denn Hager musterte mich eingehend. Was er sich während dieser Musterung dachte, war fraglich. Seine Miene war durchgehend ausdruckslos.

»Heut gibt's nur Weißwürscht!«, bellte ich und stellte den Topf so nachdrücklich auf den Tisch, dass beinahe das heiße Wasser herausgeschwappt wäre.

Das war alles, was ich dazu zu sagen hatte, bevor ich mein Haar über die Schulter warf und wie ein beleidigter Teenager die Treppe zu meinem Zimmer hochtrampelte.

***

Am Abend war der Biergarten des Gasthofs zur Post erwartungsgemäß gut besucht. Nach dem gestrigen Unwetter hatte die Hitze nicht mehr ganz so viel Fahrt und war zu einer angenehmen Sommerwärme geworden. Angenehm, wenn man als Gast unter den schattenspendenden Ahornbäumen lümmeln durfte. Immer noch eine Spur zu heiß, wenn man in einer kratzigen Kellnerinnenuniform zwischen den Gästen herumwuseln musste.

Ich spürte, wie mir der Schweiß eklig den Rücken hinunterrann, während ich zwei Armvoll Bierkrüge zum Stammtisch schleppte. Zur High Society von Wammling quasi. Der Opa saß auch dort. Mit glänzenden Augen nahm er seine kühle Halbe entgegen und ignorierte meinen missbilligenden Blick. Eigentlich sollte er wegen seiner Nierenschwäche auf Alkohol verzichten, aber erklär das mal einem achtzig Jahre alten gestandenen Bayern. Der verzichtete lieber auf eine Niere als auf das Feierabendbier am Stammtisch. Solange es bei diesem einen blieb, hielt ich mich also mit einem Tadel zurück.

Ich zückte Block und Stift, um die Essensbestellung aufzunehmen. Dabei wurde ich weitestgehend ignoriert, weil der Gruber gerade die neuesten Neuigkeiten bezüglich Lichtenöd verkündete.

»Des mit dem Golfplatz is deren Ernst. Außerdem soll's nu an Tennisplatz und a Schwimmbad kriegen. De ganze Straß da rauf wollen s' teeren. Und des ganze Holz abschlagen, damit s' Platz für den Golfschmarrn ham.«

»Von der Straße gehört a ganzer Kilometer uns«, sagte ich laut. »Da können s' sich den Teer in d' Haar schmieren!«

Der Opa nickte bestätigend und trank einen Schluck.

»Mei, Anna!«, rief die Müllerin entsetzt. »Da hab i ja no gar ned dran gedacht! De ganzen Preißn würden ja dann an eurem Hof vorbeifahren!«

Stimmt. An diesen Umstand hatte ich ebenfalls noch nicht gedacht. Ich schnaubte. »Des wär ja noch schöner!«

»Meinst, ihr könnt da was dagegen machen?«, fragte der Gruber.

»Des is Privatgrund! Die Bewohner von Lichtenöd haben dort Wegerecht, aber ich glaub ned, dass so was auch für Hotels gilt. Eines weiß ich ganz sicher: Leicht werden wir denen des ned machen, gell, Opa?«

Er hob seinen Krug. »Jawoll!«

Hinter mir räusperte sich jemand vernehmlich. Wir waren alle so vom Thema Kurhotel abgelenkt gewesen, dass wir den Neuankömmling gar nicht bemerkt hatten.

»Ach, der Herr Hager!«, rief der Gruber zu meiner Überraschung. »Haben S' gestern noch zu den Häuslers g'funden, ja?«

»Ohne Probleme«, antwortete der Hager und warf mir einen warnenden Blick zu. Offenbar sollte ich die Sache mit seinem Spielzeugkarrn verschweigen. Dann grinste er den Metzger an. »Sie sind eindeutig fähiger als mein Navigationsgerät, Herr Gruber.«

Ich beobachtete die Szene mit gerunzelter Stirn. Was sollte dieses plötzliche Geschleime? Okay, die ländlichen Regeln besagten, man solle sich zu seiner eigenen Sicherheit mit dem einzigen Metzger im Dorf gut stellen. Allerdings bezweifelte ich, dass der Hager von diesem Reglement wusste.

Die Müllerin war unterdessen vollkommen in den Anblick des Fremden versunken. So ganz verdenken konnte ich es ihr nicht. Er hatte das Poloshirt in ein eng anliegendes Hemd getauscht, das seinen trainierten Oberkörper perfekt zur Geltung brachte. Die Used-Look-Jeans saßen tief auf seinen Hüften. Unwillkürlich fragte ich mich, ob man einen Blick auf seinen Bauch erhaschen konnte, wenn er die Arme hochhob.

Mit Sicherheit war das so. Und noch sicherer war ich mir, dass er diesen Effekt perfekt einzusetzen wusste. Er schreckte ja nicht mal davor zurück, der Müllerin ein einnehmendes Lächeln zuzuwerfen, das ihr tatsächlich eine leichte Röte auf die Wangen zauberte.

Ja, spinn ich oder was?

Der Hager konnte mich mit seinem charmanten Auftreten nicht täuschen. Ich hatte schließlich sein wahres Gesicht kennengelernt, und das trieb einem höchstens die Zornesröte auf die Backen.

»Ich fürchte, wir haben im Garten keinen Tisch mehr frei«, sagte ich forsch.

Sofort fiel mir der Gruber in den Rücken. »Ach, mia rutschen einfach zam, dann hat der Herr Hager a no an Platz. So breit isser ja ned!«

»Ja, für so an schlanken jungen Mann ham ma freilich nu a Platzerl frei«, säuselte die Müllerin und sprang dem Opa beinahe auf den Schoß, um den Hager neben sich auf die Bank zu locken.

Ich konnte nicht verhindern, entnervt mit den Augen zu rollen. Gleich darauf landete ich in Hagers Blick. Abermals hatte er ein undurchdringliches Pokerface aufgelegt.

»Was darf ich bringen?«, schnauzte ich ihn an.

»Ein Bier bitte.«

Ich rauschte davon. Als ich zurückkehrte, hing der gesamte Stammtisch restlos fasziniert an Hagers Lippen. Außer der Opa.

Der nippte desinteressiert an seinem Krug, was mich seinen Fauxpas mit dem Frühstück wieder vergessen ließ.

»Ein Autor?«, rief die Müllerin verzückt. »Ja, was schreiben S' denn so für Bücher?«

Der Hager wirkte nicht sehr geschmeichelt. Irgendwie schien es ihm sogar zuwider zu sein, darüber zu sprechen.

»Ganz normale Krimis«, antwortete er wegwerfend. »Ein Mord, ein Kommissar, Auflösung und Ende.«

»Wie spannend!«, hauchte die Müllerin.

Dasselbe hätte sie wahrscheinlich auch gesagt, wenn er sich als Steuerberater geoutet hätte.

»Und san Sie jetz hier zum Arbeiten oder zum Urlaubmachen?«, wollte der Gruber wissen.

»Eigentlich zum Arbeiten. Ich recherchiere hier für mein nächstes Projekt.«

Sofort schwoll dem Gruber die Brust an. »Wenn S' Inspiration wollen, können S' mi gern mal in der Metzgerei besuchen. Des wär doch a super Job für an Mörder.«

Der Opa legte den Kopf schräg. »Sollt ma uns Gedanken machen, wos in deine Würst so drin is?«

»Na, so war des jetz ned g'meint!«, wehrte der Gruber erschrocken ab.

Ich errettete ihn aus der Situation, indem ich abermals Block und Stift zückte.

»Mag jemand was essen?«, fragte ich in die Runde. »Obwohl des Fleisch vom Gruber kommt?«

Der Stammtisch lachte. Der Hager sah sich nach einer Speisekarte um. Die Müllerin erkannte sein Problem und legte ihm nahe, er müsste unbedingt das Bierbrat'l probieren, das in der Karte als geschmorte Schweinelende an Malzsoße angeboten wurde.

»Klingt hervorragend«, meinte der Hager, und die Müllerin bekam gleich wieder rote Wangen.

Ich nahm die Bestellungen auf und kümmerte mich danach um die anderen Tische im Garten. Dabei warf ich immer wieder einen verstohlenen Blick zum Stammtisch. Der Herr Hager wurde gefeiert wie ein Showgast und fühlte sich in dieser Rolle sichtlich wohl. Er wirkte entspannt und fröhlich, lachte ausgelassen mit den anderen und hatte im Nu die Sympathie des gesamten Stammtisches erlangt.

Sehr seltsam war das.

Nicht der Umstand, dass er in den erlesenen Kreis aufgenommen wurde, sondern sein Verhalten an sich. Es war wirklich so, als säße dort ein komplett anderer Herr Hager. Keine Spur von Erhabenheit und Arroganz. Hätte ich es nicht besser gewusst, wäre er mir vermutlich ebenfalls sympathisch gewesen.

Allerdings kaufte ich ihm sein Getue nicht mehr ab. Ich war mir sicher, dass dies nicht der wahre Hager war. Den wahren Hager hatte er anscheinend nur mir gezeigt. Vielleicht empfand er mich nicht als wichtig genug, um mich genauso zu bezirzen. Mir sollte es recht sein. So hatte ich ihn wenigstens gleich von Anfang an durchschaut.

Trotzdem fragte ich mich den ganzen Abend über, was er mit dieser Show eigentlich bezweckte.

Kapitel 4

Am nächsten Morgen schleppte ich einen prall gefüllten Einkaufskorb zur Ferienwohnung hinauf. Kreszentia ruhte auf ihrem Beobachtungsposten am Fuße der Treppe und sah mir nervös schnatternd hinterher.

Der Hager hatte dem Opa eine Liste gegeben, wie der gnädige Herr zu speisen wünschte. Ich wusste, dass ein Teil dieser Liste durch reinste Boshaftigkeit entstanden war.

- ein Kornspitz
- ein Kürbiskernbrötchen
- eine Scheibe Schwarzbrot
- Halbfettmargarine
- Erdbeermarmelade (ohne Fruchtstücke)
- Waldhonig (kein Blütenhonig!)
- ein weich gekochtes Ei

So weit, so gut. Diesen Teil der Liste konnte ich nachvollziehen und abarbeiten. Doch dann ging es weiter:

- eine Mango
- eine Papaya

– Chia-Samen
– veganes Müsli
– Sojajoghurt

Wer erwartete denn solche Extrawürste zum Frühstück in einer niederbayrischen Ferienwohnung? Das konnte nur ein Witz sein. Zumal der Hager garantiert kein Veganer war und ich eine Laktoseintoleranz bei ihm ebenfalls ausschloss. Theoretisch hätte ich seine Forderungen wohl erfüllen können, doch ich sah gar nicht ein, wegen ihm bis in die Stadt zu fahren. Bei der Müllerin gab es so ein Zeug nicht, darum machte ich kurzen Prozess und tauschte die gewünschten Produkte kurzerhand gegen Äpfel, Bananen, Standardmüsli und Naturjoghurt aus und notierte dies auch säuberlich auf der Liste. Für die Chia-Samen fand ich kein passendes Äquivalent, darum strich ich diesen Punkt einfach durch.

Eigentlich sah mein Plan vor, den Einkaufskorb mitsamt korrigierter Liste einfach vor die Eingangstür zur Ferienwohnung zu stellen. Leider stand diese jedoch weit offen. Leider hatten Holztreppen die Angewohnheit, jeden Schritt knarrend zu kommentieren, wenn man nicht mit katzenartiger Leichtfüßigkeit gesegnet war. Und leider hatte man von der offenen Küche der Ferienwohnung aus freien Blick auf die Haustür.

Herr Hager war sich dessen freilich bewusst. Er saß nicht umsonst genau so am Küchentisch, dass er nur kurz von seinem Laptop aufsehen musste, um mich wissen zu lassen, dass er meine Ankunft bemerkt hatte. Ein abgekartetes Spiel war das.

»Guten Morgen«, sagte er neutral und vertiefte sich gleich wieder in seinen Laptop.

»Morgen«, antwortete ich nicht minder emotionslos, bevor ich nach kurzem Zögern in die Wohnung marschierte und den

Einkaufskorb auf die Arbeitsplatte hievte.

Der Hager sagte nichts dazu, was für mich umso mehr einer Provokation gleichkam. Anscheinend war es zu viel verlangt, ein kleines »Dankeschön« zu bekommen. Ich reagierte darauf, indem ich schweigend den korrigierten Einkaufszettel neben seinen Laptop legte und mich zum Gehen wandte.

»Entschuldigen Sie, Anna, aber von einem Frühstück erwarte ich etwas anderes«, meinte der Hager plötzlich.

Wir waren also beim Vornamen angelangt. Nun gut.

Ich blieb stehen und drehte mich gemächlich zu ihm um. »Was genau erwarten Sie denn, Ben?«

»Dass es angerichtet ist, zum Beispiel.«

In seiner Stimme schwang der Unterton des Big Boss mit. Die Strenge in seinem Blick sollte mich wohl vor Furcht erzittern lassen.

»Teller sind oberhalb der Spüle, das Besteck im Schubkasten rechts vom Herd«, erklärte ich mit süßlichem Lächeln.

Ben lehnte sich zurück. Er merkte wohl, dass er mich mit seiner Geschäftsführermasche nicht beeindrucken konnte, darum änderte er seine Taktik. »Die Bewertungen Ihrer Unterkunft sind durchgehend positiv, wenn nicht sogar hervorragend. Es wäre doch wirklich schade, wenn dieser Durchschnitt getrübt werden würde.«

Für einen Moment war ich sprachlos. Dann warf ich entschlossen den Kopf zurück und reckte das Kinn. »Wenn Sie eine schlechte Bewertung abgeben wollen, dann tun Sie sich keinen Zwang an. Eine einzige Kritik wird der Beliebtheit unserer Ferienwohnung kaum schaden.«

»Denken Sie?« Ben neigte den Kopf. »Und denkt Ihr Großvater genauso?«

Ich kniff die Augen zusammen. Mir lag so ziemlich jedes Schimpfwort auf der Zunge, das ich in meinem bisherigen

Leben gehört hatte. Was für eine berechnende Mistkröte! Mir persönlich war es ehrlich egal, wenn er meinte, unseren Bewertungsdurchschnitt absenken zu müssen. Mit dem Opa hatte er allerdings eine fiese Karte ausgespielt. Natürlich würde der Opa nicht wirklich sauer auf mich sein, aber ich wusste sehr wohl, dass er ganz und gar stolz auf die hervorragenden Bewertungen entsprechender Internetportale war. Und der Hager schien das ebenfalls zu wissen. Wahrscheinlich hatte der Opa es ihm gegenüber erwähnt, und schon verwendete der Fiesling diese Information, um mich zu erpressen.

Die Beschimpfungen formten sich zu einer klebrigen Masse auf meiner Zunge und ich brauchte drei Anläufe, bis ich sie hinunterschlucken konnte. Der Klumpen rumorte in meinem Magen. Eine Art Knurren entwich meiner Kehle.

Ben beobachtete mich gänzlich entspannt. Er griff zu der kleinen PC-Maus und klickte auf einer für mich nicht sichtbaren Website herum. Mit einer herausfordernd erhobenen Braue begann er gemächlich zu tippen und sah dazwischen immer wieder zu mir auf.

Unfassbar …

»Schon gut!«, schnaufte ich schließlich, stapfte zurück zum Küchentresen und riss die Besteckschublade auf. »Aber Sie sollten sich was schämen!«

»Es ist nichts Schandhaftes daran, zu bekommen, was man will.«

Mein Unterbewusstsein hatte mich wohl zu dem größten Messer greifen lassen, das in dieser Küche zu finden war. Aufgebracht fuchtelte ich damit in Bens Richtung. »Erpressung ist durchaus schandhaft!«

Er blickte schon fast gelangweilt auf die zitternde Klinge in meiner Hand. »Manchmal muss man eben zu drastischen Mitteln greifen.«

»Und manchmal sollte man einfach freundlich um etwas

bitten!« Ich knallte das Messer auf die Arbeitsplatte und räumte geräuschvoll den Einkaufskorb leer. »Bei Ihnen wurde offensichtlich versäumt, die Bedeutung von *bitte* und *danke* zu erläutern.«

Ich hatte ihm den Rücken zugewandt, aber seine Antwort klang so amüsiert, dass er garantiert ein süffisantes Grinsen im Gesicht trug. »Mit reiner Höflichkeit wäre ich nicht dort hingekommen, wo ich heute bin.«

»Ach ja? Ich wusste gar nicht, dass Autoren ihre Leser erpressen, damit ihre Bücher gekauft werden …«

Ben sagte nichts dazu, was wohl auch besser war. Noch so ein hochmütiger Spruch, und ich hätte vermutlich etwas Dummes getan. Ihn vielleicht mit dem rohen Ei beworfen, das ich aus dem Hühnerstall geklaut hatte. Oder ihm den Joghurt über den Kopf gekippt.

Es war nicht zu fassen, wie dreist und unverfroren dieser Kerl war. Ein Arschloch, wie es im Buche stand. Und dann war er auch noch stolz auf sein Benehmen.

Mit reiner Höflichkeit wäre ich nicht dort hingekommen, wo ich heute bin, äffte ich ihn im Geiste nach, während ich einen Topf mit Wasser füllte, um sein dämliches Ei zu kochen. Ja, wo war er denn heute, der Herr Hager? In einer Ferienwohnung in Wammling. Wo er sonst so war, interessierte mich einen Scheißdreck!

Puh, so sauer war ich schon lange nicht mehr gewesen. Der Opa war mir ganz gewaltig was schuldig!

Nein, das war natürlich Quatsch. Vielmehr verhielt es sich umgekehrt. Mein Opa hatte so vieles für mich getan, dass es das Mindeste war, seinen geliebten Bewertungsdurchschnitt zu erhalten. Dafür konnte ich durchaus ein paar Wochen in den sauren Apfel beißen und ein kleines Frühstück für einen Despoten herrichten. Der Triumph des Hager kratzte zwar ganz gewaltig an meinem Stolz, aber die Liebe zu meinem Opa war stärker.

Mit zusammengepressten Lippen deckte ich den Tisch ein. Ben beachtete mich nicht weiter und schien wieder völlig in seinen Laptop vertieft. Erst als ich den Apfel und die Banane naturbelassen vor ihn hinlegen wollte, sah er missbilligend auf.

Mir war klar, dass er sein Obst mundgerecht aufbereitet haben wollte, aber ich stierte ihm so lange in die Augen, bis er sich zu einem Kommentar genötigt sah.

»Die Obststücke mit dem Joghurt vermengen und fünf Esslöffel Müsli daruntermischen«, sagte er gelangweilt, als läse er von einem Rezept ab.

Bis dato hatte ich gar nicht gewusst, dass braune Augen so kalt und gefühllos wirken können. Es kostete mich ein großes Maß an Überwindung, seiner Anweisung schließlich Folge zu leisten. Dabei mischte ich mit Freude einige Apfelkerne ganz unten in die Schüssel und verzichtete darauf, die bitteren Fäden der Banane abzuziehen. Hoffentlich hasste er die genauso wie ich.

Endlich war auch das Ei fertig gekocht. Ich platzierte den Eierbecher direkt auf dem von mir korrigierten Einkaufszettel und wunderte mich kurz darüber, dass Ben ihn gar nicht kommentierte. Vermutlich beschwerte er sich nicht, weil er das meiste ohnehin nur aus Boshaftigkeit aufgeschrieben hatte.

»Ist nun alles zu Ihrer Zufriedenheit, Herr Hager, oder soll ich Ihnen Ihr Brot noch vorkauen?«, fragte ich mit übertriebenem Augenaufschlag.

»Das wird nicht nötig sein«, antwortete er gelassen, ohne aufzublicken. »Vielleicht ein anderes Mal.«

Ich verharrte eine Weile mit verschränkten Armen vor seinem Tisch und wartete auf ein ganz bestimmtes Wörtchen. Er tat so, als bemerkte er mich nicht. Die Schimpfwortmasse in meinem Bauch begann zu brodeln. Bevor ich noch etwas tun konnte, was ich im Nachhinein bereuen würde, keifte ich: »Gern geschehen!« zu ihm hinab und zog von dannen.

Die Tür fiel laut hinter mir ins Schloss. Ich blieb am oberen Ende der Treppe stehen und atmete ein paarmal tief durch. Die frische Morgenluft strömte wohltuend in meine Lungen. Irgendwie schaffte sie es sogar, das Rumoren in meinem Magen zu beruhigen. Kreszentia schaute besorgt zu mir herauf.

Drei Wochen …

Keine Ahnung, wie ich die überstehen sollte, ohne ein Magengeschwür zu bekommen. Das Benehmen dieses Mannes trieb mir die Galle quasi bis zu den Haarwurzeln. Mir war es unbegreiflich, wie man sich so aufführen konnte. Ich würde in Grund und Boden sinken vor Scham. Außerdem fand ich es schon beinahe beängstigend, wie er sich gestern Abend uneingeschränkt sympathisch hatte präsentieren können, ohne auch nur den Hauch seines wahren Ichs zu verraten. Ein sehr gefährliches Talent, meiner Meinung nach. Ich zweifelte keine Sekunde daran, dass er dieses schamlos einsetzte, um seine Ziele zu erreichen. Welche auch immer das sein mochten.

Auf jeden Fall war eines klar: Diesem Kerl konnte man nicht über den Weg trauen.

»So ist's brav«, lobte ich Kreszentia, »behalt den ja gut im Auge!«

Die Gans klapperte zufrieden mit dem Schnabel.

Die schlammbespritzten Kotflügel des Spielzeugautos im Carport erfüllten mich mit ein wenig Genugtuung, sodass ich relativ gut gelaunt in den Stall ging.

Durch meine morgendliche Einkaufstour war der Opa wieder schneller gewesen. Der Offenstall war bereits ausgemistet und die Vierbeiner grasten zufrieden auf der angrenzenden Koppel. Erst auf den zweiten Blick erkannte ich, dass in einer hinteren Ecke das untere Band des Elektrozauns durchhing. Ich seufzte und zählte kurz die Herdenmitglieder durch. Wie erwartet, fehlte der braun getupfte Ponywallach Moritz.

Ich schaltete das Gerät ab, das den Zaun mit regelmäßigen Impulsen unter Strom setzte, und hängte das Band wieder in die Halter an den Zaunpfosten, sodass es gespannt war. Die Herde beachtete mein Treiben nicht weiter. Das satte Gras auf der erst kürzlich zugänglich gemachten Weide war um einiges interessanter. Nur der Ausbrecher war wieder einmal anderer Meinung gewesen. Und dass der Ausbrecher ausgebrochen war, war für alle Beteiligten nichts Neues.

Nachdem das Weidezaungerät wieder gleichmäßig klackte, schnappte ich mir Strick und Halfter und machte mich auf den Weg, um den frechen Moritz abzuholen. Ich wusste genau, wo er hingewandert war, denn so ein Ausbruch kam beileibe nicht zum ersten Mal vor. Wir konnten uns zwar nicht erklären, wie das Pony auf die Idee kam, alleine auf Reisen zu gehen, denn es war für Pferde ganz und gar ungewöhnlich, sich weit von ihrer Herde zu entfernen, aber Moritz ignorierte eben die üblichen Gepflogenheiten.

Wirklich schlimm fanden wir diese Eigenart auch nicht. Gerade nach meinem mehr als nur unerfreulichen Hager-Morgen tat mir der Spaziergang richtig gut.

Der Feldweg machte knapp hinter unserem Hof eine Biegung um ein Maisfeld und stieg dann merklich an, hinauf in ein Waldstück.

Genüsslich sog ich den Duft von Kiefernnadeln ein. Das Gehämmer eines Spechts echote durch den Wald. Das geschäftige Brummen von Insekten begleitete mich. Ab und an raschelte es im Dickicht, wenn ein Waldbewohner empört über meinen Anblick floh.

Je weiter ich hinaufkam, umso unebener wurde der Weg.

Vergangene Regengüsse hatten tiefe Furchen in den Sandweg gespült und das Gras in der Mitte reichte mir teilweise bis zur Hüfte. Hier hatte sich schon lange niemand mehr um den Erhalt der Straße gekümmert.

Die Steigung legte sich sanft. Der Weg führte noch ein kleines Stück schnurgerade durch den Wald, bevor sich die tief hängenden Äste wie ein Vorhang lichteten. Ich trat unter ihnen hindurch und war jedes Mal aufs Neue von dem Anblick fasziniert, der sich auftat.

Lichtenöd.

Der ehemalige Gutshof lag mitten auf einer weitläufigen Wiese, die in einem nahezu perfekten Quadrat rundum an den Wald grenzte. Die Straße, der ich gefolgt war, führte geradewegs zur Mitte des eindrucksvollen Herrenhauses. Steinerne Stufen führten hinauf zum Haupteingang des Gebäudes, das zwei Stockwerke umfasste. Hohe Rundbogenfenster schmückten die Fassade und vier Gauben durchbrachen das Walmdach.

Wie pompös es einst gewesen sein musste!

Nun wirkte es jedoch trostlos und verkommen. Die Einsamkeit hatte ihre Spuren hinterlassen. Der Putz blätterte großflächig vom Gemäuer ab. Einige Fensterscheiben waren zerbrochen und das Dach hing an einer Stelle mehr als bedenklich durch.

Es war eine Schande.

Und eine noch größere Schande wäre es, den Hof abzureißen. Noch waren die Gebäude zu retten. Die Grundsubstanz war gut erhalten. Keinerlei Staunässe oder Mauerfraß. Jemand, der aus dem Nichts einen Hotelkomplex errichten konnte, sollte doch eigentlich auch die finanziellen Mittel haben, den Gutshof zu sanieren. Meinetwegen, um ein kleines Hotel daraus zu machen. Groß genug wäre das Herrenhaus allemal. Unter dem Slogan *Romantisches Landhotel* würde es gewiss gut laufen. Auch ohne Golfplatz.

Ohne Eile spazierte ich das letzte Wegstück entlang und hielt dabei Ausschau nach Moritz. Ich konnte gut verstehen, warum es ihn immer wieder hier heraufzog. Dieser Ort übte auch auf mich eine magische Anziehung aus. Als Kind war ich oft zwischen den verlassenen Gebäuden herumgeschlichen und hatte mich dabei gefühlt wie in einem verwunschenen Schloss. Ich lächelte, als ich an die vielen Abenteuer zurückdachte, die ich hier oben erlebt hatte.

An der westlichen Hofseite fand ich Moritz. Das getupfte Pony graste vor sich hin und schlug sich den ohnehin schon gefährlich gewölbten Bauch voll. Er hatte mich längst bemerkt, das konnte ich am Zucken seiner Ohren sehen, doch Moritz ließ sich nicht aus der Ruhe bringen. Erst als ich mich ihm näherte, fraß er immer hektischer. Als wäre er geradezu am Verhungern, weil wir ja kein Gras auf unseren Koppeln haben.

Ich ahnte bereits, was jetzt käme, doch ich wagte trotzdem den Versuch, ihm das Halfter anzulegen. Moritz ließ mich genau eine Armlänge an sich herantreten und galoppierte dann aus dem Stand davon, nur um ein paar Meter weiter die Nase wieder zwischen den Grashalmen zu versenken.

»Ach, Moritz …« Ich seufzte übertrieben und tappte ihm hinterher. Kaum war ich bei ihm angelangt, hüpfte er wieder davon. Dabei schlug er übermütig mit dem Kopf. Ein eindeutiges Zeichen dafür, dass sich dieses Spielchen noch in die Länge ziehen würde.

Ich winkte ab und beschloss, es später noch einmal zu versuchen. Meine Erfahrung lehrte mich, dass schon wenige Minuten oft Wunder wirkten. Vielleicht bekam Moritz ja dann so etwas wie ein schlechtes Gewissen.

Ich umrundete das Herrenhaus und ging in den Innenhof, der von mehreren Gebäuden geformt wurde. Zwei Stallungen, eine lang gezogene Scheune und ein Wohngebäude, das einstige Gesindehaus, in dem die Mägde und Knechte des Hofes gelebt hatten. Das Gesindehaus stand ein wenig abseits. Es war am schlechtesten erhalten und inzwischen wohl nicht mehr zu retten. Das Dach war vor ein paar Jahren eingestürzt und hatte einen Großteil der Mauern mit sich gerissen. Morsche Balken ragten aus der Ruine gespenstisch in die Höhe. Das Mauergeröll war überwuchert von Gräsern und wildem Efeu.

Die restlichen Nebengebäude waren erstaunlich gut erhalten. Besser als das Herrenhaus sogar. Die Dächer waren noch intakt, was aber nicht mehr allzu lange so bleiben würde. Vor allem bei einem der Ställe konnte man fast schon dabei zusehen, wie sich eine Seite des Firstes nach und nach senkte.

In der Mitte des Hofes setzte ich mich ins Gras und ließ den Zauber des Ortes auf mich wirken. Vor meinem geistigen Auge lief die Zeit rückwärts. Die Dächer richteten sich gerade aus, das Gesindehaus baute sich wieder auf, der Putz fand zurück an seinen Platz und die Fensterscheiben wuchsen wieder zusammen.

Ich stellte mir vor, wie hölzerne Karren voller Heu über den Hof geschoben wurden. Ein Knecht führte zwei stattliche Pferde vorbei und spannte sie vor eine Kutsche. Eine Magd trug einen Korb voller saftiger Äpfel. Zwei Kinder scheuchten vergnügt eine Horde Hühner auf …

Moritz stupste mich mit der Nase an die Schulter und holte mich zurück in die Gegenwart.

»Bist du jetzt satt, ja?«, fragte ich ihn.

Das Pony schaute mich an. Sein Blick bedeutete wohl: Schon ewig! Können wir jetzt endlich nach Hause gehen?

Ich kraulte den Frechdachs an der Brust. Er kräuselte entzückt die Schnute. Ich stand auf und verzichtete vorerst darauf, ihm das Halfter überzustreifen. Er würde auch so mitkommen.

Der Ausflug galt für ihn als beendet.

Als wir den Waldrand erreichten, warf ich noch mal einen Blick zurück.

Dieser magische Ort musste unbedingt bewahrt werden.

Irgendetwas würde mir schon einfallen.

Kapitel 5

Angestachelt von meinem Besuch des verlassenen Gutes am Vormittag, verbrachte ich geschlagene zwei Stunden vor dem PC, um meine Möglichkeiten zu eruieren. Dabei notierte ich drei verschiedene Punkte: Denkmalschutz, Naturschutzgebiet und Unterschriftenliste. Letztere war quasi Standard bei solchen Aktionen.

Vor allem der Denkmalschutz stand für mich weit oben auf der Liste der Ansatzpunkte im Kampf gegen die Abrissbirne. Interessanterweise konnte ich nur wenige Kriterien ausmachen, die für einen Antrag auf Unterschutzstellung eines Bauwerkes ausschlaggebend waren. Das Web war hauptsächlich voll von Informationen darüber, wie man den Denkmalschutz umgehen konnte. Er schien tatsächlich der Horror für jeden Bauherrn zu sein, wobei ich die meisten ihrer Argumente nicht ganz verstehen konnte. Freilich war man in der baulichen Kreativität eingeschränkt, da sämtliche Renovierungsarbeiten unter strengen Auflagen und bei Erhaltung der ursprünglichen Fassade zu erfolgen hatten. Im Gegenzug konnte man aber auch mit steuerlichen Vorteilen rechnen, und man durfte nicht vergessen, dass man immerhin das Privileg genoss, ein historisches Denkmal zu nutzen.

Ich wühlte mich durch verschiedene Foren zu diesem Thema. Las die Kommentare der Befürworter und Gegner und kam zu dem Schluss, dass eine Unterschutzstellung des Gutshofes genau das gewährleisten würde, was ich zu erreichen versuchte. Nämlich dass er nicht abgerissen wurde.

Perfekt.

Der Naturschutz war wegen des geplanten Golfplatzes interessant. Wobei ich schnell feststellte, dass eine Waldrodung zu privaten Zwecken ohnehin nicht leicht durchzusetzen war. In Deutschland wurde nur für infrastrukturelle Bauten gerodet und eine Rodung erforderte parallel eine Aufforstung in gleichem Maßstab. Wo diese Aufforstung dann stattfinden sollte, konnte ich nicht herausfinden. Logisch wäre, sie in nächster Umgebung des Rodungsgebietes vorzunehmen, doch der Rest des Guttersberger-Grunds bestand ja bereits aus Wald. Ich bezweifelte, dass einer der Bauern sein angrenzendes Feld für die Verwirklichung eines Golfplatzes hergeben würde. Generell gab ein Bauer etwas von seinem Feldbestand nur aus triftigen Gründen her. Wenn, dann verpachtete man die Fläche halt. Aber verkaufen war selten.

Fürs Erste war ich mit meinen Ergebnissen also zufrieden. Ich packte meine Notizen ein und radelte hinunter ins Dorf, um dem Bürgermeister meinen Plan zu unterbreiten. Mein Plan lautete: den Abriss von Lichtenöd zu verhindern, und zwar mit der Unterstützung durch die gesamte Gemeinde und mithilfe handfester natur- und denkmalschützerischer Argumente!

Wammling war, wie erwähnt, ein kleines Örtchen. Aus diesem Grund frönte der Bürgermeister seinem Amt lediglich im Nebenjob. Hauptberuflich war er Inhaber einer Pflasterfirma und leider eben gerade zu einem Kundentermin unterwegs, wie ich von der Maria im Vorzimmer des winzigen Gemeindeamts erfuhr.

Maria war Sekretärin/Gemeindeverwalterin/Organisatorin/Gspusi des Bürgermeisters in einem. Und das ganz offiziell. Also auch Letzteres.

»Was hättst denn braucht, Anna?«, wollte sie wissen, während sie sorgfältig den Veranstaltungskalender in ihrem Aufsteller gerade rückte.

»Ich wollt mit ihm über Lichtenöd reden«, antwortete ich wahrheitsgemäß.

Sofort zeigte sich Maria alarmiert. »Mei, ja. Eine schlimme Sache is des!« Sie schüttelte ihre Dauerwelle. »Wenn des beim Landratsamt durchgeht, reißen s' direkt ein Stück Geschichte von Wammling ab.«

»Kennst du dich da aus?«, fragte ich hoffnungsvoll. »Mit der Geschichte von Lichtenöd, mein ich.«

Sie wiegte den Kopf. »Ich kenn halt die Geschichten meiner Großtante. Ihre Tante hat wohl damals noch dort als Magd gearbeitet. Aber so direkt interessiert hab ich mich, ehrlich g'sagt, nie dafür.«

Ich konnte Maria verstehen. Ich selbst hatte mich auch nie wirklich mit der wahren Historie von Lichtenöd beschäftigt, obwohl ich verliebt in diesen Ort war. Seine Vergangenheit hatte ich mir erträumt und mir ausgemalt, in welchem Glanz der Hof wieder erstrahlen könnte. Dabei kannte ich nicht einmal das genaue Baujahr des Anwesens. Doch das würde ich jetzt ändern.

Ich eröffnete Maria meinen Plan zur Errettung von Lichtenöd und erntete umgehend Begeisterung von ihr. Sie versprach mir, mich dabei in allen Belangen zu unterstützen. Leider wurden diese Belange sogleich eingegrenzt, als ich sie um einen Blick ins Grundbuch bat.

»Ja, aber des darfst du gar ned«, wisperte sie nervös, als hätte ich sie um Beistand bei einem Bankraub gebeten.

»Anders werd ich aber die Informationen ned kriegen, die

ich für einen Antrag auf Unterschutzstellung brauch«, entgegnete ich.

»Was brauchst denn da alles?«

»Na ja, die Eckdaten zur Geschichte des Hofs halt. Wer's gebaut hat, wer dort gewohnt hat …«

Wieder senkte Maria die Stimme, als erlägen wir einer kriminellen Energie. »Dafür brauchst des Grundbuch ned. Frag den Pfarrer. Der weiß des bestimmt.«

Ich hob ratlos die Brauen. »Warum soll der des wissen?«

»Ja, weil der scho länger an einer Wammlinger Chronik arbeitet. Hast des gar ned gewusst?«

Nein. Woher auch? Ich war kein solch beachtlicher Teil der Geschichte von Wammling, dass der Pfarrer mich zur Vervollständigung seiner Chronik hätte brauchen können. Allerdings war Lichtenöd ohne Zweifel geschichtsträchtig genug, darum freute ich mich über Marias Tipp und beschloss, sofort um ein Gespräch mit dem Pfarrer zu ersuchen.

Zum Abschied übergab ich Maria vier Seiten für meine Unterschriftenliste, die sie sorgfältig in der Mitte des Tresens zur Schau legte. Sie schwor feierlich, sich jeden Gemeindebesucher persönlich zur Brust zu nehmen und nicht eher wieder gehen zu lassen, bevor nicht seine Unterschrift eingetragen war.

Ich wünschte ihr noch einen schönen Tag und trat nach draußen. Das Pfarrhaus lag nur wenige Schritte entfernt, darum schwang ich mich gar nicht erst auf das Rad, sondern schob es neben mir her. Ich lehnte es an den hölzernen Zaun des Vorgartens, wo die Pfarrersköchin eifrig in einem Blumenbeet wühlte.

»Grüß Gott, Anna!«, rief sie überrascht. »Brauchst du was vom Herrn Pfarrer?«

»Ja, ich würd gern mit ihm sprechen«, erklärte ich nur.

Was auch immer die Pfarrersköchin nun dachte, es ließ ihre Miene augenblicklich in Mitgefühl und Verständnis erstrahlen. »Freilich«, sagte sie freundlich. »Komm mit rein.«

Ich folgte ihr in das alte Gebäude, dessen Mauern so schief waren, dass es wie ein Kartenhaus anmutete. Winzige Fenster klebten unter der niedrigen Decke. Prinzipiell würde wohl auch dieses alte Pfarrhaus einen Anwärter für den Denkmalschutz abgeben. Teile des Inventars vermutlich ebenso, denn manches davon schien bereits hier gestanden zu haben, bevor das Haus drum herum errichtet wurde. Es war wirklich nett hier. Und es roch nach Gulasch und Weihrauch. Eine interessante Mischung, wenn man beides gern mochte.

Die Pfarrersköchin bugsierte mich in ein kleines Zimmer, das im Wesentlichen aus einem Tisch mit einer Eckbank und unzähligen Heiligenbildern bestand. Vermutlich wurde es ausschließlich für Gespräche des Pfarrers mit seinen Schäfchen genutzt. Den Gang hatte ich als gemütlicher empfunden, denn die vielen Heiligen schauten so traurig auf mich herab, dass ich automatisch ein schlechtes Gewissen bekam.

Der Pfarrer, ein weißhaariger Mann von vollschlanker Statur, erschien ernsten Blickes im Türrahmen. »Grüß dich, Anna. Was kann ich denn für dich tun?«

Die Pfarrersköchin unterstrich den Ernst der Lage, indem sie mit einfühlsamem Nicken die Tür hinter ihm schloss und uns in dem einengenden Kämmerchen alleine ließ.

»Also, es ist nix Schlimmes«, beeilte ich mich die Sachlage zu klären. »Mir geht's gut!«

»Gewiss«, antwortete der Pfarrer, ohne seine schonungsvolle Miene abzulegen. Er setzte sich an den Tisch, bedeutete mir wohlwollend, es ihm gleichzutun, und faltete bedächtig die Hände.

»Nein, wirklich.« Ich ließ mich nieder und grinste schief. »Ich hab nix zu beichten oder so.«

Der Pfarrer lächelte milde. »Bist du dir da sicher? Ich hab dich scho lang nicht mehr beim Gottesdienst gesehen.«

Na toll. Als hätten die Heiligenbilder nicht schon ausgereicht …

Ich räusperte mich und beschloss, das angesprochene Thema geschickt zu umgehen. »Bei mir ist ehrlich alles in bester Ordnung. Ich bin hier, weil ich grad von Ihrer Wammlinger Chronik erfahren hab und mich dafür interessieren würd.«

Sofort erhellte sich seine Miene und seine Sorge um mein persönliches Wohlbefinden war wie weggeblasen.

»Ja, das freut mich aber!« Er entfaltete seine Hände und nahm eine entspannte Haltung ein, wie ich sie von ihm aus dem Biergarten kannte. »Was genau interessiert dich denn?«

»Eigentlich alles«, flunkerte ich, »aber Lichtenöd interessiert mich zur Zeit am meisten.« Der Herrgott würde es mir hoffentlich verzeihen. Immerhin wollte ich mit meinem Flunkern dem Pfarrer ein Kompliment für seine Mühen machen, das auch offensichtlich als solches ankam.

»Mei, Lichtenöd.« Er seufzte schwer. »Ist schon a Schand, was' damit vorhaben.«

Da er offensichtlich meiner Meinung war, beschloss ich, die Karten auf den Tisch zu legen, und erzählte ihm von meinem Vorhaben, die Pläne der Immobiliengesellschaft mithilfe des Denkmalschutzes zu durchkreuzen.

Der Pfarrer lauschte geduldig meinen Worten. Als ich geendet hatte, schaute er mich abwägend an. »Ein bissal hinterlistig ist des aber scho«, merkte er an.

Erst erschrak ich, doch dann erkannte ich das verschmitzte Grinsen, das er hinter seiner strengen Miene verbarg.

Ich machte ein verschwörerisches Gesicht. »Vielleicht sagen Sie es halt einfach ned weiter«, schlug ich leise vor und deutete auf den Herrgottswinkel in der Ecke.

Der Pfarrer lachte so schallend, dass sein ganzer Bauch wackelte. »So mach ma's!«, rief er fröhlich.

Wirklich ein großartiger Mann, unser Pfarrer.

Anschließend holte er eine Pappschachtel mit seinen gesammelten Informationen, während die Pfarrersköchin uns mit Kaffee und Schmalzgebackenem versorgte. Ich war ganz verzückt, als ich die vielen alten Fotografien betrachtete, die der Pfarrer von Lichtenöd gefunden hatte. Die älteste stammte nachweislich aus dem Jahre 1876 und zeigte den Gutshof in genau dem pompösen Zustand, wie ich ihn mir immer vorgestellt hatte. Dabei erfuhr ich, dass er zu diesem Zeitpunkt bereits knapp zweihundert Jahre alt war, denn die Errichtung des Herrenhauses wurde auf 1651 datiert. Angeleiert von einem Grafen Wilhelm zu Guttersberg, dem Urahnen der heutigen Guttersberger Nachkömmlinge. Das Gehöft war also seit Entstehung in Familienbesitz. Wie, um alles in der Welt, kam man denn da auf die Idee, es abzureißen?

Ich verstand es nicht. Und der Pfarrer auch nicht.

Die Pfarrersköchin übrigens ebenso wenig, weshalb ich einige Zeit später meinen aufschlussreichen Besuch im Pfarrhaus mit zwei ersten Unterschriften auf meiner Liste und einem ganzen Packen an Kopien der zusammengesuchten Informationen beendete.

Mit einem freundlichen Pfia-di-Gott wurde ich an der Haustür verabschiedet. Beschwingt ging ich mit meinen Errungenschaften zu meinem Fahrrad und zuckte zusammen, als mich plötzlich jemand von hinten ansprach.

»Na? Warst beim Beichten, Anna?«

Matthias.

Hatte er hinterm Gartenzaun gelauert, oder warum hatte ich ihn nicht gesehen? Ich dachte, diese Zeiten lägen hinter uns!

Matthias war in meinem Alter und grundsätzlich ein netter Kerl. Leider hatte er es sich in den Kopf gesetzt, mein Herz im Sturm zu erobern, seit ich wieder in Wammling war. Warum auch immer. Früher hatte er nämlich keinerlei Interesse an mir gezeigt. Da war es eher andersherum gewesen. Damals war er als Erster meiner Klassenkameraden der Pubertät entsprungen und somit zum Mädchenschwarm des Jahrgangs geworden. Ich hatte ebenfalls zu seinen Fans gehört, was ich auch heute nicht verleugnete. Der Matthias war schon ein prächtiger Bursche gewesen. Das war er immer noch, mit seinem blonden Wuschelkopf, dem wohlgeformten Gesicht und der stattlichen Statur.

Trotzdem interessierten mich seine Avancen nicht. Es gab einfach nicht diesen gewissen Funken, den es dazu gebraucht hätte. Nur leider wollte Matthias das irgendwie nicht einsehen. Vielleicht fühlte er sich als Womanizer von Wammling in seiner Ehre gekränkt und gab darum nicht auf. Die Liebe seines Lebens war ich ganz gewiss nicht, denn ich wusste genau, mit wem er wann sein Bett zu teilen pflegte, während er gleichzeitig um meine Aufmerksamkeit buhlte. Das Wammlinger Bermudadreieck übermittelte diesbezüglich unmissverständliche Nachrichten.

Seine Hartnäckigkeit, mich zu bekehren, war sehr, sehr anstrengend. Egal, wie ich die Körbe verpackte, er nahm sie und stellte sie unbeirrt in eine Ecke, um sich gleich wieder den nächsten bei mir abzuholen. Zum Schluss hatte er sich schon beinahe in einen Stalker verwandelt und es wurde mir endgültig zu viel. Die Sache endete, indem ich ihn mit einem Besen vom Hof jagte.

Matthias war daraufhin offiziell beleidigt und hatte mich nun einige Wochen mit Nichtbeachtung gestraft, was mir wohltuende Ruhe verschafft hatte. Dass er mich jetzt einfach so ansprach, erweckte eine leichte Sorge in mir. Trotzdem fand ich es ebenso an der Zeit, unseren Streit, wenn man ihn so nennen konnte, zu begraben.

Ich überlegte eilig, wie ich ihm möglichst unverbindlich, aber dennoch freundlich antworten konnte. Meine Gedenkminute deutete er wohl falsch, denn er machte ein trauriges Gesicht, schob die Hände in die Hosentaschen und wollte sich umdrehen.

»Was hätt ich denn zu beichten?«, fragte ich schnell.

Erfreut erwiderte er mein Grinsen. »Des würd mich auch interessieren.«

Eine Weile wussten wir beide nicht recht, was wir sagen konnten.

»Wie geht's dir denn so?«, fragte ich schließlich, um das betretene Schweigen zu durchbrechen.

»Mei, schlechte Leut geht's immer gut, sagt man so schön.«

Ich lachte. »Na, dann passt's ja.«

Er wurde wieder ernst und sah mich schüchtern an, was so gar nicht zu seiner üblichen Art passte. »Hör mal, Anna«, begann er leise. »Können wir des Ganze vielleicht einfach vergessen? Mir is des ziemlich zuwider, weißt. Ich weiß gar ned, was ich mir damals gedacht hab ...«

»Wovon redest du?«, unterbrach ich ihn augenzwinkernd. »Ich kann mich an gar nix Besonderes erinnern.«

Man konnte beinahe sehen, wie der Stein der Belastung von ihm abfiel. Ich freute mich ehrlich darüber, dieses Thema unverhofft aus der Welt geschafft zu haben. Wie gesagt, der Matthias war im Grunde ein netter Kerl, mit dem schlichtweg der Ehrgeiz durchgegangen war. Als anständig würde ich ihn aufgrund seiner vielen Liebschaften wohl nicht bezeichnen, aber er war keinesfalls jemand, der anderen absichtlich Böses wollte.

Ich schenkte ihm ein breites Lächeln und schwang mich auf mein Rad. »Mach's gut, Matthias!«

»Du auch, Anna!«, rief er mir nach.

Es war doch immer wieder erfrischend, wie viel man mit wenigen Worten erreichen konnte.

***

Der Gulaschgeruch im Pfarrhaus hatte mich inspiriert, darum köchelte am späten Nachmittag ein großer Topf in unserer

Küche vor sich hin. Der Opa schlurfte in regelmäßigen Abständen daran vorbei und überwachte dienstbeflissen den Fortschritt des Garprozesses. Gulasch sei nämlich Männersache, pflegte er stets zu sagen. Dabei fragte ich mich jedes Mal, warum diese Männersache erst dann eintrat, wenn bereits alle Zutaten geschnippelt und gewürzt im Topf gelandet waren. Für Opa bestand das Kochen quasi aus Umrühren und Abschmecken.

Mir sollte es recht sein, denn dann brauchte ich mir während der nächsten Stunden keine Sorgen zu machen, dass etwas anbrennen könnte. Von dem her war der Opa zuverlässiger als jede Küchenmaschine.

Ich saß auf der Terrasse vorm Haus und erarbeitete am Laptop eine Erläuterung für das Bayerische Landesamt für Denkmalpflege, warum Lichtenöd dringend für die Nachwelt erhalten werden müsste.

Mein Schreiben baute ich auf Ehrlichkeit auf und erläuterte deshalb auch die aktuellen Pläne der Immobilienfirma. Die Mühlen in Ämtern mahlten bekanntlich gemächlich, darum hoffte ich, dass meine Bitte um rasche Beurteilung erhört werden würde.

Lichtenöd hatte ohne Zweifel geschichtliche Bedeutung für Wammling und auch die nähere Umgebung. Die Hofstelle gab es bereits vor der Erbauung des Herrenhauses, doch erst mit dessen Errichtung und der Niederlassung des Grafen Wilhelm zu Guttersberg wurde Lichtenöd zum Gutshof. Der Graf wurde in die Grundherrschaft der Hofmark Wammling erhoben, was ihm die sogenannte niedere Gerichtsbarkeit der Umgebung verlieh. Dazu gehörten die rechtliche Verwaltung und die Nutzungsvergabe von land- oder forstwirtschaftlich genutzten Flächen und die Ausübung öffentlich-rechtlicher Befugnisse wie Polizeigewalt und Gerichtsbarkeit in ihren verschiedenen Ausprägungen.

Der Wilhelm zu Guttersberg war seinerzeit quasi der Big Boss von Wammling.

Wo genau die Grenzen der damaligen Hofmark lagen, konnte ich nicht herausfinden. Nur, dass diese Grundherrschaft der Guttersberger beinahe zwei Jahrhunderte überdauerte, bis die letzten Rechte der Hofmarksbesitzer mit der Revolution 1848 in Bayern beseitigt wurden.

Der Verfall des Gutshofes begann wohl ungefähr zur Zeit des Ersten Weltkrieges. Dabei spielten anscheinend mehrere Faktoren zusammen. Zum einen endete mit der Weimarer Republik die Zeit der Monarchie, womit das Adelsgeschlecht der Guttersberger laut einer öffentlichen Kundgebung keinesfalls einverstanden war. Aus ihrer Sicht auch irgendwie verständlich. Des Weiteren verlor das damalige Familienoberhaupt Gustav zu Guttersberg einen beträchtlichen Teil seines Vermögens infolge der Wirtschaftskrise, da er viele Jahre zuvor in die zarten Anfänge der Großindustrie investiert hatte.

Zusätzlich hatte sich die Zahl der Angehörigen des Adelsgeschlechts der Guttersberger aufgrund fehlender Nachkommen so weit verringert, dass Gustavs Sohn zum letzten Erbe dieser Familie wurde. Sein Name war Friedrich, und er war derjenige, den der Metzger Gruber vor ein paar Tagen als »Depp« bezeichnet hatte.

Friedrich von Guttersberg hatte Lichtenöd den Rücken gekehrt und wohl in eine reiche Familie eingeheiratet. Mehr fand ich darüber in den Aufzeichnungen des Pfarrers nicht, aber die mündlichen Überlieferungen des Wammlinger Bermudadreiecks sprachen von einer Tochter aus dieser Liaison, die angeblich in München ansässig war.

Und dieser Tochter hatten wir nun das Hoteldrama zu verdanken …

Klar, ich kannte diese Frau nicht, aber alleine dass sie ihr Erbe vermutlich rein vom Papier her kannte und es ungesehen an diese Immobilienfirma weiterverscherbelt hatte, ließ mich einen ungemeinen Groll gegen sie hegen. Dermaßen auf Traditionen pfeifen, das konnten aber auch wirklich nur Städter. Immerhin schlummerten knapp vierhundert Jahre ihrer Familiengeschichte in dem Gehöft. Vielleicht sollte ich der Dame eine Abschrift meiner kleinen Zusammenfassung zukommen lassen, um sie daran zu erinnern.

Ein silbernes Flimmern lenkte meine Aufmerksamkeit von der Unbekannten ab. Mein Groll wurde dadurch allerdings nicht besänftigt. Im Gegenteil. Da rollte nämlich gerade ebensolch ein Städter lautlos über den Hof, der meinen Unmut durch alleinige Anwesenheit befeuerte.

Das Hager-Spielzeugauto war blitzblank gewienert. Wie schade! Und gleichzeitig erstaunlich, denn der unbefestigte Feldweg zu unserm Hof neigte normalerweise zu erheblicher Staubentwicklung. Der Staub klebte sich dann gern ans Heck des Fahrzeugs, Ben musste im Schneckentempo gefahren sein, um dies zu verhindern.

Ich konnte nur das Knirschen der Reifen vernehmen, während er mit einem Stundenkilometer vorbeifuhr. Obwohl er gewiss aus anderen Gründen so langsam dahinkroch, war ich froh darüber, denn so hatten die Hühner Zeit genug, den schleichenden Schuhkarton auch ohne Motorenlärm rechtzeitig wahrzunehmen und ihm auszuweichen.

Unsere Blicke trafen sich. Wir sahen uns beide gleichermaßen zu einem Gruß genötigt und nickten uns würdevoll zu. Ich konnte ihm ansehen, dass er dazu genauso wenig Lust hatte wie ich. Wobei ich ja einen triftigen Grund hatte. Warum er mich eigentlich nicht leiden konnte, war eine andere Frage. Ich hatte mich zu Anfang doch wirklich sehr um Freundlichkeit bemüht und fühlte mich in keiner Weise schuldig. Dass es mit meiner Freundlichkeit ihm gegenüber vorbei war, hatte er sich schließlich selbst zuzuschreiben.

Die Geräuschlosigkeit des Elektromobils stellte auch Kreszentia vor ein neuartiges Problem. Sie bemerkte die Ankunft des Feindes erst, als die Fahrzeugtür zufiel. Wie von der Tarantel gestochen, raste die Gans mit aufgeplustertem Gefieder und gesenktem Kopf aus unserem hinteren Garten an mir vorbei. Ihr Ziel: der Carport. Ihr Auftrag: vollständige Vernichtung des Feindes.

Ich hätte sie vermutlich aufhalten können. Wahrscheinlich mit wenigen energischen Worten. Allerdings fand ich es weit spannender, mich schweigend zur Seite zu beugen, um an der Hofkastanie vorbei die folgende Szene aus der Ferne zu beobachten.

Ben war beladen mit Einkaufstüten unterschiedlichster Größe und Formgebung. Er balancierte seine Ausbeute entspannt in Richtung Treppe, als er den wutschnaubenden Federball bemerkte, der sich ihm rasant näherte.

Auf seinem Gesicht spielte sich eine fabelhafte Schau ab.

Im ersten Moment sah er aus, als würde er panisch seine Tüten wegwerfen, um mehr Kraft für den anschließenden Überlebenslauf zu haben. Dann entschied er sich doch um, raffte alles dicht an sich und sprintete mit dem Gepäck los. Die ersten Treppenstufen überwand er mit einem einzigen Satz und wagte es auf halber Höhe, seinem Angreifer ins Auge zu blicken.

Kreszentia wackelte schnatternd am Fuße der Treppe auf und ab. Des Hager Glück war nämlich, dass die Gans rein anatomisch ein gewaltiges Problem mit Stufen hatte. Dazu kam ein traumatisches Erlebnis aus ihrer Jugend, als sie dennoch einmal einen Aufstieg gewagt hatte und dieser beinahe in einem Schädel-Hirn-Trauma geendet hätte. Ja, ich war damals dabei gewesen und hatte geistesgegenwärtig die flatternde Gans aufgefangen, die nämlich keine Ahnung vom Fliegen hatte. Die Narbe von ihren panisch rudernden Krallen trug ich heute noch am Bauch. Kurz gesagt – Kreszentia hatte seitdem die Nase voll von Treppen und an der Fliegerei hatte sie sich auch nie wieder versucht.

Ben erkannte seinen Sieg und schüttelte doch tatsächlich triumphierend die Faust in Kreszentias Richtung. Dabei schien er sich daran zu erinnern, dass ich möglicherweise Zeugin des Vorfalls geworden sein könnte, denn er hob ruckartig den Kopf in meine Richtung.

Es war zu spät, um in Deckung zu gehen, darum stellte ich mich heldenhaft seinem Blick. Da ich seinen Sieg nicht unkommentiert lassen wollte, reckte ich noch den erhobenen Daumen in die Höhe.

Vermutlich bildete ich mir das wütende Schnauben nur ein, das dem Hager entwich. Sicher wusste ich nur, dass er sich abrupt von mir abwandte und die restlichen Stufen mit steifem Rücken zur Ferienwohnung hinaufstampfte.

Ich widmete mich unbekümmert wieder meinem Essay und grinste breit, als ich die Wohnungstür hart ins Schloss fallen hörte.

Kapitel 6

Die Tür zur Höhle des Löwen stand offen.

Ich klemmte mir die Bäckertüte unter den Arm, straffte meine Gestalt und betrat betont unbekümmert die Ferienwohnung.

Mein erster Rundumblick brachte Erleichterung, denn vom Hager war nichts zu entdecken. Den Geräuschen nach stand er unter der Dusche, was ich in Anbetracht der offenen Wohnungstür schon ein wenig seltsam fand.

Beim zweiten Rundblick vergaß ich diese Tatsache allerdings schnell wieder. Mein Gesicht wurde ganz heiß vor Ärger.

Das war doch wohl ein Witz!

Der werte Herr hatte es nicht für nötig befunden, die Spuren seines letzten Frühstücks zu beseitigen. Nicht einmal das Geschirr hatte er vom Tisch abgeräumt. Dafür lag der Laptop jetzt auf dem sauberen Couchtisch, weil er in dem krümeligen Ambiente anscheinend nicht arbeiten konnte.

Mit dem Scharfsinn eines Detektivs schlich ich durch die Küche. Ein Geschirrtuch hing sauber an seinem Haken. Der Kühlschrank war befüllt mit Gemüse, Wurst, den Sachen, die ich gestern gekauft hatte, und dem, was man noch so zum Überleben brauchte. Im Mülleimer fand ich Spuren einer Abendbrotzeit. Aber kein weiteres ungespültes Geschirr.

Er hatte also tatsächlich aus purer Provokation nur das Frühstücksgeschirr stehen gelassen, weil das Frühstück ja zum *Zimmer mit Frühstück* gehörte.

Wrrrrrah …!

Mehr fiel mir dazu beim besten Willen nicht ein.

Nachdem ich eine Weile in völliger Empörung herumgestanden hatte, ging ich die naheliegenden Optionen durch. Entweder ich stellte das neue Geschirr einfach auf das benutzte und wartete ab, was geschah. Oder ich bewahrte Ruhe, mimte das brave Hausmädchen und spülte rasch die benutzten Teile und lebte dann bis ans Ende meines Lebens mit der Schande dieser Niederlage.

Mit welcher Reaktion rechnete wohl der Hager? Ich wollte genau das Gegenteil davon zeigen. Leider konnte ich ihn in dieser Hinsicht noch nicht richtig einschätzen. Sicher war, dass er auf Streit pochte.

Okay. Obwohl der Knoten aus Schimpfworten in meinem Magen bereits Amok lief, würde ich das Geschirr einfach unkommentiert lassen.

Ich kaute mir beinahe die Innenseite meiner Wangen blutig, während ich den Tisch erst abräumte, um ihn gleich wieder einzudecken. Ich war noch nicht ganz fertig, als ich die Badezimmertür hörte. In meinem Ärger war mir gar nicht aufgefallen, dass die Geräusche der Dusche inzwischen verstummt waren.

Mit aller Kraft zwang ich eine geruhsame Miene auf mein Gesicht, bevor ich Ben einen wunderschönen Guten Morgen wünschen wollte. Die Worte blieben mir allerdings im Hals stecken, als ich ihn erblickte.

Er rubbelte sich seelenruhig mit einem Handtuch das Haar trocken, während er mich direkt ansah. Und er war nackt. Zumindest der Oberkörper. Der untere Teil des Gastes steckte bereits in Designerjeans.

Grundgütiger!

Das regennasse Shirt hatte es bereits am ersten Tag verraten, aber was sich mir nun völlig unverhüllt präsentierte, vernebelte mir den Verstand. Mein Hormonhaushalt geriet für einen Moment außer Kontrolle und übernahm die Führung. Er ließ meine Augen gemächlich über Bens Statur gleiten.

Sie begannen bei seiner ausgeprägten Schulterpartie. In geschmeidiger Anmut tanzten die Muskeln seines rechten Oberarms, denn die Hand hielt das Tuch, mit dem er sich das Haar trocknete. Das Muskelspiel zog sich hinein in die Wölbung einer klar definierten Brust, die vollkommen haarlos im Schimmer des Tageslichts glänzte. Die klaren Linien eines Sixpacks zeichneten sich auf dem perfekten Bauch unter schier makelloser Haut ab. Sie luden geradezu dazu ein, mit den Fingerspitzen darüberzustreichen und ihrem Weg hinunter zu seiner Taille zu folgen, wo sich unterhalb des Nabels ein feiner Streifen Haare wie ein Pfeil zu …

Mein Blick klebte am obersten Knopf der Jeans. Nachdem mein Hirn sich kurzzeitig völlig verabschiedet hatte, kehrte mein Verstand rumpelnd zurück.

Verdammt!

Ich konnte beim besten Willen nicht sagen, wie lange ich in meinem nebulösen Zustand gestarrt hatte oder welche Emotionen mein Gesicht dabei preisgegeben hatte. Aber wenigstens stand mir der Mund nicht offen.

Keine Ahnung, was Ben mit seinem Auftritt bezweckte. Dass pure Berechnung darin lag, war mir allerdings bewusst. Vielleicht wollte er mich mit seiner Männlichkeit einschüchtern. Nun, Angst hatte ich nicht bekommen, aber ich musste leider zugeben, dass die gebärfreudige Seite in mir recht beeindruckt war.

Ich verzichtete bewusst darauf, mich zu räuspern, und neigte nachdenklich den Kopf. »Haben Sie Angst, sich zu bekleckern?«

»Was?« Ben hielt überrascht in seiner Rubbelei inne. Der Tanz seiner Muskeln auch, was zwar irgendwie schade war, mir aber zum Rest meiner Selbstachtung zurückverhalf.

»Na ja«, meinte ich gedehnt, »ich dachte nur, wegen des fehlenden Shirts und so …«

Er bemühte sich, konnte seine Irritation jedoch nicht gänzlich verbergen. »Keine Sorge, aus dem Alter bin ich raus.«

»Ach so.« Ich zuckte mit den Schultern. »Hätte ja sein können.«

Dann drehte ich mich um und machte einfach mit den Frühstücksvorbereitungen weiter, obwohl ich wirklich gern sein Gesicht gesehen hätte. Wie auch immer ich seiner Meinung nach hätte reagieren sollen, ich hatte es offensichtlich nicht getan, und das freute mich so sehr, dass ich mir das Grinsen verkneifen musste.

Ben zog ab und kehrte kurz darauf angezogen wieder zurück. Er setzte sich ohne weitere Worte an den Tisch, als ich gerade das gekochte Ei aus dem Topf fischte. Ich schreckte es unter kaltem Wasser ab und hätte mit mir am liebsten das Gleiche getan, denn der Duft von moschuslastigem Herrenduschgel brachte meinen Hormonhaushalt bereits wieder zum Lechzen.

Ich hätte ja gern etwas anderes behauptet, aber es war einfach schon viel zu lange her, seit ich mit einem Mann zusammen gewesen war. Bis vor wenigen Minuten hätte ich allerdings nicht gedacht, dass dies ein Problem darstellte. Die heftige Reaktion meiner Instinkte auf die hier präsentierten Reize zeugte jedoch von etwas anderem. Zumindest war das die einzig mögliche rationale Erklärung. Mir war klar, dass ich Bedürfnisse hatte, doch ich hatte wohl unterschätzt, wie vernachlässigt sich diese in letzter Zeit fühlten.

Gehirn an meine Bedürfnisse: Danke für euren Hinweis. Ich werde mich in naher Zukunft um euch kümmern. *Aber auf gar keinen Fall der Hager!*

Sie gaben mir wohl recht, denn der Duft nach Moschus und Aftershave wühlte mich nicht mehr ganz so sehr auf, als ich das Frühstücksei auf den Tisch stellte. Ben hatte eine Zeitschrift neben sich aufgeschlagen und bedankte sich natürlich nicht für meine Bemühungen.

Einer spontanen Eingebung folgend, setzte ich mich ihm gegenüber an den Tisch. Er sah auf und kräuselte die Stirn. Ich schwieg.

»Wollen Sie etwas mit mir besprechen?«, fragte er irgendwann.

»Nein. Ich warte nur, bis Sie fertig sind und ich den Tisch abräumen kann.«

Seine Augen weiteten sich kurz. Dann legte er eine etwas zu gleichgültige Miene auf und begann, sein Brot zu schmieren.

Ha!

Ich lehnte mich entspannt zurück und verfolgte ungeniert jede noch so kleine seiner Bewegungen. Ich hasste es, wenn mir jemand direkt beim Essen zusah, und hoffte, dass der Hager es genauso hasste.

Und er tat es. Ohne Zweifel.

Obwohl er sich redlich bemühte, äußerlich die Ruhe zu wahren, konnte ich seinen stetig wachsenden Unmut sehen. Allerdings musste ich einräumen, dass er ein erstaunliches Durchhaltevermögen bewies. Ich wäre vermutlich längst ausgetickt. Sogar mir ging meine Starrerei inzwischen auf den Keks. Trotzdem gaffte ich weiter. Aus diesem Spiel wollte ich als Gewinnerin hervorgehen.

Meine Chancen standen gut. Die Art, wie er seine Zeitschrift umblätterte, ließ erkennen, dass er kurz vorm Explodieren stand. Außerdem erschien eine pochende kleine Ader an seiner Schläfe, die man normalerweise nicht sah.

Während meiner ungenierten Musterung kam ich zu dem

Schluss, dass der Hager gar nicht soo perfekt aussah, wie man im ersten Moment vielleicht dachte. Hauchzarte Lachfältchen umgaben seine Augenpartie. Wo auch immer er die herhatte. Außerdem war bei näherer Betrachtung seine Nase schief. Nur ein wenig, aber sie war schief. Zudem befand sich ein kleiner Buckel auf dem Nasenrücken. Und was war das? Eine Narbe?

»Sagen Sie, Anna«, begann er plötzlich. Ich bemerkte erschrocken, dass ich mich automatisch nach vorne gebeugt hatte, um sämtliche Makel in seinem Gesicht zu erfassen. Er sah von seiner Zeitschrift auf. »War es schon immer Ihr Traum, in einer Dorfwirtschaft zu kellnern?«

Oha! Wir begaben uns also in die nächste Runde!

Gelassen lehnte ich mich wieder zurück. »O ja! Es ist meine Erfüllung, anderen Menschen ihr Essen zu servieren. Im Grunde genommen ist das mein Beitrag zum Kampf gegen den Hunger in dieser Welt.«

Er forschte eine Weile in meiner reglosen Miene. Dann nickte er gelangweilt. »Sehr lobenswert. Und Kellnerin ist ja auch ein bodenständiger Beruf.«

Er glaubte doch tatsächlich, mich damit beleidigen zu können. Was das von seiner Persönlichkeit verriet, brauchte man wohl nicht zu erwähnen. Leider fiel mir auf die Schnelle nicht ein, wie man einen Schriftsteller in seinem Tun demütigen konnte. Auf der Suche nach einer gepfefferten Antwort warf ich zum ersten Mal einen Blick auf seine Zeitschrift und hätte am liebsten laut aufgelacht.

»Kürbiskernöl«, sagte ich.

Ben sah mich ratlos an. »Kürbiskernöl?«

»Ist sehr gut gegen Blasenschwäche.« Ich zeigte auf die großformatige Werbeanzeige, die er aufgeschlagen und vermutlich noch gar nicht bemerkt hatte. »Prinzipiell würde ich dieses natürliche Produkt einer Chemiekeule auch immer vorziehen. Außer, Ihre Beschwerden sind so einnehmend, dass …«

»Ich habe keine …!« Er räusperte sich und zwang sich zurück zur Ruhe. »Ich werde es mir merken, falls es einmal nötig sein sollte. Sie klingen ja, als sprechen Sie dabei aus Erfahrung.«

»Ja. Wir haben einen unserer Esel erfolgreich damit behandelt.«

Ben sagte nichts mehr und klappte die Zeitschrift zu. Ein Wirtschaftsmagazin? Warum interessierte sich ein Schriftsteller für Investitionsmarketing? Und was hatte ein Mittel gegen Blasenschwäche damit zu tun?

Dieser Hager warf Fragen über Fragen auf …

Ich ging wieder zum schweigenden Starren über, während Ben mit gezwungenem Genuss sein Müsli löffelte. Dabei mühte er sich, das Knirschen der Cerealien zwischen seinen Zähnen im Zaum zu halten. Bei den im Müsli enthaltenen Nüssen freilich ein unlösbares Unterfangen.

Ich starrte weiter.

Ben knirschte vor sich hin.

Ich stützte das Kinn mit der Hand ab und begann, leise mit den Fingern der freien Hand auf den Tisch zu trommeln.

Wäre ich an seiner Stelle gewesen, hätte ich mich spätestens jetzt nicht mehr beherrschen können. Er hingegen wahrte bis zum Schluss Haltung. Ich musste wohl zugeben, dass wir uns in Sachen Sturheit die Stirn bieten konnten. Für den morgigen Tag musste ich mir wohl etwas noch Nervtötenderes einfallen lassen.

***

Bevor ich an diesem Tage meiner bodenständigen Berufung als Kellnerin nachging, nutzte ich den frühen Nachmittag noch, um den Maier Hans, unseren Gebietsjäger, wegen der Sache mit dem Naturschutz aufzusuchen. Vielleicht konnte er mir irgendwie weiterhelfen. Immerhin umfasste meines Wissens die Jagdprüfung einen umfangreichen Fragenkatalog zu dieser Thematik.

Ich radelte quietschend zu dem Waldstück, wo ich den Maier laut seiner Gattin finden würde, und stellte mein Rad neben seinem standesgemäß dunkelgrün lackierten Geländewagen ab. Die Maierin hatte mir bis ins kleinste Detail beschrieben, wo ihr Mann sich derzeit aufhielt. Alleine der Fakt, dass sie dies so genau wusste, sorgte dafür, dass ihr Ehegatte wahrscheinlich nicht wagte, woanders zu sein.

Der Maier hatte es aber auch wirklich nicht leicht. Die Maier Lisbeth war nämlich der Inbegriff dessen, was man gemeinhin als Hausdrachen bezeichnet. Wehe, wenn der Gatte nicht nach ihrer Nase tanzte! Oder auch der Rest der Gemeinde! Als Oberhaupt des katholischen Frauenbundes oblag der Lisbeth nämlich die niedere Gerichtsbarkeit, wie dem Grafen zu Guttersberg seinerzeit!

Das dachte sie zumindest. Und um den Frieden von Wammling zu wahren, ließ man sie halt weithin in diesem Glauben.

Darum hatte ich auch ritterlich ihre ausgiebigen Schilderungen des aufmüpfigen Verhaltens der Ministranten über mich ergehen lassen, die neuerdings beim Gottesdienst mit purer Absicht viel zu viel Weihrauch in den Kessel gaben. Ich ersparte mir den Hinweis, dass dies wohl schon seit Jahrhunderten Tradition war und jeder Ministrant bestrebt war, in seiner Laufbahn mindestens einen Kirchenbesucher grün im Gesicht werden zu lassen. Das wusste ich deswegen so genau, weil ich damals auch ministriert hatte. Und während meiner Amtszeit mussten insgesamt sieben Leute die Kirche verlassen, um frische Luft zu schnappen. Darauf war ich immer noch stolz. Vielleicht liebte ich den Weihrauchgeruch, weil er solch wundervolle Kindheitserinnerungen in mir wachrief.

Jedenfalls empörte sich die Lisbeth ausgiebig, während ich geduldig nickte und auf eine Atempause wartete, um sie nach ihrem Gatten zu fragen. Nachdem ich ihr in knappen Worten erläutert hatte, weshalb ich diesen überhaupt suchte, musste ich mir eine weitere Tirade über das ungebührliche Verhalten der Guttersberger Sippschaft anhören. Darüber waren wir zwar ausnahmsweise der gleichen Meinung, aber die ihre schien hauptsächlich darauf gegründet, dass der alte Guttersberger damals den Grenzstein zu ihrem Grundstück über den Haufen gemäht und anschließend um zehn Zentimeter verrückt wieder aufgestellt hatte. Zu seinen Gunsten, versteht sich. Und ohne Zweifel willentlich.

Im landwirtschaftlichen Bereich war mit so etwas nicht zu spaßen.

Irgendwann hatte die Lisbeth mir dann verraten, wo ich ihren Mann finden würde, und in einer erneuten Atempause ergriff ich schließlich die Flucht.

Obwohl mir immer noch die Ohren klingelten, hatte ich wenigstens eine weitere Unterschrift auf meiner Liste verzeichnen können.

Suchend blickte ich mich um. Laut der Maierin musste ich einfach ein paar Schritte dem Forstweg folgen. Das tat ich und fand in Kürze zu dem beschriebenen Holzlager, wo ich rechts in einen Trampelpfad biegen sollte. Ich tappte über den mit wilden Heidelbeerstauden bedeckten Waldboden und hielt nach dem Jägerhochstand Ausschau, der jederzeit auftauchen sollte.

Er tauchte auf, mit dem schnarchenden Maier hoch oben auf der Holzkonstruktion.

Ich blieb stehen und lauschte eine Zeit lang den eindrucksvollen Geräuschen, die dem leicht geöffneten Mund des Jägers entsprangen. Um seinen Hals baumelte ein Fernglas. Eine Flinte lehnte hinter ihm. Da er mit seinem hingebungsvollen Geschnarche ohnehin sämtliches Wild im Umkreis für mehrere Tage verscheucht hatte, würde er diese wohl in naher Zukunft nicht brauchen.

Umsichtig, wie ich war, ging ich ein paar Schritte zurück und trat auf ein paar herumliegende Zweige. Der Maier antwortete mit einer Art Zwischenschnappen, bevor er wieder zu seinem regelmäßigen Schnarchrhythmus überging.

Ich räusperte mich laut und vernehmlich.

Der Maier schmatzte nur und kuschelte sich genüsslich an die Holzlatten hinter sich.

Ich verschränkte die Arme.

»Ge, Maier! Jetzt wach schon auf!«

Okay, das war gemein. Aber das Schnarchen versetzte sogar mich allmählich in Angst und Schrecken.

Der Maier fuhr geräuschvoll auf und stierte verdattert umher. Dass er sich drei Meter über dem Boden befand, bemerkte er erst, als ich mit einem Hüsteln auf mich aufmerksam machte. Er beugte sich vor und schalt umgehend zu mir herab: »Herrgott, Anna! Du kannst doch koan bewaffneten Mann so erschrecken!«

Skeptisch betrachtete ich die völlig unbeteiligte Flinte. Trotzdem gab ich mich reumütig. »Mei, da hab ich jetzt gar ned dran gedacht …«

Er winkte ab. Der Maier war kein nachtragender Mann. Das konnte er sich bei so einer Ehefrau wahrscheinlich auch gar nicht leisten.

»Was machst denn hier?«, wollte er wissen. »Schwammerl gibt's keine. Ich hab scho g'schaut. Da hat des Gewitter ned gereicht.«

»Eigentlich wollt ich dich was fragen.«

»So?« Er beugte sich neugierig vor. »Was denn?«

»Könntst vielleicht runterkommen?«, schlug ich zuerst vor, weil mein Nacken sich allmählich bemerkbar machte.

Untermalt von einem tiefen Seufzen, bequemte sich der Jägersmann zu mir herab. Nicht ohne mir mit einem strengen Blick zu vermitteln, dass meine Frage diese Mühe nun auch gefälligst wert sein musste.

Als ich taktisch geschickt mein Anliegen mit den Worten »Ich bräucht den Rat eines Fachmanns« begann, war jegliche Anstrengung vergessen. Er war es halt auch grundsätzlich nicht gewohnt, nach seiner Meinung gefragt zu werden. Oder allgemein ohne Unterbrechung sprechen zu dürfen.

Vielleicht fiel deswegen seine Antwort derart ausgiebig aus, dass ich sogar beinahe zu spät zur Arbeit gekommen wäre. Er redete und redete und bekam wahrscheinlich nur am Rande mit, dass er während der Rede noch seine Unterschrift auf meine Liste setzte.

Die Quintessenz seiner langen und ausschweifenden Antwort war, dass ich im Wald von Lichtenöd am besten eine geschützte Pflanzen- oder Tierart aufstöberte, die es nach dem Naturschutzgesetz zu erhalten und zu schützen galt. Leider schätzte er die Chancen darauf, dass ein so besonderes Lebewesen ausgerechnet hier siedelte, eher als gering ein. Die Sache mit der Entwaldung allerdings auch, was mir wiederum Hoffnung verlieh. Seiner Aussage nach müssten schon sehr viele Leute geschmiert werden, um solch ein Vorhaben in die Tat umzusetzen.

Blieb zu hoffen, dass es zu viele Leute waren.

KAPITEL 7

Mit hämischer Vorfreude betrat ich am nächsten Morgen des Hagers Höhle.

Ja, ich würde auch an diesem Tag warten, bis der gnädige Herr gefrühstückt hatte. Und ja, ich hatte mir einen nervenaufreibenden Plan ausgedacht, darum trug ich eine unscheinbare Handtasche bei mir, welche die Utensilien dafür enthielt.

Die Klänge eines Popsongs schallten mir in blechernem Stereo entgegen. Ben hatte also das alte Küchenradio entdeckt. Er ging vermutlich davon aus, dass ich meine Starrerei heute weiterführte, und mit den Radioklängen wollte er dies für sich wahrscheinlich erträglicher machen.

Da der Küchentisch abgeräumt und sauber war, erwartete Ben mich diesmal dort. Er hob träge den Blick von seinem Laptop, um mir gnädig einen Guten Morgen zu wünschen. Und er war angezogen. Gott sei Dank.

»Guten Morgen, Ben«, erwiderte ich ausgesprochen höflich und begann sogleich damit, den Tisch zu decken. »Hatten Sie eine erholsame Nacht?«

Ich spürte seinen abwägenden Blick wie einen Dorn in meinem Rücken. Nach kurzem Zögern antwortete er mit ähnlich übertriebener Höflichkeit: »Ich kann nicht klagen. Danke der Nachfrage.«

Irgendwie wurde ich das Gefühl nicht los, dass er etwas im Schilde führte …

Ich zog kurz in Erwägung, das Radio auszuschalten. Allerdings unterstützte es auch mich, das angespannte Schweigen etwas angenehmer zu gestalten. Ben registrierte aufmerksam jede meiner Bewegungen. Umkehrt verhielt es sich genauso. Als würden wir beide jederzeit mit einem gegnerischen Angriff rechnen.

Einige Male versuchte ich, einen Blick auf den Bildschirm seines Computers zu erhaschen. Ben saß jedoch so geschickt davor, dass ich nur Fetzen eines Schriftdokuments erkennen konnte. Das war für einen Autor vermutlich nicht ungewöhnlich. Allerdings sah ich auch eine Tabellengrafik aufblitzen, die wohl kaum etwas in einem Roman zu suchen hatte. Sehr mysteriös.

Ich stellte das Frühstücksei auf den Tisch und begab mich auf meinen Beobachtungsposten. Ben scrollte in seiner Datei. Er machte keinerlei Anstalten, mit dem Essen anzufangen, und gab sich völlig von seinem Bildschirm gefangen. Sein Schauspiel beinhaltete aber einen Fehler. Beim Lesen musste man nämlich normalerweise die Augen bewegen. Außerdem sollte ein Autor doch wohl auch hin und wieder etwas schreiben, oder nicht?

Genau mit solch einer Show hatte ich allerdings gerechnet. Ich blieb noch eine Weile reglos sitzen und wartete. Ben scrollte weiter. Das Radio dudelte vor sich hin.

»Das Ei wird kalt«, bemerkte ich irgendwann.

»Das macht nichts«, antwortete er sofort, was seine angebliche Vertiefung ebenfalls Lügen strafte.

Ich wiegte den Kopf. »Wenn Sie ihr weich gekochtes Ei lieber kalt mögen … Finden Sie nicht, dass es dann nicht mehr ganz so gut schmeckt?«

»Nein.«

»Geschmäcker sind eben verschieden, nicht wahr?« Ich zuckte mit den Schultern und langte nach meiner Handtasche. Im Augenwinkel sah ich, dass Ben mich argwöhnisch beobachtete. Seine Brauen zogen sich zusammen, als ich nach wirkungsvoller Kramerei ein Buch hervorzauberte. *Naturheilkräuter* stand in großen Lettern auf dem Umschlag. Es hatte der Oma gehört und war knapp zehn Jahre alt. Das Thema an sich fand ich zwar auch schon recht ansprechend, doch aktuell hatte ich das Buch wegen einer bestimmten Passage des Klappentextes gewählt: … *mit jeweiligem Hinweis auf besonderen Artenschutz.*

Ob dieser Artenschutz heute noch galt, konnte ich später nachprüfen. Fürs Erste hatte ich mit dieser Lektüre eine sinnvolle Beschäftigung, während ich dem Hager auf die Nerven ging. Ohne Eile legte ich das Buch vor mich, schlug es auf und begann, das Vorwort zu lesen.

Immer wieder spürte ich Bens Blick auf mir ruhen. Mir kam es vor, als wägte er ab, wer von uns dieses Spielchen länger durchziehen konnte. Ich war jedenfalls im Vorteil, denn mein Interesse an der Lektüre war schließlich nicht vorgetäuscht, und das merkte Ben vermutlich schnell.

Gelassen blätterte ich zur nächsten Seite.

Ben traf eine Entscheidung und zog das Frühstücksei zu sich. Während er aß, mühte ich mich, das triumphierende Grinsen niederzuringen, das sich auf meine Lippen schleichen wollte.

»Eine Frage, Anna …«, begann er unvermittelt.

Ich sah auf. Das bösartige Blitzen in seinen Augen verhieß nichts Gutes. Offenbar holte er just zu einem Gegenschlag aus.

»Wann gedenken Sie eigentlich, die Handtücher zu wechseln?«

Echt jetzt?

Ich tippte mir nachdenklich ans Kinn. »Hm. Gar nicht, denke ich.«

»Ein wahrlich schlechtes Zeichen für die Hygiene dieser Unterkunft.« Häme war kein Ausdruck für das, was sich daraufhin in seinem Gesicht abzeichnete. »Dass diesen Umstand noch niemand in seinen Bewertungen erwähnt hat!«

»Vielleicht weil die anderen Gäste bisher mit acht Handtüchern gut über die Runden gekommen sind?«

»Es sind vier Handtücher«, korrigierte er. »Und vier Duschtücher. Und meine Prinzipien lassen mich ein Duschtuch nicht zweimal benutzen, weshalb ich mich ab dem heutigen Tag in einer hygienischen Zwangslage befinde.«

»Das hier ist ein umweltfreundlicher Betrieb und …«

»Weisen Sie in der Beschreibung dieser Unterkunft explizit darauf hin?«

Ich konnte leider nicht verhindern, dass meine Gesichtszüge komplett entgleisten. Sein Feldzug war offensichtlich gut durchdacht. Ein wenig zu durchdacht für einen spontanen Einfall. Aber das konnte doch unmöglich sein Ernst sein! Hygienische Prinzipien? Mir fiel ein, dass sich das leicht überprüfen ließe, denn wenn er wirklich kein Duschtuch zweimal benutzte, dann …

Entschlossen sprang ich auf und marschierte ins Badezimmer. Dort stand in einer Ecke ein Schmutzwäschekorb, der normalerweise erst nach Abreise der Gäste geleert wurde. Ich spähte hinein. Da entgleiste mir dann so ziemlich alles. Ich brauchte nicht nachzuzählen, um zu erkennen, dass alle vier Duschtücher darin lagen.

Durchtriebener Mistkerl!

Ich zweifelte immer noch an seinen sogenannten Prinzipien. Das war nur wieder ein durchdachter Akt, mich auf die Palme zu bringen und mir auf eine verquere Art zu zeigen, wer hier der Boss ist.

Lautlos stieß ich eine ganze Reihe von Flüchen aus. Nachdem ich mich wieder einigermaßen im Griff hatte, packte ich den ganzen Wäschekorb und trug ihn möglichst würdevoll hinaus. Schweigend stellte ich ihn vor der Wandgarderobe ab, setzte mich auf meinen Platz und schlug das Buch wieder auf, als wäre gar nichts gewesen.

Nun war Ben es, der ein überlegenes Grinsen unterdrückte. Er setzte dem Ganzen sogar noch ein Sahnehäubchen drauf, indem er sagte: »Ich gehe davon aus, dass ich morgen früh wieder mit Duschtüchern versorgt werde.«

Ich widerstand dem Drang, sein Gesicht zu zerkratzen, nur mit Mühe und antwortete: »Natürlich.«

***

Ich konnte kaum in Worte fassen, welche Wut ich auf den Hager hegte. Die armen Duschtücher bekamen einen Großteil davon ab, als ich sie brutal in die Waschmaschine stopfte und einige Zeit später wieder herauszerrte.

Wie eine wilde Furie fuchtelte ich mit ihnen herum, bevor ich sie an der Wäschespinne im Garten zum Trocknen aufhängte. Nicht einmal der traumhafte Weitblick über Wiesen und Felder jenseits des Gartenzauns konnte mich besänftigen.

Ich dachte angestrengt darüber nach, wie ich Ben seinen neuesten Schlag vergelten könnte. Das Problem war, dass er mit seinen erpresserischen Methoden am längeren Hebel saß. Und das wusste er natürlich. Mir lag zwar nichts ferner, als den Opa zu enttäuschen, aber ich kam mit jeder Minute mehr in Versuchung, lieber eine schlechte Bewertung zu kassieren, dafür aber meinen Stolz zu wahren. Vielleicht wäre es sogar klüger, das Ganze jetzt gleich mit einer schlechten Bewertung zu beenden als ein paar Tage später mit einer Anzeige wegen Körperverletzung. Dazu würde dieses Machtspielchen nämlich unweigerlich führen, wenn das so weiterging. Mit mir als Täterin. Momentan eine recht reizvolle Vorstellung …

Dabei war ich wirklich ein friedliebender Mensch. Bis jetzt hatte es aber auch noch niemand zustande gebracht, mich so weit auf die Palme zu bringen wie Ben Hager. Normalerweise ging ich Arschlöchern einfach aus dem Weg. Das hatte ich während meiner Studienzeit in München gelernt. Hier in Wammling gab es nämlich keine vergleichbaren Personen, weil auf dem Lande grundsätzlich noch Anstand herrschte.

Meistens jedenfalls.

In Gedanken versunken ging ich um das Haus herum. Eine liebliche Stimme schallte mir entgegen.

»Überraschung!«

Mein Groll war augenblicklich wie weggeblasen. »Lea!«, rief ich. »Was machst du denn hier?«

»Spontanurlaub«, antwortete sie vergnügt und stellte ihr Fahrrad neben unserer Terrasse ab.

Lachend schlossen wir uns in die Arme. Mit meiner langjährigen Freundin hatte ich nun wirklich nicht gerechnet. Lea war zwei Jahre älter als ich und ihr Jurastudium hatte sie nach dem Abitur nach Frankfurt am Main verschlagen. Seitdem sahen wir uns nur, wenn sie ihre Wammlinger Familie besuchte. Ihr letzter Urlaub lag schon mehrere Monate zurück. Trotzdem verhielt es sich zwischen uns jedes Mal so, als hätten wir uns erst gestern gesehen. Für unsere Freundschaft schienen Zeit und Raum keine Grenzen zu bedeuten.

Kreszentia watschelte hastig von der Seite heran. Sie schnatterte aufgeregt vor sich hin und begrüßte Lea nicht minder erfreut. Aufmerksamkeit heischend zupfte sie an ihrem Hosenbein herum, bis Lea sich endlich von mir löste und sich der Gans widmete.

»Hallo, meine Süße!« Lea ging in die Hocke und streichelte die Gans ausgiebig, die zufrieden mit dem Schnabel klackerte.

»Ich geh dann mal Kaffee kochen, bis ihr mit euren Schmusereien fertig seid«, erklärte ich schmunzelnd.

Als ich wenig später mit einem voll beladenen Tablett wieder hinausging, hatte Kreszentia immer noch nicht genug. Sie strich meiner Freundin wie eine Katze um die Beine und empörte sich lautstark, weil dann auch noch der Kater Mikesch daherkam und sich, ohne zu fragen, neben Lea auf die Bank hockte. Damit war er natürlich viel näher dran. Frechheit!

Lea kicherte und sah mich fragend an. Ich nickte ergeben. Bei so viel Wiedersehensfreude konnte man wirklich mal eine Ausnahme machen. Normalerweise durfte Kreszentia nämlich nicht auf der Bank sitzen, weil sie ihren Schnabel in alles Essbare steckte, das sich auf dem Tisch befand.

Lea wuchtete die Gans neben sich. »Mann, Zenzi! Du stehst gut im Futter, was?«

Kreszentia gluckerte und kuschelte sich genießerisch an Lea. Mikesch belagerte derweil ihre andere Seite. Sie hatte im wahrsten Sinne alle Hände voll zu tun und streichelte gleichzeitig die beiden ungleichen Belagerer.

»Soll ich einen Strohhalm bringen?«, fragte ich belustigt.

Lea schüttelte ihre blonden Locken. »Nein, das geht schon.« Liebevoll betrachtete sie die beiden Kuscheltiere neben sich. »Letztens habe ich einer Kollegin von Zenzi erzählt. Sie hat mir nicht geglaubt, dass Gänse so zutraulich sein können. Vielleicht wollte sie es aber nur nicht glauben, weil ihr sonst die Gänsebrust auf ihrem Teller nicht mehr geschmeckt hätte.«

»Das könnte durchaus sein.« Ich schob Lea eine Tasse mit dampfendem Kaffee hin. »Und jetzt erzähl mal – Spontanurlaub?«

»Ich bin vorhin erst angekommen«, erklärte sie, was ich jedoch bereits vermutet hatte, weil ihr Heimatdialekt quasi nicht vorhanden war. Bei Lea dauerte es immer ein paar Tage, bis das Bayrisch auf ihre Zunge zurückkehrte. »Wir hatten einen extrem anstrengenden Fall in der Kanzlei. Wir haben gewonnen, aber ich bin so ausgepowert, dass ich den Chef um zwei Wochen Urlaub gebeten hab. Burn-out-Prävention, sozusagen. Der Begriff ist zur Zeit so hip, dass der Chef meinen Urlaub tatsächlich genehmigt hat.«

Sie zwinkerte verschmitzt. Ich nickte verständnisvoll. »Ja, du siehst echt ausgebrannt aus. Dein stumpfes Haar, der gläserne Blick …«

»Hey! Ich hab nicht gelogen! Vielleicht ein bisschen übertrieben … aber die momentane Auftragslage der Kanzlei kann es verkraften. Mein Gewissen ist rein.«

»Dann bin ich ja beruhigt.« Ich strahlte Lea an. »Mensch, ich freu mich!«

»Ich mich auch! Einen lieben Gruß von meiner Mama an dieser Stelle. Wo steckt der Sepp eigentlich? Wie geht's seinem Bein?«

Wie aufs Stichwort kam der Opa aus dem Stall. Er lachte freudig, als er Lea erblickte. »Mei, Lea! Wo hat's di denn herg'schneit?«

Er kam zu uns geeilt. Lea war immer noch umzingelt, darum umarmten die beiden sich kurzerhand über den Tisch hinweg, was mit diversen Beschwerden von ihren beiden Seiten honoriert wurde. Erst als sie sich wieder hinsetzte, kehrte selige Ruhe ein.

Der Opa wirkte plötzlich ganz aufgeregt. »Sag mal, Lea, hast vielleicht Lust auf a Rundfahrt? I hab mir nämlich grad noch gedacht, dass die zwei Mädels mal wieder rausmüssten.«

Mit den zwei Mädels waren Hanni und Nanni gemeint. So nannte er die beiden Kaltblüter immer. Und natürlich bejahte Lea sein Angebot sofort. Das hätte sie vermutlich auch getan, wenn sie gerade keine Lust auf eine Kutschfahrt gehabt hätte, denn so wie die Augen meines Opas funkelten, hätte wohl niemand Nein sagen können.

»Schön!« Der Opa freute sich und rieb sich voller Tatendrang die Hände. »Dann fang i gleich mit dem Einspannen an!«

Und schon eilte er wieder zurück zum Stall. Lea und ich blieben entspannt sitzen, denn wir wussten beide, dass der Opa seine ganz persönliche Zeremonie beim Anschirren der Pferde pflegte. Dabei wollte er keine Hilfe. Und es würde erfahrungsgemäß eine Weile dauern, darum hatten wir noch genügend Zeit, unser Kaffeekränzchen fortzuführen.

Wir updateten uns gegenseitig über unsere aktuellen Lebensumstände. Bei mir gab es nicht unbedingt viel zu berichten, wohingegen bei Lea die Post abging. Sie leistete sich eine größere Wohnung, flirtete auf Teufel komm raus mit einem ihrer neuen Nachbarn und arbeitete hart daran, die nächste Partnerin ihrer Kanzlei zu werden. Ich merkte selbst, wie blöd es dagegen klang, dass mein aktueller Lebensinhalt im Wesentlichen daraus bestand, den Abriss eines alten Gutshofes zu verhindern, der mich eigentlich gar nichts anging.

Lea hörte mir interessiert zu. Dabei durchleuchteten mich ihre blauen Augen, wie es nur die Augen der besten Freundin vermochten.

»Du kannst es nicht ewig aufschieben«, meinte sie schließlich.

»Was denn?«, fragte ich dümmlich.

»Eine Entscheidung zu treffen«, antwortete Lea geduldig. »Wir wissen beide, dass du sie endlich treffen musst.«

Ich atmete tief durch und wich ihrem Blick aus. »Wenn es so einfach wäre, hätte ich es längst getan.«

»Gibt es denn gar keine passenden Stellenangebote in der Nähe?«

»Ich weiß nicht genau …«

Lea schürzte die Lippen. »Du hast noch gar nicht gesucht, nicht wahr? Ach, Anna. Vielleicht solltest du doch an eine Umschulung denken.«

»Ich bereue mein Studium nicht.« Ich seufzte. »Ich komme nur nicht mit dem System klar.«

»Das weiß ich doch, Süße«, sagte Lea. »Aber du wirst dieses System nicht durchbrechen, indem du auf ewig hier versauerst. Was anderes ist das nämlich nicht. Deine richtige Arbeit fehlt dir immer mehr, das kann ich dir ansehen.«

Es war sinnlos, ihr zu widersprechen. Lea hatte vollkommen recht. Ich konnte nicht ewig hier herumhängen. Seit der Opa wieder gut auf den Beinen war, wurde mir das täglich mehr bewusst. Es war auch nicht so, dass ich keine Träume hegte. Ganz im Gegenteil. Während meines Studiums hatte sich ein ganz persönlicher Traum hartnäckig in meinem Kopf verankert. Mein Herz konnte eigentlich nicht mehr an ihm vorbeisehen. Leider lagen auf dem Weg, ihn zu realisieren, riesige Steine, die hauptsächlich finanzieller Natur waren. Mir fehlten schlichtweg die Mittel.

Lea sah mich mitfühlend an. »Das mit Lichtenöd tut mir sehr leid. Ich weiß, was der Hof für dich bedeutet.«

»Noch ist er nicht abgerissen«, gab ich zu bedenken.

»Würde es denn noch etwas ändern? Ich fürchte, du musst dich so oder so damit abfinden, dass der Hof nun im Fokus anderer Pläne steht.«

Das war einfach so ein Problem bei besten Freundinnen. Die wussten Dinge, die man manchmal einfach nicht hören wollte.

»Das hab ich schon«, behauptete ich steif. »Trotzdem kämpfe ich gegen einen Abriss. Wenn ein Hotel auf dem Gut entstehen soll, okay. Aber dann sollen wenigstens die historischen Gebäude erhalten bleiben!«

Lea glaubte mir nicht. Verübeln konnte ich es ihr nicht, denn ich glaubte mir ja selbst nicht. Dass ich viel Herzblut in die Akte Lichtenöd investierte, hatte weit tiefere Gründe. Ich focht diesen Kampf nicht nur, um historische Werte für die Nachwelt zu erhalten. Vielmehr bäumte sich mein Inneres auf und wehrte sich dagegen, einen Teil meines größten Traums aufzugeben. Im Grunde hatte ich bereits verloren. So oder so. Aber irgendwie *konnte* ich mich damit nicht abfinden.

Kreszentia unterbrach plötzlich unser ernstes Gespräch. Sie plusterte sich auf und fauchte aufgebracht über die Tischplatte hinweg. Dabei streckte sie den Kopf so weit vor, dass Lea ihre Tasse nur knapp vor einem Unheil bewahren konnte.

»Huch!« Lea spähte an dem langen Hals der Gans entlang. »Was hast du denn?«

Ich brauchte mich eigentlich gar nicht umzudrehen, um zu wissen, wer den Unmut der Gans erregte. Trotzdem tat ich es und zog finster die Brauen zusammen, als ich den Hager neben meinem Opa erblickte. Sie unterhielten sich, während der Opa das Scheunentor aufschob, hinter dem die Kutsche stand. Ihre Worte konnte ich nicht hören, aber da der Hager amüsiert lachte, schienen sie sich prächtig zu verstehen.

Diese Mistkröte! Vielleicht sollte ich dem Opa gleich jetzt von der Erpressung erzählen und des Hagers wahres Gesicht enttarnen. Konnte doch echt nicht wahr sein, dass er meinen Opa mit seiner Scheinheiligkeit einlullte!

»Halloho«, hörte ich Lea indes hauchen. »Wer ist denn das?«

»Ein Arschloch, wie es im Buche steht«, antwortete ich grimmig.

»Was?«

Ich drehte mich wieder zu ihr. »Ehrlich. So was Arrogantes wie den hab ich selten gesehen.«

»Und was macht dieses Arrogante hier?«, hakte Lea nach.

»Urlaub auf dem Bauernhof.«

»Was? Der?« Lea kicherte. »Dazu hat ihn wohl seine Frau verdonnert.«

»Tatsächlich ist er alleine hier. Er sagt, um zu recherchieren. Er ist Krimiautor.«

»Wie spannend.« Lea blickte in völliger Faszination an mir

vorbei und beobachtete weiterhin das Geschehen hinter meinem Rücken. »Hat er denn eine Frau? Oder ist er alleinstehend?«

»Weiß ich nicht.«

Nun schnellten ihre Augen doch zu mir und stierten mich beinahe entsetzt an. Dann nickte sie erkennend. »Ach ja. Arschloch. Sagtest du ja bereits.«

»Genau.« Ich sammelte die Utensilien unseres Kaffeekränzchens ein und stellte sie säuberlich auf das Tablett. »Ich vermute aber, er ist alleinstehend.«

»Warum?«

»Weil ich mir kaum vorstellen kann, dass irgendwer es mit ihm aushalten würde.«

Lea grinste. »Jetzt bin ich aber neugierig. Was hat der Gute dir denn angetan?«

»Erzähl ich dir später.« Ich stand auf, um das Geschirr wegzuräumen. »Lassen wir uns erst mal ein bisschen herumkutschieren.«

Ich ging ins Haus und stellte das Tablett in der Küche ab. Aufräumen würde ich später. Wenn der Opa nämlich die Kutsche rausholte, waren die Pferde bereit zum Anspannen, und da war meine Hilfe dann doch willkommen.

Als ich wieder hinausging, saß nur noch Mikesch auf der Bank. Er beschwerte sich mit mitleiderregendem Mauzen darüber, doch ich ignorierte ihn kaltherzig. Meine Aufmerksamkeit galt nämlich einem weit größeren Problem. Lea hatte sich Kreszentia unter den Arm geklemmt und marschierte wie Hans im Glück auf den Hager zu, der sich von meinem Opa die Kutsche zeigen ließ.

Hastig verschloss ich die Haustür und eilte hinterher, um Lea zu retten. Vor was auch immer. Bis ich ankam, hatten Ben und sie sich bereits einander vorgestellt. Schon von Weitem erkannte ich, dass der Hager seinen falschen Charme versprühte. Nur Kreszentia durchschaute ihn und versuchte, seine

Hand zu zwicken, die er Lea freundlich hinhielt.

Brave Gans.

Der Opa strahlte vor Kutscherglück. »Ah, dann san ja alle bereit. Der Ben fährt auch mit.«

Böser Opa!

Er eilte davon, um die Pferde zu holen. Lea freute sich über unseren Begleiter. Kreszentia und ich starrten diesen feindselig an. Der Hager ignorierte das und sprühte munter vor sich hin.

»Lea? Das ist aber ein sehr hübscher Name.«

Was zum ...?

Die Frau mit dem hübschen Namen giggelte geschmeichelt. Ich fixierte Ben und versuchte herauszufinden, was er im Schilde führte. Die Sonntagsszene im Biergarten war mir schon mulmig genug gewesen. Jetzt stand da schon wieder ein Ben Hager, der mit dem Exemplar von heute Morgen so gar nichts gemein hatte. Entweder er spielte hier ein abartiges Spiel, oder er besaß eine gespaltene Persönlichkeit. Oder er hatte doch nur eine ausgewachsene Aversion gegen meine Wenigkeit.

Was es auch war – es war mir nicht geheuer.

Lea wiegte die zischende Gans in ihren Armen, als wollte sie ein quengelndes Kind beruhigen. Dabei ließ sie einen unverhohlen interessierten Blick über Ben gleiten. »Seit wann sind Sie denn hier?«

»Machen wir doch ein Du daraus«, schlug er augenzwinkernd vor. »Das ist persönlicher.«

Ich bekam das kalte Grausen, während Lea abermals giggelte. »Sehr gern! Also, seit wann bist du hier, Ben?«

»Seit Samstag.«

»Gefällt es dir hier in Wammling?«, wollte Lea wissen, als der Opa die beiden Kaltblüter herausführte. Die großen Hufe klapperten laut über das Pflaster.

»Ausgezeichnet sogar!«, antwortete Ben überschwänglich.

Er lächelte dem Opa entgegen. »Ich fühle mich sehr wohl in der Unterkunft der Häuslers. Die guten Bewertungen halten, was sie versprechen.«

Das amüsierte Zucken seines Mundwinkels hätte mich beinahe jegliche Selbstachtung gekostet. Anstatt den dreisten Kerl übers Knie zu legen, warf ich mein Haar über die Schulter und stolzierte zum Opa, um ihm beim Anschirren zu helfen.

Hanni wuschelte tröstend mit ihren Nüstern über meinen Nacken, während der Opa die Nanni rückwärts zur Kutsche dirigierte. Ich streichelte dankbar über Hannis lange Nase und sog genüsslich den einzigartigen Duft von Pferd und Leder ein. Sie verscheuchte eine lästige Fliege mit dem Hinterbein. Das Ledergeschirr knarrte.

Leider war es zu leise, um die Unterhaltung zwischen Ben und Lea zu übertönen. Die beiden verstanden sich prächtig. Was ich Lea nicht verdenken konnte. Dieser Hager wusste schon, wie er seinen Charme einzusetzen hatte. Während ich unauffällig lauschte, keimte sogar in mir die Frage auf, ob er vielleicht doch kein so großes Arschloch war.

Erschrocken schüttelte ich den Gedanken ab. Offenbar hatten meine Hormone wieder kurzzeitig die Kontrolle übernommen. Mein Verstand war nämlich immer noch ganz und gar der Meinung, dass der Mann neben der Kutsche nicht der echte Hager war.

Ich parkte Hanni neben Nanni ein und half dem Opa, die letzten Riemen zu befestigen. Ben erklomm als Erster die Kutsche, damit Lea die Gans gefahrlos auf den Boden setzen konnte. Dabei wunderte sie sich ausführlich über Kreszentias ungewöhnliches Verhalten.

Tja, mich wunderte das überhaupt nicht mehr. Es zeugte nur davon, dass Tiere über hervorragende Menschenkenntnis verfügten.

Der Opa eroberte den Kutschbock, sortierte die Leinen

und nahm die stolze Haltung ein, in der er sich seit jeher auf seiner Kutsche präsentierte. Ich streichelte Kreszentia noch schnell über den Kopf, bevor ich den Tritt hinaufkletterte. Lea hatte es sich neben Ben auf der hinteren Rückbank bequem gemacht, sodass ich entgegen der Fahrtrichtung Platz nehmen musste. Normalerweise war das auch kein Problem. Heute störte mich dies jedoch außerordentlich. Hauptsächlich, weil ich dem Hager gegenübersitzen musste.

Der Opa schnalzte laut mit der Zunge und die Pferde setzten sich artig in Bewegung. Gemächlich rollten wir über den Hof hinaus auf den Feldweg in Richtung Hauptstraße. Für einen Moment vergaß ich den Grund für mein allgemeines Ärgernis.

Das Wetter war herrlich. Kuschelige Schäfchenwolken tummelten sich am strahlend blauen Himmel. Es roch nach Leder, Pferd und Sommer. Die Hufe klapperten fröhlich über den Weg. Von der Ferne wehte das Tuckern eines Traktors heran.

Ah, der Hintereder fuhr Gülle auf die Wiese hinter unserem Haus.

Oh, die Duschtücher hingen zum Trocknen dort …

So ein Pech aber auch!

Automatisch sah ich zu Ben. Er hatte sich entspannt zurückgelehnt und betrachtete die vorbeiziehende Landschaft. Dabei wirkte er gedankenverloren und wieder einmal völlig anders als sonst. Der arrogante Zug um seine Mundwinkel war verschwunden. Der Nebel der Überheblichkeit abgezogen. Seine braunen Augen schimmerten verträumt.

Ich war verwirrt von diesem komplett neuartigen Bild. Das passte gar nicht zu dem, was ich bisher von Ben Hager kennenlernen durfte. Das Seltsame war, dass er irgendwie *echt* wirkte. Unverfälscht. Anders konnte ich es nicht beschreiben.

Mir blieb fast das Herz stehen, als sein Blick plötzlich zu mir huschte. Schlagartig kehrte der normale Hager zurück. Kaum merklich, aber ich nahm es dennoch wahr. Vor allem in seinen Augen. Der verträumte Schimmer verschwand, und zurück blieb etwas, das man wohl nur als Berechnung beschreiben konnte. Ja, das war es! Sein Blick war wachsam und sorgfältig, so als würde er ununterbrochen seine Umgebung analysieren, damit er perfekt darauf reagieren konnte.

Wirklich ausgesprochen seltsam …

»Hach, wie herrlich!«, schwärmte Lea und reckte das Gesicht der Sonne entgegen. »Kutsche fahren ist einfach wunderbar!«

Ben stimmte in ihre Begeisterung ein. Und prompt hatte er Lea in ein angeregtes Gespräch vertieft. Talentiert war er ja, das musste ich ihm lassen. Ich tat so, als wäre ich völlig in den Anblick der Umgebung versunken, während ich den beiden aufmerksam zuhörte. Dabei fiel mir auf, dass Ben geschickt Informationen über sich selbst umschiffte, während er Lea beinahe jedes Detail ihres Lebens entlockte. Die beiden plauderten und plauderten.

Natürlich hätte ich mich in das Gespräch einmischen können. Direkt schüchtern war ich ja nicht. Allerdings zog ich einen gewissen Nutzen aus dem ungezwungenen Dialog der beiden.

Ich konnte in aller Ruhe Bens Vorgehensweise studieren.

Irgendwie hatte ich den Eindruck, dass sich dies in naher Zukunft als Vorteil erweisen könnte …

Kapitel 8

Am nächsten Morgen trug ich die frisch gewaschenen, dank Bauer Hintereder äußerst eigentümlich duftenden Duschtücher zur Ferienwohnung hinauf.

Mir war klar, dass es gleich ein Riesentheater deswegen geben würde. Leider war ich heute absolut nicht in der Verfassung für so etwas.

Die ganze Nacht hatte ich mich ruhelos im Bett herumgewälzt. Lea hatte ein Thema angestoßen, das ich nun schon lange erfolgreich verdrängt hatte. Na ja, nicht vollständig verdrängt, aber zumindest so weit, dass ich bisher ruhig schlafen konnte.

Natürlich musste ich endlich eine Entscheidung treffen. Doch wenn ich meinen Lebensweg betrachtete, stand ich an einer Kreuzung, wo der Weg zur einen Seite dunkel und leer wirkte und zur anderen Seite so steil bergauf ging, dass ich ihn nicht erklimmen konnte. Stundenlang hatte ich in der Nacht vor dieser Weggabelung gesessen. Und ich wusste immer noch nicht, in welche Richtung ich gehen sollte.

Ich war also frustriert und unausgeschlafen. Die denkbar schlechteste Voraussetzung, um dem Hager gegenüberzutreten. Schon der erste Moment, in dem sein berechnender Blick auf mich traf, kratzte hart an meinen nicht vorhandenen Nerven.

»Na endlich«, sagte er nur und meinte damit die Duschtücher.

»Ihnen auch einen guten Morgen«, antwortete ich.

Ben stockte kurz. Ich war mir nicht sicher, warum. Vielleicht hatte er ja die Erschöpfung in meiner Stimme gehört. Besorgt wirkte er allerdings nicht, denn er entriss mir barsch die Duschtücher und stapfte ins Bad.

Er führte sich auf, als hätte ich ihn auf seine lebensnotwendige Insulinspritze warten lassen.

Ich biss mir auf die Unterlippe, atmete tief durch und beeilte mich, das Frühstück vorzubereiten. Heute würde ich nicht dableiben. Dazu fehlte mir der Nerv. Wenn Ben meinte, hinterher wieder alles liegen lassen zu müssen, dann würde ich eben morgen früh abwaschen.

Meine Gedanken drifteten ab, während ich routiniert den Tisch deckte.

Wo liegt deine Zukunft, Anna?

In der Grundschule sollten wir einmal ein Bild zeichnen, wo wir uns in zehn Jahren sahen. Meine Zeichnung besaß ich heute noch. Darauf stand ich als Prinzessin vor einem Schloss. Im Nachhinein betrachtet ein wirklich dämliches Thema für achtjährige Schulkinder. Was würde ich heute malen?

Ein großes rotes Fragezeichen.

Ich wollte richtig arbeiten, ja. Und zwar in meinem Fachgebiet. Aber ich wollte nicht fortgehen. Gleichzeitig wusste ich, dass ich in keiner Stelle in erreichbarer Nähe glücklich werden würde. Diesen Umstand hatte ich leider erst nach meinem Studium erkannt. Wie ich so vieles hatte erkennen müssen, was ich mir anders vorgestellt hatte.

Während ich das Obst klein schnitt, glitt mein Blick zum Fenster hinaus. Die Kastanie im Innenhof wiegte sich leicht in der Sommerbrise. Wunderschön und elegant. Vertraut.

Das hier war meine Heimat und ich hing mit jeder Faser meines Herzens an ihr. Müsste ich von hier fort, würde ich innerlich zerbrechen.

»Das ist doch wohl ein Witz!«

Ich schrak zusammen und rutschte mit dem Messer ab. Nur durch Zufall blieb mein linker Zeigefinger von der Klinge verschont. Ich blinzelte das Brennen in meinen Augen weg und drehte mich grimmig um.

Ben durchquerte mit ausholenden Schritten den Raum. Seine Haare waren noch klatschnass. Große Tropfen fielen auf seinen unverhüllten Oberkörper. Seine Hüften steckten in abgewetzten Jeans. In einer Hand hielt er eines der Duschtücher und wedelte aufgebracht damit vor meinem Gesicht herum. »Unter *frisch gewaschen* verstehe ich etwas anderes!«

»Die *sind* frisch gewaschen«, entgegnete ich gepresst.

Er schnaubte. »Die stinken bis zum Himmel!«

»Das nennt man Landluftduft.«

Ben hielt inne. Er verengte die Augen zu Schlitzen und musterte mich finster. »Das haben Sie mit Absicht gemacht.«

»Nein.« Eher billigend in Kauf genommen. »So etwas lässt sich hier auf dem Land leider nicht vermeiden. Mit meiner Privatwäsche hätte ich natürlich gewartet, aber Sie wollten schließlich Ihre Handtücher sofort gewaschen haben.«

Meine Stimme klang beherrscht, doch mein Brustkorb zitterte vor unterdrückter Wut. Ben stand so nahe vor mir, dass ich zu ihm hinaufblicken musste. Das gefiel mir überhaupt nicht.

»Ich sollte meine Bewertung wohl nochmals überdenken«, sagte er mit bedrohlichem Unterton.

Das war zu viel.

»Scheiß drauf!« Mein Ausbruch war kurz, aber eindrucksvoll. Ich rammte das Obstmesser in das Schneidebrett, wo es filmreif mit einem surrenden Vibrieren stecken blieb. »Leck mich am Arsch, Hager!«, brüllte ich in sein schockiertes Gesicht.

Dann drehte ich mich auf dem Absatz um und stürmte hinaus.

Noch bevor ich die Treppe erreichte, bereute ich es, die Fassung verloren zu haben. Jetzt gab es jedoch kein Zurück mehr, denn mich bei ihm zu entschuldigen war völlig ausgeschlossen. Sollte dieser Ben sich doch mit seiner schlechten Bewertung austoben. Der Opa würde es mir schon verzeihen.

Mein ganzer Körper schien unter Strom zu stehen. Wut und Verärgerung über mich selbst pulsierten durch meine Muskeln. Ich bebte, weil ich nicht wusste, wohin mit all dem aufgestauten Frust. Ein Sandsack wäre jetzt recht gewesen. Irgendetwas, worauf ich blindlings einprügeln konnte, um die bittere Energie loszuwerden, die mich zu zerdrücken versuchte.

Plötzlich wusste ich, was zu tun war.

Ich lief hinter das Stallgebäude zum Holzschuppen und zerrte den Hackklotz aus einer Ecke. Eigentlich spaltete kaum mehr jemand sein Brennholz auf diese altmodische Weise. Dafür gab es praktische Maschinen, von denen wir ebenfalls eine besaßen. Sie zu benutzen würde aber nicht annähernd den gleichen Effekt erzielen, wie ich ihn nun mit der Axt erreichen konnte.

Schon als ich das erste Mal die schwere Klinge niedersausen ließ und das Scheit krachend in zwei Teile spaltete, verspürte ich Linderung. Wieder und wieder erhob ich die Axt weit höher, als es notwendig war, und schlug kraftvoll damit nieder. Zu beiden Seiten des Hackklotzes wuchsen Haufen ofenfertiger Scheite heran. Wie besessen arbeitete ich.

Meine trüben Gedanken klärten sich. Die Verworrenheit ließ nach. Ich fokussierte mich nur noch auf das Holz und meine Axt. Allmählich erlangte ich die Kontrolle über meinen Körper zurück. Die aufgestaute Wut entlud sich sittsam durch das Ventil der körperlichen Anstrengung.

Holzhacken kostet viel Kraft. Eine perfekte Art der Aggressionsbewältigung. Und nebenbei auch noch nützlich.

Keine Ahnung, wie lange ich blindlings auf den Hackklotz eindrosch. Den Haufen nach musste es eine ganze Weile gewesen sein, als ich langsam den Schmerz in meinen Muskeln wahrnahm. Vor allem Schultern und Oberarme beschwerten sich über mein rücksichtsloses Verhalten ihnen gegenüber. Meine Handballen brannten dumpf von dem vielen harten Aufprallen des Axtstiels. Schweiß rann mir übers Gesicht. Das Shirt klebte feucht an mir.

Dennoch fühlte ich mich wie neu geboren, als ich mich schließlich schwer atmend aufrichtete. Ich wischte mir mit dem Unterarm über die Stirn und streckte den Rücken durch. Erst dann nahm ich den feinen Geruch von Apfeltabak wahr.

Der Opa stand nicht weit entfernt am hölzernen Zaun des Paddocks. Einen Fuß hatte er locker auf der unteren Querstange abgestellt, seine Ellbogen ruhten auf der oberen. Er sah mich an und zog geruhsam an seiner Pfeife. Kleine Rauchwölkchen stiegen auf.

»Hat's geholfen?«, fragte er schließlich.

Ich nickte. Fahrig strich ich mit der freien Hand die Strähnen nach hinten, die sich aus meinem Pferdeschwanz gelockert hatten.

Der Opa betrachtete mich schweigend. Er zog abermals an seiner Pfeife. »Dann is recht«, sagte er lächelnd und ging davon.

Ich sah ihm nach. Es gab wirklich kaum jemanden, der so viel mit wenigen Worten sagen konnte wie der Opa.

Er wusste von meinen Problemen. Schon immer. Obwohl wir noch nie darüber gesprochen hatten. Das war auch gar nicht nötig, denn alleine dieses Lächeln eben drückte so viel mehr aus, als es stundenlange Gespräche hätten tun können.

Mein Opa unterstützte mich in allen Belangen meiner Zukunft. Er würde meine Entscheidung respektieren. Egal, wie sie ausfiele.

Es gab viele Empfindungen, die man gar nicht in Worte fassen konnte. Das warme Gefühl in meiner Brust war ein solches. Kein Poet dieser Welt könnte auch nur annähernd beschreiben, was ich für meinen Opa empfand.

Und genau in diesem Moment fasste ich einen Entschluss.

***

Am Nachmittag saß ich vor meinem Schreibtisch und durchforstete das Internet nach den aktuellen Stellenanzeigen in der Umgebung. Es waren erwartungsgemäß wenige. Drei, um genau zu sein. Zumindest hatte ich nicht mehr gefunden.

In der Samstagsausgabe der Tageszeitung gab es allerdings einen großen Stellenmarkt, den ich mir übermorgen genauer ansehen würde. Es war für unsere ländliche Gegend sehr wahrscheinlich, dass sich dort noch andere Angebote auftaten, die den Weg der Moderne umgingen.

Ich rieb mir über die trockenen Augen und gähnte herzhaft. Die Holzhackerei hatte mich mehr geschlaucht, als ich geahnt hätte. Gut, dass ich heute wenigstens nicht noch Bierkrüge schleppen musste. Denn der morgige Arbeitstag bot keine guten Aussichten, weil sich schon jetzt ein fieser Muskelkater in meinem Schultergürtel bemerkbar machte.

»Anna?«, drang die gedämpfte Stimme vom Opa zu mir herauf.

»Ja?«, rief ich zurück.

»Der Moritz is scho wieder ausgebüxt!«

Ich erlaubte mir ein tiefes Stöhnen, bevor ich antwortete: »Ich komm schon!«

Pflichtbewusst fuhr ich den PC runter, streckte mich einmal hingebungsvoll durch und tapste hinunter ins Erdgeschoss. Der Opa erwartete mich dort. Er hielt bereits Halfter und Strick in der Hand.

»Kann des sein, dass des Weidezaungerät kaputt is?«, fragte ich, weil der letzte Ausbruch des Schlawiners ja noch gar nicht lange zurücklag.

Der Opa zuckte mit den Schultern. »Kannst ja mal hinlangen.«

»Har, har.« Ich nahm ihm Halfter und Strick ab. »Mir hats heuer scho eine gewischt. Einmal pro Jahr reicht.«

»Dem Moritz scheinbar ned«, meinte der Opa unbekümmert und zog sich ins Wohnzimmer zurück, weil jetzt Zeit für seinen Mittagsschlaf war. Pünktlich auf die Minute. Ich unterstand mich tunlichst, ihn davon abzuhalten. Da konnte er nämlich ganz schön grantig werden, der Opa.

Erst beneidete ich ihn um sein Mittagsschläfchen, aber als ich aus dem Haus trat und die Sommersonne mein Gesicht kitzelte, legte sich meine Erschöpfung wieder etwas.

Mein Blick fiel auf das Spielzeugauto im Carport. Jetzt, da sich mein Gemüt beruhigt hatte, war mir mein Ausbruch von heute Morgen mehr als nur peinlich. Wobei ich ihn nicht unbedingt bereute. Es fühlte sich eher wie eine Befreiung an. Ich hätte mich gar nicht erst auf diesen Erpressungsmist einlassen sollen. Der Hager hatte mich da wohl irgendwie in einer kleingeistigen Phase erwischt, dass ich das anfangs überhaupt zugelassen hatte.

Nun ja, die Zeit konnte man schließlich nicht zurückdrehen, darum musste ich darüberstehen, dass ich vor dem größten Kasper der Welt die Fassung verloren hatte. Herzlichen Glückwunsch dazu.

Ich reckte das Kinn und stolzierte majestätischer über den Hof, als unser Gockel es am frühen Morgen tat. Nur für den

Fall, dass Ben Hager zufällig aus dem Fenster sah. Er sollte gleich auf den ersten Blick erkennen, dass mir fortan scheißegal war, was er von seiner Unterbringung hielt, und dass *ich* hier der Big Boss war. Genau!

Es fühlte sich außerordentlich gut an, die eigene Würde zurückzuerlangen. Zudem hatte sich meine innere Verworrenheit gelegt, nun, da ich einen Entschluss gefasst hatte.

O ja. Ich fühlte mich prima! Unbesiegbar und stark!

Ich stolperte über einen Stein und machte ein paar große Ausfallschritte, um einen Sturz abzufangen. Dabei musste ich leise lachen, weil es mir wie eine Mahnung erschien, nicht dem Größenwahn zu erliegen.

Vogelgezwitscher und Insektengebrumm empfingen mich im Wald. Die Sonne drängte sich in dichten Strahlen durch das Blattwerk. Wie Scheinwerferkegel erhellte das Licht den Farn des Untergehölzes. Der Anblick hatte beinahe etwas Mystisches an sich.

Verzaubert sog ich den Duft des Sommerwaldes ein und wanderte den ansteigenden Weg hinauf. Als ich auf der Ebene aus den Schatten des Waldes trat, schwand meine Euphorie und wich bedrückender Melancholie.

Lichtenöd – wunderschön und geheimnisvoll ragte es vor mir auf. Direkt vor meinen Augen und doch unerreichbar.

Unwillkürlich fragte ich mich, ob ich nicht selbst schuld an meinem Dilemma war. Vielleicht hätte ich längst bei der Besitzerin anfragen sollen, ob sie den Hof nicht verkaufen wollte. Das Bermudadreieck hatte stets berichtet, dass die Besitzer auf keinerlei Verkaufsanfragen eingingen, doch der aktuelle Stand signalisierte etwas anderes. Allerdings stand dem gegenüber der winzig kleine Umstand, dass ich mir dieses Gehöft nie im Leben leisten könnte. Selbst wenn der Wert der Bauwerke als gering eingeschätzt wurde, wären die weitläufigen Grundstücksflächen für mich unbezahlbar.

Wären sie das wirklich?

Ich nestelte am Ponyhalfter herum und schalt mich selbst einen Dummkopf. Jetzt half es mir auch nicht mehr, lange zu spekulieren. Der Hof war verkauft. An eine Immobilienfirma, die ohne Zweifel mehr Geld besaß als ich. Wie hätte ich dagegen ankommen sollen?

Während ich den Wiesenweg entlangschritt, mahnte ich mich selbst, mich endlich damit abzufinden. Der Gedanke, dass jemand den Hof abreißen wollte, schmerzte mich dennoch in der Seele. Mit diesem Vorhaben konnte ich einfach keinen Frieden schließen. Mein Wille, das Gehöft in seiner ursprünglichen Form zu erhalten, war ungebrochen.

Moritz graste zufrieden vor der Treppe zum Haupteingang. Er hätte ein hübsches Kalendermotiv abgegeben. Die fröhlichen Tupfen seines Fells standen in starkem Kontrast zu dem rissigen Putz der Mauern hinter ihm.

Seine Ohren drehten sich unablässig vor und zurück. Mir war klar, dass ich gar nicht erst zu versuchen brauchte, ihn einzufangen. Er ließe mich nur kreuz und quer über die Wiesen rennen. Doch dazu war es eindeutig zu heiß, darum ging ich einfach an ihm vorbei in den Innenhof.

Es war nicht unbedingt förderlich für meine Stimmung, mich dort niederzulassen und mich trotz allem meinen Träumereien hinzugeben. Aber wer wusste schon, wie lange ich noch die Möglichkeit dazu hatte? Über kurz oder lang würden sich hier Hotelgäste tummeln. Ich bezweifelte, dass es dann noch geduldet wurde, dass ich hier stundenlang im Gras herumsaß.

Ich wollte mich gerade hinsetzen, als ich im Augenwinkel bemerkte, dass etwas anders war als sonst. Irritiert sah ich mich um. Beim Hintereingang des Herrenhauses fand ich schließlich den Grund für meine Irritation. Die Tür stand einen Spaltweit offen.

Ich wusste, dass die Türen des Gebäudes stets abgeschlossen waren. Mir war das schon immer reichlich unnütz vorgekommen, da einige der Fensterscheiben im Erdgeschoss kaputt waren und man die Fenster mit einem einzigen Handgriff von außen öffnen konnte. Einbruchsicher war das Haus also auf keinen Fall. Und ja – ich war schon diverse Male durch eines dieser Fenster geklettert. Aber nur, um nach dem Rechten zu sehen!

Meine CSI-Erfahrung ließ mich mit forensischer Genauigkeit den Boden absuchen. Das Gras wirkte recht unbekümmert, darum schloss ich aus, dass in letzter Zeit ein Fahrzeug darübergerollt war. Daraus wiederum schlussfolgerte ich, dass kein größerer Diebeszug stattgefunden haben konnte. Noch nicht. Vielleicht hatte sich aber jemand im Haus umgesehen. Die Lage gecheckt, sozusagen. Gänzlich abwegig war das nicht, denn es hatte sich nie jemand die Mühe gemacht, das Herrenhaus komplett zu entrümpeln. Da drin warteten viele tolle Sachen. Antike Möbel, alte Gemälde, schicke Kerzenhalter … Ich musste zugeben, dass mir so manches Stück auch gefiel. Aber ich war schließlich gut erzogen.

Fahrzeugspuren waren also keine zu entdecken. An einigen Stellen war das Gras jedoch leicht geplättet. Könnten Fußspuren sein. Wie alt diese Spuren sein mochten, konnte ich jedoch nicht sagen. Dazu reichte mein CSI-Konsum dann doch nicht aus.

Kritisch überprüfte ich das Schloss der Hintertür. Keine Kratzer oder Sonstiges. Auch der Rahmen schien unbeschädigt. Sah nach professionellem Schlossknacker aus.

Ich legte Halfter und Strick auf die Erde und stieß die Tür weiter auf. Sie quietschte unheilvoll in ihren Angeln. Ohne Zögern trat ich ein, um die Lage zu überprüfen. Im Flur musste ich kurz innehalten, bis sich meine Augen an das dämmrige

Licht gewöhnt hatten. Konzentriert suchte ich den Boden ab. Die glatten Steinfliesen offenbarten nichts Ungewöhnliches. Auf ihnen haftete aber auch der Staub nicht so arg fest, dass man etwas darin hätte erkennen können.

Auf dem dunklen Dielenboden in einem kleinen Raum zu meiner Linken hingegen schon. Überdeutlich zeichneten sich frische Sohlenabdrücke darin ab. Sie führten bis zur Mitte des Zimmers, trappelten dort ein wenig übereinander und auf selbem Weg wieder hinaus.

Hier hatte sich also wirklich jemand vor Kurzem umgesehen.

Ich ging geradeaus weiter, bis ich den großzügigen Eingangsbereich erreichte. Eine eindrucksvolle Eichentreppe führte dort in das Obergeschoss. Die Staubschicht auf den Stufen war vollkommen unberührt. Der Einbrecher hatte seine Sichtung also auf das Erdgeschoss beschränkt, was mir ein wenig seltsam erschien.

Ein gedämpftes Rascheln ließ mich zusammenzucken.

Der Einbrecher war noch hier!

Mein Herz begann wild zu klopfen. Was sollte ich jetzt tun? Die Polizei rufen? Und ihnen erklären, dass ich unbefugt in einem Haus herumstöberte, in dem sich ein weiterer Unbefugter aufhielt?

Mal davon abgesehen, dass mein Handy wohlbehütet auf meinem Schreibtisch lag, hätte es mir ohnehin nichts genützt. In Lichtenöd hatte man nämlich null Komma null Empfang. Weil ja dieser Funkmast nicht aufgestellt wurde, nachdem ich … egal.

Ich hätte nach Hause laufen können, um die Polizei zu rufen. Bis die dann vom nächsten Revier in der nahe gelegenen Kleinstadt hier ankam, war der Einbrecher vermutlich aber längst über alle Berge.

Was blieb mir also übrig, als ihn höchstpersönlich zu verscheuchen?

Entschlossen ging ich in die Richtung, aus der ich das Rascheln vernommen hatte. Es war aus dem Westflügel des Gebäudes gekommen, inzwischen hörte ich jedoch nichts mehr.

Im Flur blieb ich stehen und lauschte. An der Wand hing das Gemälde eines Mannes, der streng auf mich herabblickte. Na, sieh mal einer an – Graf Wilhelm zu Guttersberg. Das stand zumindest auf dem kleinen Messingschildchen am Rahmen. Interessant.

Altes Holz knarzte.

Mir lief ein Schauer über den Rücken. Vielleicht war es ja doch kein Einbrecher, sondern der aufgewühlte Geist des Grafen, der ebenso wenig von dem geplanten Abbruch begeistert war wie ich?

Die abgewetzte Atmosphäre des Hauses passte ganz hervorragend zu so einer Gruselvorstellung. Abblätternde Tapeten, düsteres Licht, staubbedeckte Spinnweben … und wieder ein Rascheln mir unbekannten Ursprungs.

Ich straffte die Schultern.

Vielleicht war es ja einfach nur ein neugieriger Waldbewohner, der sich hier herein verirrt hatte. Ein Fuchs. Oder ein Marder. Außerdem beschloss ich, dass ich vor dem Geist des Grafen keine Angst zu haben brauchte, denn wir waren schließlich auf derselben Seite.

So leise wie möglich ging ich weiter. Sicherheitshalber schnappte ich mir im Vorbeigehen einen der erwähnten Kerzenhalter von einem Beistelltischchen. Man konnte ja nie wissen, wann man ein massives Messinggebilde brauchen würde.

Dichte Spinnweben flatterten an den Enden des Leuchters. Sie kitzelten mich am Handrücken, doch das war mir egal. Tatsächlich war ich eines der wenigen weiblichen Wesen dieses Landes, das keine ausgewachsene Panik vor Spinnen hatte.

Ganz nah vernahm ich ein leises Klirren, als würde jemand zwei Gläser aneinanderstoßen. Das Geräusch kam aus dem großen Raum, der an die Küche angrenzte. Salon, Herrenzimmer, Esszimmer … für was auch immer er einst genutzt worden war. Eine hübsche doppelflügelige Tür führte dort hinein. Sie stand weit offen.

Ich spitzte angespannt die Ohren. Abermals klirrte es. Diesmal wusste ich, was es war. Jemand hatte die Tür der alten Vitrine geschlossen, die sich in dem Raum befand.

Die Waldtierbesuchertheorie war also hinfällig.

Ich sammelte all meinen Mut zusammen, schloss die Hände fest um den Kerzenständer und sprang beherzt durch die Zimmertür.

Leider hatte ich nicht berechnet, dass der Einbrecher sich in entgegengesetzter Richtung bewegen könnte. So kam es, dass wir schwungvoll aneinanderprallten. Der Kerzenständer gab ein leises Klonk von sich.

Ich spürte rauen Stoff an meiner Wange und taumelte im selben Augenblick erschrocken rückwärts. Meine Waffe war bereits hoch erhoben, als ich den Einbrecher erkannte.

»Ben?«, rief ich ungläubig.

Er presste sich ächzend eine Hand auf den Kopf. Eine Spinnwebe hing dekorativ an seinem Haar.

»Was zur Hölle …?« Er blinzelte mich an. »Scheiße, Anna! Willst du mich umbringen?«

Ich hatte automatisch meine Waffe sinken lassen. Nachdem sich mein Schock gelegt hatte, hielt ich sie wieder drohend hoch.

»Das kommt darauf an, was du hier zu suchen hast!«, bellte ich im Verteidigungsmodus.

Ben starrte mich an, als wäre ich nicht ganz dicht. So richtig übel nehmen konnte ich es ihm eigentlich nicht, denn ich erweckte garantiert einen leicht verrückten Eindruck mit meinem spinnwebenflatternden Kerzenständer.

Er rieb sich über die schmerzende Stelle, die mein unbeabsichtigter Angriff hinterlassen hatte, und überprüfte anschließend seine Fingerspitzen auf Blutspuren. Solche fand er nicht, dafür aber eine lange Spinnwebe, die er, untermalt von leisen Flüchen, abschüttelte. Ein Rest davon hing noch auf seinem Kopf, aber ich unterließ es vorerst, ihn darauf hinzuweisen.

»Ich warte auf eine Antwort«, knurrte ich stattdessen.

Ben hob eine Braue und verschränkte die Arme. An seinem rechten Handgelenk baumelte eine Digitalkamera.

»Ich recherchiere«, antwortete er schließlich. »Und was hast du für eine Ausrede für dein unbefugtes Betreten?«

»Ich bin nicht …!« Ich räusperte mich und ließ den Kerzenständer sinken. »Ich hab bemerkt, dass die Tür offen steht, und wollte nach dem Rechten sehen.«

Sein Mundwinkel zuckte kaum merklich. »Ach ja? Was hättest du denn gemacht, wenn du einen verrückten Landstreicher aufgescheucht hättest? Ihn erschlagen und im Wald verscharrt?«

»Vielleicht?«, meinte ich beleidigt. »Ich bin stärker, als ich aussehe.«

»Das hab ich schon bemerkt«, murmelte Ben.

»Wie bitte?«

Er winkte ab. »Nicht so wichtig. Nebenbei bemerkt, kannst du deine Waffe jetzt ablegen. Ich bin nämlich weder ein Landstreicher noch verrückt.«

Letzteres würde ich ja gern bestreiten, doch in diesem Moment wurde mir bewusst, dass wir uns die ganze Zeit über duzten. Außerdem irritierte mich das Schmunzeln auf seinen Lippen ganz gewaltig. Dafür, dass ich ihm gerade beinahe den Schädel eingeschlagen hätte, wirkte er ein bisschen zu entspannt. Im Allgemeinen wirkte er zu entspannt. Zumindest für seine Umstände.

Irgendetwas stimmte doch hier nicht!

»Wolltest du etwas klauen?«, fragte ich misstrauisch.

Er seufzte schwer. »Okay. Du hast mich erwischt. Eigentlich wollte ich diesen staubigen Kerzenständer stehlen, aber du bist mir zuvorgekommen.«

Ich brauchte einen Moment, um seinen Scherz als solchen zu identifizieren.

Ben scherzte.

Also, irgendetwas stimmte hier ganz und gar nicht …

Die gesamte Situation war schon obskur, doch sein amüsierter Blick setzte dem Ganzen noch die Krone auf. Ich war völlig überfordert. Vor allem, weil ich mich plötzlich in allen Einzelheiten an meinen Ausbruch von heute Morgen erinnerte. Dazu passte Bens jetziges Verhalten schon gleich dreimal nicht.

Argwöhnisch musterte ich ihn. »Okay«, sagte ich. »Dann ist ja alles gut.«

Ich wandte mich zum Gehen. Ben eilte mir nach.

»Wo gehst du hin?«, wollte er wissen.

»Nach Hause«, antwortete ich. »Ich bin nur hier, um Moritz abzuholen. Und das mache ich jetzt.«

»Wer ist Moritz?«

»Ein Pony.«

Langsam wurde mir die Sache richtig mulmig. Bens Wesensänderung war beinahe gruseliger als die Vorstellung vom Geist des Grafen.

Ich stellte den Kerzenständer zurück auf seinen Platz und drehte mich erneut um. Eigentlich wollte ich Ben fragen, was in ihn gefahren war, doch er war plötzlich verschwunden. Schockiert starrte ich in den leeren Flur.

Grundgütiger! War der Geist des Grafen mir etwa in Gestalt vom Hager erschienen?

»Es gibt hier ja schon allerlei Dinge, die einen zum Diebstahl verleiten«, hörte ich ihn von irgendwo sagen.

Erleichtert atmete ich durch. Er hatte sich nicht in Luft aufgelöst, sondern war in einen anderen Raum abgebogen. Das war allerdings keine gute Idee.

Resigniert ging ich zurück und spähte in ein schmales Zimmer. Hier war schon seit ewigen Zeiten die Fensterscheibe zerbrochen und vergangene Regengüsse hatten ihre Spuren auf den Dielen hinterlassen. Ich war mir nicht sicher, vermutete aber, dass das gesamte Haus unterkellert war. Zumindest ließen die schmalen Kellerfenster an der Frontseite darauf schließen. Weiterhin vermutete ich, dass die Zwischendecke, wenn es überhaupt eine gab, aus Holz bestand, welches sich über die Jahre hinweg mit Feuchtigkeit vollgesogen hatte. Dementsprechend morsch wäre das gesamte Tramlager des Bodens. Bedenklich morsch sogar.

Ich hörte, dass Ben hinter der Tür herumstöberte.

»Ben?« Ich wagte mich ein paar Schritte in das Zimmerchen hinein, um hinter die Tür sehen zu können. Er durchforstete interessiert die Schublade einer Kommode. »Ich glaube, das ist keine gute Idee.«

»Keine Sorge. Ich habe immer noch kein Interesse an einem Raubzug.«

»Das meinte ich nicht.« Ich schnupperte und verzog das Gesicht. Es roch nach Moder und Schimmel. »Der Boden hier ist ziemlich morsch.«

Er schob die Schublade zu. »Das habe ich durchaus bemerkt«, sagte er, als wäre mein Einwand völliger Quatsch. »Ich bezweifle aber, dass sich jemand großartig beschweren würde, wenn hier eine Diele zu Bruch geht. Die sind eh hinüber.«

Ben kam zur Tür und stampfte dabei beabsichtigt fest auf. Der Sinn dieser Aktion entzog sich mir. Wäre er ein Kind, hätte ich es auf vermeintliche Coolness geschoben. Von ihm war es allerdings einfach nur dämlich.

»Hör auf!«, rief ich und sah entsetzt, wie er zu einem Sprung ansetzte, mit dem er mich erreichen wollte.

Ich war gerade im Begriff, mich auf den Flur zu retten, als genau das eintrat, was ich befürchtet hatte. Schneller, als ich es für möglich gehalten hätte, verschwand plötzlich der Boden unter meinen Füßen.

Kapitel 9

Ich fand mich in völliger Dunkelheit wieder. Der Aufprall fiel überraschend weich aus. Aufgewirbelter Staub drang mir unbarmherzig in die Nase. Ich bekam einen Hustenfall.

»Alles okay?«, tönte Bens Stimme dazwischen. Sie klang recht nahe und zudem schien sie von irgendwo unter mir zu kommen.

Der Staub legte sich allmählich, dämmriges Licht fiel durch das Loch in den Dielen. Der Hustenreiz ließ nach. Da wurde mir bewusst, was den Aufprall abgefangen hatte. Ich lag der Länge nach auf Ben Hager und blinzelte in sein besorgtes Gesicht.

»Verdammt noch mal!«, stieß ich wütend hervor. Ich rappelte mich auf. »Was zum Teufel sollte das?«

»Tut mir leid. Ich wusste ja nicht, dass hier drunter ein Keller ist«, sagte er in uneinsichtigem Tonfall. »Hast du dich verletzt?«

»Nein!«

»Sicher?« Er ließ kritisch die Augen über mich gleiten.

Entsetzt bemerkte ich, dass ich beim Aufrappeln vergessen hatte, mich von ihm herunterzubequemen. Ich sprang auf und klopfte betreten den Staub von meiner Kleidung. Ben tat das Gleiche. Er bückte sich nach etwas, das halb unter einem herausgebrochenen Brett lag. Es war seine Digitalkamera, und trotz des mäßigen Lichts konnte ich sehen, dass das Gehäuse den Sturz nicht heil überstanden hatte.

Ben zog sein Smartphone aus der Hosentasche und überprüfte es kurz auf Schäden. Er schien zufrieden. Dann leuchtete er mit dem Display den fensterlosen Kellerraum ab. Das Gemäuer bestand aus schwerem Naturstein, auf dem die Balken lagen, die die Decke stützten. Ich war ja echt nicht empfindlich, was Schmutz und Spinnweben anging, aber ohne Licht hatte ich mich wesentlich wohler hier drin gefühlt.

Wir sahen gleichzeitig nach oben zu dem gezackten Loch und waren uns schweigend einig, dass es keinen Weg zurück gab.

Ben beleuchtete die Kellertür. »Ich gehe mal davon aus, dass es hier irgendwo eine Treppe gibt.«

»Natürlich gibt es eine Treppe«, fauchte ich. »Aber die Tür zum Kellerabgang ist abgesperrt.«

»Woher weißt du denn, dass es einen Kellerabgang gibt?«

»Na, weil ein Keller ohne Treppe völlig sinnlos wäre!« Ich schnaufte und fügte ein wenig ruhiger hinzu: »Ich vermute, dass der Kellerabgang hinter einer Tür liegt, weil ich ihn sonst unweigerlich gesehen hätte.«

»Du bist wohl schon öfter hier gewesen«, meinte er abgelenkt und tippte auf seinem Handy herum. Suchend hielt er es in die Höhe.

»Das kannst du dir sparen. Hier gibt es kein Netz. Im Keller erst recht nicht.«

»Das Funknetz in der Gegend ist echt eine Katastrophe.« Er drehte das Handy wieder herum, um es als Lampe zu benutzen. »Jemand sollte sich mal um zusätzliche Masten bemühen.«

Da enthielt ich mich aus gegebenen Gründen mal lieber.

»Wen hättest du denn angerufen?«, fragte ich stattdessen.

»Die Polizei? Damit sie uns gleich noch anzeigen können?«

»Warum sollten sie das tun?«, entgegnete er überrascht.

Ich sah ihn ungläubig an. »Äh. Hausfriedensbruch, Einbruch, unbefugtes Betreten, Sachbeschädigung?«

Ben schaute mich einen Moment nachdenklich an. Dann nickte er langsam. »Stimmt.«

»Stichwort ›Einbruch‹.« Meine Miene erhellte sich. »Du kannst doch Schlösser knacken. Also los, lass uns die Kellertür suchen.«

Ich wollte mich aufmachen, als er mich verdutzt zurückhielt. »Moment mal. Wie kommst du darauf, dass ich Türschlösser knacken könnte?«

»Wie hättest du sonst die Hintertür aufbekommen?« Ich neigte verwundert den Kopf. »Die war meines Wissens immer verschlossen.«

»Ach so! Ja, klar.«

Ratlos betrachtete ich Ben. Er rührte sich nicht von der Stelle.

Irgendwann verschränkte ich ungeduldig die Arme. »Und?«

»Was?«

»Willst du deine Künste nicht anwenden?«

Sein Gesicht lag im Schatten, doch ich glaubte zu sehen, wie er sich verlegen auf die Unterlippe biss. »Das geht nicht so einfach, weil mein Werkzeug oben liegt.«

»Vielleicht finden wir hier ja was. Was braucht man denn zum Schlossknacken? Ich kenn mich damit leider nicht aus.«

»Draht.« Er dachte kurz nach. »Hauptsächlich Draht. Und etwas Stabiles. In Form eines Bleistifts. Aber aus Metall. So was wie dieses Ding, mit dem man Schrauben rein- oder rausschraubt.«

»Ein Schraubendreher?«, schlug ich vor.

»Genau.«

Hoffnungsvoll wollte ich mich abermals in Bewegung

setzen. Die genannten Dinge gehörten ja wohl zur Grundausstattung jedes Kellers, oder? Zumindest hielt ich an dieser Vorstellung fest.

Ben tappte mir in einigem Abstand hinterher. Das Display warf bläuliches Dämmerlicht in den Flur. Hier waren die Wände verputzt, doch das machte den Anblick nicht weniger gruselig.

»Hast du keine Taschenlampen-App?«, fragte ich, obwohl ich mir die Antwort schon denken konnte.

»So was gibt's?«

Stadtmenschen …

War irgendwie klar, dass jemand, der einen Schraubendreher nicht benennen konnte, den Nutzen einer solchen App nicht zu schätzen wusste.

Während wir von einem Kellerraum zum nächsten wanderten, schwieg Ben beharrlich. Er beteiligte sich auch nicht wirklich an der Suche nach etwas Brauchbarem, sondern beschränkte sich darauf, mir über die Schulter zu leuchten. Nur als wir am Treppenaufgang vorbeikamen, ließ er mich kurz alleine, um erfolglos an der verschlossenen Tür am Ende der Stufen zu rütteln.

Bens Nähe wühlte mich zusehends auf. Ich konnte nicht genau sagen, warum. Vielleicht weil er merklich angespannt war. Sogar auf eine gewisse Art nervös. Was auch immer in ihm vorging, es übertrug sich nach und nach auf mich.

Als wir endlich einen Kellerraum mit Fenster erreichten, eilte ich erleichtert dem Streifen Tageslicht entgegen, der mir im wahrsten Sinne wie ein Lichtblick in der Dunkelheit vorkam. Die Hoffnung verflog leider so schnell, wie sie gekommen war. Frustriert starrte ich die massiven Gitterstäbe an, die außen vor dem Fenster ins Mauerwerk eingelassen waren. Selbst wenn wir die Scheibe einschlagen würden, könnten wir uns nicht zwischen den Gitterstäben hindurchquetschen.

Ich fluchte ungeniert.

»Was ist?«, fragte Ben.

Na, das war ja mal die dämlichste Frage aller Zeiten in unserer Situation …

»Mein Hintern ist zu breit!«, fuhr ich ihn an, bevor ich mich einem windschiefen Regal an der Wand widmete.

»Finde ich nicht«, antwortete er.

»Dein Augenmaß scheint nicht das Beste zu sein«, erwiderte ich und durchforstete den staubigen Krimskrams im Regal. »Da pass ich doch niemals durch.«

»Ach so. Du meintest das Fenster.«

Was hatte er denn gemeint? Dass ich mich einfach so zwischendrin über meine Körpermaße beschwerte? Mal davon abgesehen, dass es da nichts zu beschweren gab. Aber das hatte Ben ja gerade bestätigt.

Moment mal!

War das jetzt etwa eine Art Kompliment gewesen?

Bevor ich fähig war zu reagieren, ergriff Ben das Wort: »Wo wir gerade bei jenem Körperteil angekommen sind … Ich denke, wir sollten uns dringend über dein Angebot von heute Morgen unterhalten.«

Ich stockte, als ich kapierte, was er damit überhaupt meinte. Unwillkürlich ging ich in eine abwehrende Haltung über. Ich drehte mich um und wollte ihn gerade belehren, dass mir scheißegal war, was er von meinem Ausbruch hielt, doch bei seinem Gesichtsausdruck hielt ich inne.

Er rang nach Worten und wirkte leicht überfordert.

»Ich glaube, wir … Ich wollte nicht … Ich fürchte, dass ich …«, er räusperte sich, »… übertrieben habe.«

Ich starrte ihn verwirrt an.

Ben fuhr sich verlegen durchs Haar. Dabei blieb die Spinnwebe an seinen Fingern kleben, die noch immer vom Kerzenständerangriff an ihm hing. Er versuchte, sie abzuschütteln.

»Sorry, ich bin wirklich nicht sehr geübt in so was.«

In was? Im Spinnwebenabschütteln?

Er wischte sich die Hand an der Hose ab und holte tief Luft. »Ich möchte mich bei dir entschuldigen.«

Ich war fassungslos. Und schockiert. Und vielleicht sogar kurzzeitig bewusstlos. Im übertragenen Sinne.

Ben wollte sich entschuldigen?

Allmählich sollte ich mir ernsthafte Gedanken um seinen Gesundheitszustand machen, denn *das hier* war definitiv nicht Ben Hager. Vielleicht hatte ja ein fremdes Bewusstsein Besitz von ihm ergriffen …

Ich widerstand dem Drang, mich vorsorglich noch weiter von ihm zu entfernen, nur mit Mühe.

»Willst du gar nichts dazu sagen?«, fragte er vorsichtig.

»Äh …«, sagte ich, da er so höflich darum bat. »Ähm.«

Ben machte ein zerknirschtes Gesicht. »Ich bin zu weit gegangen. Das weiß ich jetzt. Ich hätte mich nicht so provozieren lassen dürfen.«

Schlagartig fand ich zurück zu meiner Sprache. »Warte mal. Willst du damit behaupten, *ich* hätte *dich* provoziert?«

»Na ja, irgendwie schon. Ich glaube, das liegt daran, dass ich es nicht gewohnt bin, so behandelt zu werden.«

Ich verschränkte die Arme. »Wie genau hab ich dich denn behandelt?«

»Anders eben.« Er zuckte hilflos mit den Schultern. »Jedenfalls würden wir beide uns bestimmt besser fühlen, wenn wir noch mal ganz von vorne anfingen.« Mit einem schiefen Lächeln hielt er mir die Hand hin. »Ben Hager.«

Ich zögerte. Zum einen, weil ich immer noch fassungslos war, und zum anderen, weil ich seine Erklärung recht dürftig fand. Ich hatte ihn also anders behandelt? Anders als was? Genau genommen hatte *er* damit angefangen, den Großkotz heraushängen zu lassen. Ich erinnerte mich genau, wie freundlich und hilfsbereit ich mich bei seiner Ankunft verhalten hatte. Dass er mir jetzt auf undefinierte Weise irgendeine imaginäre Schuld zuschob, war schon ein wenig dreist.

Allerdings hatte er mit seinem Neuanfangzeugs gewiss nicht unrecht.

Trotz eines kleinen Widerwillens und einer gewaltigen Portion Skepsis ergriff ich schließlich seine Hand.

»Anna Häusler«, stellte ich mich vor. »Willkommen in Wammling.«

Ben grinste erleichtert. Ich versuchte intensiv herauszufinden, ob diese Erleichterung echt war oder seinem Schauspieltalent entsprang. Ich kam zu keinem rechten Ergebnis. Hier unten war es leider zu dunkel für Details.

»Sehr erfreut«, sagte Ben und löste unseren Händedruck.

Meine Handinnenfläche kribbelte leicht. Ich führte es auf das exzessive Holzhacken zurück. Unwohl knetete ich das Kribbeln weg. »Und wie genau stellst du dir unseren Neuanfang vor?«

»Zuerst einmal suchen wir einen Weg hier raus.«

»Das hab ich nicht gemeint.«

»Das weiß ich doch.« Er schmunzelte. »Allerdings ist unsere aktuelle Lage nicht unbedingt von Vorteil für Verhandlungen jeglicher Art.«

Ich runzelte argwöhnisch die Stirn. »Verhandlungen?«

»Jap. Wir müssen ein Abkommen treffen, das beide Seiten zufriedenstellt.«

In meinen Ohren klang das wie eine milde Form von Erpressung. Inwieweit das nun einen Neuanfang begünstigen sollte, war mir schleierhaft. Ben schien meine Bedenken zu bemerken.

»Na gut, hier ein Vorschlag bezüglich eines Abkommens«, begann er ernst. »Tägliche Zubereitung des Frühstücks, einmal wöchentlich Reinigung der Wohnung, inklusive Wechsel der

Bettwäsche und Erneuerung der Handtücher.«

Ich blies die Backen auf. »Auf gar keinen Fall! Wir führen keinen Hotelbetrieb. Unsere Unterkunft ist für Selbstversorger gedacht!«

»Nun. Das Frühstück wurde nachweislich dazugebucht. Außerdem bezweifle ich, dass eure Gäste sonst über einen ähnlich langen Zeitraum hier nächtigen wie ich.«

Das konnte ich nicht abstreiten. Ich überdachte kurz seine Argumente und machte schließlich um des Friedens willen ein Gegenangebot: »Tägliche Lieferung der Frühstückszutaten ohne Zubereitung. Einmal wöchentlich waschen der anfallenden Wäsche. Wechsel der Bettwäsche muss vom Gast erfolgen. Reinigung der Wohnung ebenso. Reinigungsutensilien sind, nebenbei bemerkt, in ausreichendem Umfang in der Ferienwohnung vorhanden.«

»Ich habe in meinem ganzen Leben noch nie Bettzeug gewechselt, geschweige denn einen Staubsauger bedient«, warf er ein.

Er wirkte noch nicht einmal beschämt deswegen. Mir hingegen klappte die Kinnlade herunter. »Das ist doch hoffentlich ein Scherz?«

»Nein.«

Ob Ben diesen Mangel einem reichen Elternhaus oder einer verkorksten Einstellung zu den vermeintlichen Geschlechterrollen zu verdanken hatte, konnte ich nicht einschätzen. Klar war nur eines – meine Anteilnahme hielt sich in Grenzen.

»Tja, Ben. Dann wird es wohl Zeit, zu lernen, wie man eine Wohnung in Schuss hält, denn ich werde das garantiert nicht tun!«

Ben schaute wenig begeistert drein. Einen Moment glaubte ich sogar, die wohlbekannte Arroganz in seinen Augen aufblitzen zu sehen, doch es war zu dämmrig, um dies mit Sicherheit festzustellen. Er gab sich einen Ruck.

»Tägliche Frühstückszubereitung und einmal wöchentlich Wäsche waschen. Aber nur mit einer Zusatzklausel.«

»Und die wäre?«

Sein linker Mundwinkel zuckte verschmitzt. »Du erklärst dich bereit, mir die Gegend zu zeigen, und weihst mich in die Gepflogenheiten des Dorflebens ein.«

»Die Gepflogenheiten des Dorflebens?«, wiederholte ich. »Ich bin mir nicht ganz sicher, was du damit meinst. Was genau willst du denn wissen?«

Er dachte kurz nach. Dann erklärte er schulterzuckend: »Mein Roman soll authentisch sein. Dazu muss ich den Alltag einer bayrischen Gemeinde kennen.«

Ich wog Für und Wider dieser Zusatzklausel ab. Solange Ben sich weiterhin freundlich benahm, sollte es kein Problem sein, ihn ein wenig herumzuführen. Allerdings begegnete ich dieser neuartigen Freundlichkeit immer noch mit Vorsicht. Mir verlief der Umschwung von arrogantem Arschloch zum sympathischen Feriengast ein bisschen zu märchenhaft. Unglaubwürdig. Dennoch beschloss ich, Ben eine Chance einzuräumen.

»Okay«, sagte ich schließlich. »Ich akzeptiere dieses letzte Angebot, aber nur, wenn du den Frühstückstisch selbst abräumst.«

Er gab sich einen Moment gespielt nachdenklich und kratzte sich am Kinn. Mit einem zufriedenen Grinsen legte er den Kopf schräg. »Deal.«

»Deal«, bestätigte ich ernst.

Wir schlugen darauf ein. Wieder hinterließ sein Händedruck ein Kribbeln auf meiner Haut.

Nachdem die Fronten geklärt waren, fühlte ich mich wirklich erleichtert. Die restlichen zwei Wochen mit Ben würden nun auszuhalten sein. Ein drohender Nervenzusammenbruch meinerseits schien abgewandt.

Auch Ben wirkte geradezu euphorisch. »Dann sehen wir

mal zu, wie wir hier herauskommen. Wir sollten uns aufteilen.« Er aktivierte seine Displaylampe und wies eifrig auf das Regal an der Wand. »Reicht dir das Fensterlicht? Dann nehme ich mir die Dunkelkammern vor.«

»Gute Idee!«

Als er beschwingt hinausschritt, sah ich ihm nachdenklich hinterher.

Der ganze Tag schien mir mehr als nur unwirklich. Außerdem kam mir das alles wie eine völlig unglaubwürdige Wendung in einem kitschigen Liebesfilm vor. Innerhalb weniger Stunden hatten sich sämtliche Probleme meines Lebens wie durch Zauberhand in Luft aufgelöst. Ich selbst bezeichnete mich ja als Realistin, darum konnte ich diesem Friede-Freude-Eierkuchen-Zustand wohl kaum trauen. Obwohl ich durchaus mit einer angeborenen Portion Zuversicht gesegnet war.

Ich wurde das leise Gefühl nicht los, dass ich drauf und dran war, in eine ausgeklügelte Falle zu tappen … Doch mein Optimismus ließ mich schließlich über meine Sorge hinwegsehen und ich wandte mich wichtigeren Dingen zu. Der Suche nach passendem Werkzeug zum Beispiel. Wobei allmählich die Frage in mir aufkeimte, warum Ben eigentlich wusste, wie man ein Schloss knackt. Der Ben, der nicht einmal einen Schraubendreher benennen konnte, der noch nie etwas von einer Taschenlampen-App gehört und in seinem ganzen Leben kein Bett bezogen hatte. Das passte nicht so recht zusammen.

Sorgfältig kramte ich mich durch das überquellende Sammelsurium in dem Lagerregal. Allerhand interessante Dinge waren darunter. Tongeschirr, Kupfertöpfe, ein Karton voller Porzellanpuppen, Bilderrahmen unterschiedlichster Größen, Kerzen, Petroleumlampen und verblichene Fotografien, an denen ich unwillkürlich hängen blieb. Der feuchte Kellerraum war ein denkbar schlechter Ort, um Fotos aufzubewahren. Dazu lagen sie lose in einer Pappkiste, die sich nicht minder aufgeweicht anfühlte wie ihr Inhalt. Der Schimmel fraß bereits an zwei Ecken.

Ich betrachtete interessiert die einzelnen Fotos. Sie waren teilweise so verblichen, dass man die schwarz-weißen Motive kaum mehr erkennen konnte. Auf der Rückseite waren manchmal Namen oder eine Jahreszahl notiert. Mir war es unbegreiflich, wie man derartige Erinnerungen einfach in einer Pappkiste im Keller dem Verfall überlassen konnte.

»Ich hab's!«, schallte Bens Stimme durch den Flur.

»Und? Kriegst du die Tür auf?«, rief ich zurück.

»Ist schon offen!«

Ah, das ging jetzt aber schneller als gedacht. Oder hatte ich mit den Fotos länger herumgetrödelt, als mir bewusst war?

Ich sah auf die aufgeweichte Pappschachtel. Die Fotografien wellten sich mitleiderregend, ich brachte es einfach nicht übers Herz, sie weiterhin ihrem Schicksal zu überlassen. Kurzerhand packte ich den ganzen Karton und nahm ihn mit.

Ben stand oben an der Kellertreppe und leuchtete herunter. Ich folgte vorsichtig dem Lichtschein. Erleichtert blinzelte ich dem Ursprung der Helligkeit entgegen. Die Tür hinter Ben stand sperrangelweit offen. Er hielt in der einen Hand sein Smartphone und in der anderen einen Teelöffel, mit dem er triumphierend winkte.

Ungläubig blickte ich auf den Löffel. »Damit hast du die Tür aufgekriegt? Mit einem Löffel?«

»Na ja, es ist ein sehr altes und sehr einfaches Türschloss«, meinte er, als erklärte das alles.

»Ich dachte, du brauchst vor allem Draht?«

Ben zog einen rostigen Nagel aus dem Schlüsselloch. »Der hat's auch getan.«

»Faszinierend«, sagte ich mit ehrlicher Bewunderung. »Ein Nagel und ein Löffel.«

»Ach, das *A-Team* hätte damit einen ganzen Panzer gebaut.«

Ich trat in das wohltuende Tageslicht hinaus und musterte Ben amüsiert. »Du kennst das *A-Team*?«

»Na, aber hallo!« Er gab sich entsetzt. »Helden meiner Kindheit!«

Ich erwiderte sein Entsetzen. »Du hattest eine Kindheit?«

»Ja. Sie hat zwar nur vier Jahre gedauert, aber es war dennoch eine unbeschwerte Zeit.«

»Lass mich raten – nach diesen vier Jahren bist du in den falschen Freundeskreis geraten und hast dich als professioneller Einbrecher etabliert, weshalb du auch mit Löffel und Nagel jede Tür aufsperren kannst.«

Er wiegte abwägend das Kinn. »Fast. Ich habe eine Karriere als Hehler im Kindergarten angestrebt. Das Schlösserknacken beherrsche ich erst, seit ich Krimiautor wurde. Ein Autor muss schließlich wissen, wovon er schreibt.«

»Ich hoffe sehr, dein Hang zum authentischen Schreiben hält sich dennoch an die Gesetzgebung. Oder sollte ich mich lieber vor dir fürchten?«

»Vielleicht?« Er beugte sich ein Stück zu mir. »Vorher muss ich aber erst noch herausfinden, wie man dich überhaupt das Fürchten lehrt.«

Unwillkürlich hielt ich den Atem an. Der raue Unterton in seiner Stimme jagte mir einen Schauer über den Rücken. Unangenehm war er nicht. Das wäre gelogen gewesen. Eher aufregend, um ehrlich zu sein.

Ich hob herausfordernd eine Braue. »Leider hast du deine Gelegenheit verpasst.«

»Ach ja?«

»Ich war gerade mit dir in einem dunklen Keller eingesperrt. Das wird so schnell nicht wieder vorkommen.«

»Du vergisst, dass wir uns immer noch auf einem verlassenen Hof mitten im Nirgendwo befinden …«

Der Schimmer in seinen braunen Augen brachte mein

Herz zum Rasen. Ich war gänzlich gefangen von diesem Blick. Verrucht war er – und verdammt sexy. Mein Verstand flüsterte mir zu, ich dürfte auf keinen Fall auf dieses neuartige Schauspiel hereinfallen. Die Weiblichkeit in mir schlug hingegen aufgeregte Purzelbäume und fragte, was ich denn dabei zu verlieren hätte.

Ich kämpfte mich aus dem Gewirr in meinem Inneren und antwortete siegesgewiss: »Und du vergisst, dass wir nicht alleine sind. Mein Bodyguard wartet draußen. Mit ihm solltest du dich lieber nicht anlegen. Er hat einen ziemlich guten linken Haken.« Ben schaute verständnislos drein, darum erklärte ich: »Damit meine ich Moritz.«

»Das Pony?«

»Genau. Er ist flinker, als man meinen will.« Ich raffte die Fotobox höher, weil mir der aufgeweichte Karton allmählich aus den Händen glitt.

Ben deutete darauf. »Ich dachte, du willst nichts stehlen?«

»Mach ich auch nicht. Ich stelle die Kiste nur an einen geeigneteren Ort.« Zielstrebig ging ich an ihm vorbei zu einem anderen schmalen Raum, in dem meines Wissens der Boden noch intakt war. Hier stand eine hübsche Kommode neben der Tür.

»Warum tust du das?«, fragte Ben hinter mir.

»Weil ich es nicht übers Herz bringe, solche Erinnerungen einfach dem Verfall zu überlassen«, erklärte ich und wischte mit der flachen Hand notdürftig den Staub von der hüfthohen Kommode. Dann nahm ich die welligen Fotografien und breitete sie darauf aus, damit sie trocknen konnten.

Ben ließ neugierig seinen Blick über die Bilder schweifen. »Weißt du, wer all diese Leute sind?«

»Nein. Aber auf manchen stehen hinten Namen drauf. Ich gehe mal davon aus, dass es allesamt Angehörige der Guttersberger-Familie sind.« Ich begab mich zur Zimmertür, blieb aber noch mal stehen, weil Ben weiterhin die Fotografien betrachtete. »Gehen wir?«

Er riss sich mit einem kaum merklichen Ruck los. »Klar.«

Wir verließen das Haus wieder durch den Hintereingang. Von der schattigen Kühle im Inneren hinaus in die angenehme Wärme des Sommers zu kommen fühlte sich an, wie durch eine unsichtbare Wand zu treten.

Moritz wartete ein paar Schritte entfernt. Er hatte einen Hinterhuf angewinkelt und döste entspannt vor sich hin. Als er uns bemerkte, hob er träge den Kopf. Sein Blick bedeutete wohl Folgendes: Wo bleibt ihr denn so lange?

Ben lachte leise. »Das ist also der berüchtigte Bodyguard? Ja, er sieht schon mächtig gefährlich aus.«

»Täusch dich da mal nicht!« Ich klaubte Halfter und Strick vom Boden auf. »Kannst du die Haustür wieder zusperren?«

Ben schüttelte mit wenig Verständnis den Kopf. »Nein. Außerdem ist es doch egal. Wenn hier jemand rein will, hält ihn diese Tür gewiss nicht auf.« Er schmunzelte. »Dich hat sie ja anscheinend auch nicht aufgehalten.«

Dem konnte ich nicht widersprechen. Trotzdem zog ich die Tür zu. Musste ja nicht gleich jeder sehen, dass man hier munter rein- und rausspazieren konnte.

Ich hielt fragend das Halfter in Moritz' Richtung. »Brauchen wir das oder kommst du freiwillig mit?«

Moritz betrachtete mich gelangweilt und setzte sich gemächlich in Bewegung in Richtung Hofeinfahrt. Ich folgte ihm und hatte das Pony in seinem Schneckentempo mit wenigen Schritten eingeholt. Ben kam in einigem Abstand hinter uns her. Auch noch, als wir bereits die weitläufige Wiese überquerten.

Ich drehte mich fragend zu ihm um und hätte beinahe laut losgelacht, als ich sein misstrauisches Gesicht bemerkte. »Du hältst Moritz also doch für gefährlich?«

Er fand mein unterdrücktes Kichern nicht so richtig

komisch. Für einen Wimpernschlag sah er sogar wieder aus wie der altbekannte Hager, doch ich merkte, dass er seinen Ärger hartnäckig unterdrückte.

»Kannst du ihn nicht an die Leine nehmen?«, fragte er gepresst.

»An die Leine nehmen?« Ich gluckste. »Das ist ein Pony und kein Hund. Außerdem ist er ganz friedlich. Die Tollwut hat er nicht und satt ist er auch schon.«

»Sehr beruhigend.«

Sein Tonfall ließ mich innehalten. Ich griff mit einer Hand in Moritz' Mähne und blieb stehen. Das Pony folgte sofort meiner indirekten Bitte.

»Du hast wirklich Angst«, stellte ich fest.

Ben war ebenfalls stehen geblieben und presste die Lippen aufeinander.

Ich legte Moritz das Halfter an, damit Ben sich wohlerfühlte. Mit einem auffordernden Lächeln winkte ich ihn heran. »Komm her, damit ihr euch bekannt machen könnt.«

Es dauerte ein wenig, bis Ben meiner Aufforderung folgte. Ich kannte solches Zögern sehr gut. Bisher zwar nur von Kindern, die noch nie Kontakt zu Pony, Esel und Co. gehabt hatten, aber im Endeffekt stand Ben genau die gleiche Mischung aus Skepsis und Neugier ins Gesicht geschrieben.

Er näherte sich in großem Bogen von der Seite und stellte sich vorsichtig neben mich. Ich kraulte Moritz am Hals und gab Ben die Zeit, die er brauchte. Im Grunde fand ich es schon irgendwie seltsam, wie ein erwachsener Mann sich vor einem Minipony scheuen konnte, aber ich verbannte jegliches Urteil aus meiner Miene.

Moritz schaute zu Ben auf, als wüsste er genau, was Sache war. Er beschloss, den ersten Schritt zu machen, und streckte seine Nase nach Ben aus.

»Lass ihn doch mal an deiner Hand schnuppern«, schlug

ich vor. »Ich verspreche dir, dass er dich nicht beißen wird.«

Ben gab sich einen Ruck und hob einen Arm. Moritz schnupperte neugierig an seinem Handrücken.

»Na, siehst du«, meinte ich. »Er mag dich. Du darfst ihn ruhig streicheln.«

Mit ein wenig Widerwillen trat Ben noch einen Schritt näher und strich wagemutig über die strubbelige Mähne des Ponys. Dabei legte sich der Anflug eines Lächelns über sein Gesicht. Ich wartete noch eine Weile und drückte Ben dann wortlos den Strick in die Hand, der an Moritz' Halfter befestigt war. Ben versteifte sich erschrocken, doch ich marschierte einfach los und überließ ihn seinem Schicksal.

Kapitel 10

Der Freitagmorgen begann vielversprechend. Da traf ich nämlich vor der Schwelle zur Bäckerei auf Lea. Und das genau im richtigen Moment, denn dort stand ich schon seit einer ganzen Weile herum und drehte unablässig drei braune Umschläge in den Händen.

Lea erfasste die Situation auf einen Blick. Sie lächelte verständnisvoll und schob mich ohne lange Rede durch die Tür in den Verkaufsraum. Ein Glöckchen kündigte unsere Ankunft an. Und sofort war die Müllerin zur Stelle.

Sie streckte ihre Finger nach meinen Briefumschlägen aus. Lea musste mir zwar einen unauffälligen Klaps auf den Hintern verpassen, aber letztlich übergab ich meine Zukunft den Händen der Wammlinger Poststelle. Plötzlich fühlten sich meine Schultern leichter an. So als hätten die Bewerbungsmappen ganze Zentner gewogen.

Ein recht befreiendes Gefühl, infolgedessen ich wohlwollend über den Fakt hinwegsah, dass die Müllerin aufmerksam die Adresszeilen meiner Post studierte, bevor sie die Umschläge im Schneckentempo frankierte. Ich legte das abgezählte Porto in die Geldschale. Dann ließen wir sie kurz mit ihrer wichtigen Aufgabe allein und gingen von dem winzigen Postschalter hinüber zur Theke mit den Backwaren.

Lea knuffte mich grinsend in den Oberarm. »Hast du gut gemacht«, flüsterte sie.

Das Flüstern hätte sie sich zwar sparen können, denn die Müllerin konnte Geheimnisse innerhalb ihres Ladens verstehen, selbst wenn sie von einem unsichtbaren Einhorn gepupst wurden, aber ich wusste die Diskretion meiner Freundin freilich zu schätzen.

»Was deaf's denn sei?«, fragte die Müllerin auch schon dicht hinter uns. Sie marschierte geschäftig hinter die Theke.

»Wie wär's mit einem spontanen Sektfrühstück?«, schlug Lea mir vor.

Da musste ich natürlich nicht lange überlegen. Wir füllten unsere Einkaufstaschen mit allem, was man für ein Sektfrühstück brauchen konnte, und wünschten der Müllerin noch einen angenehmen Tag.

Ich war mit dem Fahrrad gekommen, darum hockte Lea sich kurzum auf den Gepäckträger. Die alte Federung beschwerte sich lauthals, aber unser Gegacker übertönte ihr Ächzen. Die ersten Meter überwanden wir in weiten Schlangenlinien, die man sich beim Wammlinger Verkehrsaufkommen aber durchaus leisten konnte.

Leas Elternhaus lag direkt auf dem Weg zu mir. Dort hielten wir kurz an, damit Lea die Brötchen abliefern konnte, wegen derer sie eigentlich zur Müllerin gegangen war. Sie entschuldigte sich für die spontane Änderung des Morgenplans, doch ihre Mutter schickte uns nur mit einem wohlwollenden Augenzwinkern weiter.

Ich strampelte schnaufend die leichte Anhöhe hinauf, während Lea mich inbrünstig anfeuerte. Es war ein wenig so, als wären wir plötzlich zehn Jahre zurück in die Vergangenheit katapultiert worden. Mit fünfzehn waren Lea und ich öfter mal auf diese Weise zu der stillgelegten Kiesgrube zum Baden geradelt. Lea besaß zwar damals auch ein eigenes Fahrrad, gleichzeitig jedoch das unglaubliche Talent, sich quasi alle drei Meter einen Platten zu fahren. Wir wussten beide nicht, wie genau sie das immer angestellt hatte.

Viele Erinnerungen aus dieser unbeschwerten Zeit rauschten wohltuend durch meine Adern. Wie einfach damals doch alles gewesen war. Keinerlei Sorgen darüber, wohin die Zukunft uns führen würde. Irgendwo würde sie uns schon rauswerfen. Unsere Weitsicht beschränkte sich einzig auf das kommende Wochenende und was man damit anstellen sollte. Montag bis Donnerstag dauerte eine kleine Ewigkeit. Und mit sechzehn würden wir dann die Welt erobern, denn dann waren wir quasi erwachsen und hatten außerdem einen Rollerführerschein!

Lea schwelgte wohl ebenfalls in Erinnerungen, denn sie stimmte ausgelassen ein Lied der Spice Girls an. Die Heldinnen unserer Pubertät, denen wir glänzende Trainingshosen und Plateauschuhe zu verdanken hatten.

Sobald wir die Anhöhe überwunden hatten, stieg ich in ihr Geträller mit ein. Wirklich singen konnte keine von uns, aber darum ging es auch gar nicht. Es war einfach nur toll, gut gelaunt zu sein und es der Welt mitzuteilen.

Untermalt von geschmettertem Girliesound, kamen wir im Hof an. Kreszentia begleitete uns schnatternd auf den letzten Metern. Gockel Hans trieb seinen Harem eilig von der kreischenden Bedrohung fort.

»Ja, sauber«, kommentierte der Opa unsere Ankunft.

Wir lachten und stiegen nacheinander vom Fahrrad.

»Gut, dass i jetzt zum Frühschoppen fahr«, meinte der Opa. »Des würden meine armen Ohren ja gar ned länger aushalten!«

Lea und ich gackerten wieder los. Übel nehmen konnten wir es dem Opa nicht. Zu viel überschüssige gute Laune am frühen Morgen war halt nicht jedermanns Sache. Er ging hinüber zur Garage und winkte noch einmal kurz zum Abschied, bevor er davonfuhr.

»Ich bring nur schnell die Sachen zu Ben hoch«, sagte ich zu Lea. »Bin gleich wieder da.«

»Warte.« Sie schnappte sich die entsprechende Tüte. »Lass mich das machen. Dann kannst du in der Zwischenzeit schon mal den Kaffee aufsetzen.«

Ich zuckte mit den Schultern. »Auch gut.«

»Im Übrigen musst du mir dann erklären, warum du ihn eigentlich nicht leiden kannst. Ich finde ihn nämlich ausgesprochen sympathisch.«

»Na ja, er kann schon sehr nett sein, wenn er will«, gab ich nach kurzer Überlegung zu. »Aber er kann auch ganz anders.«

»Mh, das klingt nach Herausforderung.«

Ich schürzte die Lippen. »Na dann, viel Erfolg!«

»Nein, nicht für mich«, wehrte Lea feixend ab. »Für dich!«

Bevor ich etwas erwidern konnte, tappte sie auch schon davon. Würde ich ihr halt später erklären, dass Ben mich insgesamt wohl kaum herausforderte, sondern eher abschreckte. Ganz uneingeschränkt traute ich unserem neuen Frieden immer noch nicht. Außerdem fragte ich mich immer wieder, worauf genau ich mich nun eigentlich eingelassen hatte. Ich sollte ihm die Gepflogenheiten des Dorflebens näherbringen? Keine Ahnung, was er dabei erwartete. Die Details hatten wir bisher nicht besprochen.

Aber egal. Erst mal Kaffee.

Ich summte die Spice Girls vor mich hin, während ich in der Küche herumwerkelte. Unsere Sektgläser waren im obersten Fach der Küchenzeile verstaut und wurden nur selten benutzt. Also musste ich sie noch kurz aufpolieren, damit sie mit unserem strahlenden Gemüt mithalten konnten. Die Kaffeemaschine gurgelte und das Aroma frisch gebrühter Bohnen erfüllte die Luft. Mikesch strich mir so lange um die Beine, bis ich ihm zwei Scheiben Wurst hinwarf, damit ich mich wenigstens ein paar Augenblicke in der Küche bewegen konnte, ohne über ihn zu stolpern. Eine schlaue Taktik, die er da an den Tag legte.

Ich nutzte die Zeit der Ablenkung, um die erste Frühstücksladung auf einem Tablett hinauszubalancieren. Auf dem Flur hätte ich es beinahe fallen gelassen, weil plötzlich Bens Stimme hereinwehte. Unmittelbar gefolgt von Leas glockenhellem Lachen.

Ich ahnte sofort, was das zu bedeuten hatte. Ich wusste nur noch nicht, was ich davon halten sollte.

Mit gemischten Gefühlen trat ich nach draußen. Lea hielt Kreszentia in ihren Armen, um sie wieder davon abzuhalten, Ben auf der Stelle zu zerfleischen. Obwohl die Gans heute entspannter wirkte. Zumindest fauchte sie nicht mehr ganz so wild und beschränkte sich darauf, ihren Feind mit starrem Blick unter Kontrolle zu behalten.

Ben hielt seine Brötchentüte in den Händen und lächelte mich an. Es war ein zurückhaltendes Lächeln, ähnlich schüchtern, wie ich es bereits gestern sehen durfte. Wieder versuchte ich zu ergründen, ob diese Schüchternheit überhaupt echt war. Obwohl das Licht diesmal um Welten besser war, gelang es mir nicht, ihn zu durchschauen. Vielleicht bildete ich es mir ja nur ein, aber ich glaubte, immer noch einen kleinen Funken Berechnung in seinen braunen Augen zu sehen.

Ob nun Einbildung oder nicht, ich würde diesem neuartigen Hager weiterhin mit Vorsicht begegnen.

»Guten Morgen, Anna«, begrüßte er mich höflich.

»Guten Morgen«, erwiderte ich ebenso höflich.

Wir musterten uns einen Moment, als wüssten wir beide nicht recht, wie wir uns nun verhalten sollten. Diese peinliche Anspannung entstand normalerweise, wenn man zufällig hinter seinem One-Night-Stand an der Kasse wartete und sich keine Möglichkeit zur Flucht bot.

Lea schien davon nichts weiter zu bemerken. »Ich hab Ben eingeladen«, erklärte sie überflüssigerweise und setzte sich mitsamt Gans an den Tisch. »Muss ja nicht sein, dass er ganz alleine in seiner Wohnung hockt.«

»Okay«, sagte ich nur, weil mir gar nichts anderes übrig blieb.

Ich entlud das Tablett auf dem Tisch und versuchte gleichzeitig, den letzten Rest meines Widerwillens zu überwinden. Ganz einfach war das nicht, aber ich war grundsätzlich der Meinung, jeder Mensch verdient eine zweite Chance. Sogar Ben Hager. Ob er diese nutzen wollte, würde sich zeigen.

Lea verteilte mit einer Hand die Frühstücksutensilien, während sie mit der anderen Kreszentia streichelte. Ich machte mich mit dem leeren Tablett wieder davon, um die zweite Ladung zu holen.

Auf Zehenspitzen hangelte ich nach einem weiteren Sektglas, als plötzlich ein ansehnlicher Arm an mir vorbeilangte und mühelos danach griff. Verdutzt drehte ich mich um.

Ben hielt mir das Sektglas hin. »Kannst du noch Küchenunterstützung brauchen?«

»Äh … Ja.« Die Situation überforderte mich ein bisschen, aber ich drückte ihm automatisch ein Tuch in die Hand. »Polieren. Das Glas.«

Seinem ratlosen Gesichtsausdruck nach hatte er zwar noch nie im Leben ein Glas poliert, doch ich wandte mich ohne Anleitung ab, um mich auf die Suche nach meinem verschwundenen Sprachvermögen zu machen. Vielleicht war es verschwunden, weil mir das Ganze gerade ziemlich spanisch vorkam.

Aber gut – zweite Chance und so.

Eine Weile kamen wir stumm unserer jeweiligen Aufgabe nach. Inklusive Mikesch, der nun jedoch Ben um die Hosenbeine strich. Ich traute meinen Augen kaum, als Ben in die Hocke ging, um den Kater hinter den Ohren zu kraulen. Obwohl ich alles ganz genau beobachtete, gab ich mich abgelenkt. Ich staunte nicht schlecht, als er dann auch noch murmelnde Worte an Mikesch richtete. Die beiden sahen völlig vertraut miteinander aus. Bei Mikesch war das nichts Besonderes, aber dass sich Ben nun als Katzenfreund entpuppte, erschütterte quasi mein gesamtes Weltbild.

Erst als Ben aufsah, merkte ich, dass ich längst nicht mehr meine Taktik aufrechterhielt, sondern unverblümt zu den beiden hinabstarrte.

»Was ist?«, fragte er verwundert.

»Ich bin etwas … überrascht«, gab ich zu. »Ich hätte dich jetzt nicht unbedingt als Katzenfreund eingestuft.«

Ben stand auf. »Als was hättest du mich denn eingestuft?«

Die Sache mit dem arroganten Arschloch verschwieg ich vorsorglich. Stattdessen wiegte ich gespielt nachdenklich den Kopf. »Vielleicht als Schlangenliebhaber?«

»Schlangen?« Er schauderte. »Nein, da sind mir meine beiden Maine-Coons schon lieber.«

»*Du* hast *zwei* Katzen?«, entfuhr es mir.

»Jaa?« Er amüsierte sich über meinen Unglauben.

Ich kräuselte skeptisch die Stirn. »Und wer kümmert sich um die beiden, wenn du so lange weg bist?«

»Meine Haushälterin.«

Ah ja, die Haushälterin.

Verwöhnter Bengel …

Aber das ging mich eigentlich nichts an. Außerdem war ich immer noch viel zu überrascht, um mich näher mit seiner häuslichen Situation zu beschäftigen. Ben Hager reifte allmählich zu einem wahren Paradoxon heran, das mein gesamtes Denkvermögen überforderte.

Bevor mir noch der Dampf meiner überhitzten Gehirnwindungen zu den Ohren rauskam, widmete ich mich lieber der Kaffeemaschine, die mit einem letzten Gurgeln ihre Aufgabe vollendete. Ich füllte den Kaffee in eine Thermoskanne um, als es hinter mir klirrte. Ben sog scharf die Luft ein und schickte einen eindrucksvollen Fluch hinterher.

Aus dem Sektglas war ein großes Randstück gebrochen, das er vorsichtig auf den Esstisch legte. Prüfend betrachtete er seinen Zeigefinger.

»Hast du dich geschnitten?«, fragte ich alarmiert, doch dann sah ich auch schon das Blut.

Glänzendes rotes Blut.

Blut.

Überall.

Etwas Nasskaltes traf auf meine Stirn. Bedröppelt schlug ich die Augen auf und fand mich auf dem Küchenboden wieder. Ben hatte sich über mich gebeugt und betrachtete mich besorgt.

»Nein, glaub mir«, hörte ich Lea sagen, »das wird gleich wieder. Das passiert immer, wenn Anna Blut sieht.«

Unbekümmert stieg sie mit dem Tablett in den Händen über meine ausgestreckten Beine hinweg und verschwand aus meinem Blickfeld.

Mit einem Ruck setzte ich mich auf. Ein klatschnasses Küchentuch rutschte von meiner Stirn und fiel mir in den Schoß. Ich rieb mir stöhnend über das Gesicht.

»Geht es dir besser?«, fragte Ben.

»Blutest du noch?«, fragte ich, anstatt zu antworten.

»Nein. Eigentlich war es nur ein kleines Tröpfchen. Kaum der Rede wert.«

Ein Tröpfchen? Für mich hatte es wie eine sprudelnde Quelle ausgesehen.

Wie peinlich!

»Hast du dir wehgetan?«, wollte Ben wissen. »Ich hab versucht, dich aufzufangen, aber es hat trotzdem ziemlich gepoltert.«

Grundgütiger!

Ben gluckste. »Sag mal, wird das jetzt für uns zur Gewohnheit?«

»Hm?«

»Na, dass wir beide auf dem Boden landen.«

»Solange ich nicht wieder auf dir lande …« Ich lugte zwischen meinen Fingern hervor. Als er grinste, stöhnte ich abermals auf. »Verdammt!«

Er gab sich entsetzt. »So schlimm? Echt? Also, ich finde, es gibt Schlimmeres.«

Damit könnte er recht haben. Zumal ich mir nicht sicher war, was genau ich in diesem Augenblick schlimmer finden sollte. Dass ich auf ihm gelandet war oder dass er gerade mit mir flirtete. Das tat er doch, oder? Zumindest deutete das Schmunzeln darauf hin, das um seine Mundwinkel tanzte.

Ich ignorierte diesen letzten Gedanken und schickte mich an aufzustehen. Bevor ich mich dagegen wehren konnte, umfasste Ben meine Handgelenke und zog mich mühelos in die Aufrechte.

Kräftiger Bursche, das musste man ihm lassen.

Ein leichter Schwindel blieb an mir haften, doch mir war das Ganze bereits viel zu peinlich, um mich dem nun noch weiter hinzugeben. So majestätisch, wie es eben möglich war, strich ich mein Shirt glatt, schüttelte das nasse Geschirrtuch aus und hängte es zum Trocknen über die Spüle. Ben beobachtete mich dabei, immer noch mit diesem eigenartigen Schmunzeln auf den Lippen.

»Jetzt hab ich es doch schneller herausgefunden als gedacht«, meinte er zusammenhangslos.

»Was?«

»Wie man dich das Fürchten lehrt.«

»Pff!«, gab ich von mir. Weil mir nichts Besseres dazu einfiel, fügte ich noch hinzu: »Tss!«

Ich stolzierte erhobenen Hauptes nach draußen. Mein glamouröser Abgang wurde leider etwas gedämpft, weil ich aufgrund leichter Schlagseite am Türrahmen hängen blieb. Aus Gründen des Selbstschutzes blickte ich nicht nach hinten, um zu überprüfen, ob Ben Zeuge dieses Vorfalls geworden war.

Auf der Terrasse befüllte Lea bereits die Gläser mit prickelndem Sekt. Allem Anschein nach war ich länger bewusstlos gewesen als gedacht, denn ein neues drittes Glas war bereits makellos poliert.

»Hey, Bloody Mary«, trällerte Lea mir entgegen. »Geht schon ein Gläschen oder brauchst du noch eine Erholminute?«

Ich schnitt eine Grimasse und ließ mich gegenüber auf die Bank fallen. »Ich bin gut erholt. Danke für deine Betreuung.«

»Na, hör mal! Du warst doch bereits in guten Händen. Irgendjemand musste schließlich den Sekt entkorken.«

»Das ist wahr«, bestätigte Ben. »Eine Sektflasche sollte man nie zu lange unbeaufsichtigt lassen.«

Kreszentia hockte ebenfalls auf der Bank und fixierte Ben über Leas Schoß hinweg, als er sich neben sie setzte. Ben griff nach einem Glas und hielt es in die Höhe. Über den Rand sah er mich an. »Das zerbrochene Glas werde ich natürlich schnellstmöglich ersetzen.«

»Das ist nicht nötig.« Ich winkte ab. »Von den Dingern haben wir genug, und benutzt werden sie so gut wie nie, was man ihnen ja auch ansieht.«

»Dann werde ich mir etwas anderes als Wiedergutmachung einfallen lassen.«

Oha. Schon wieder dieses Geschmunzel. Allmählich sollte ich wohl eine Entscheidung treffen, wie ich damit umgehen wollte. Weiterhin ignorieren oder mich gar geschmeichelt fühlen? Lea gewährte mir Aufschub, indem sie ebenfalls ihr Glas erhob und mit Ben anstieß.

»Auf den Freitag«, toastete sie.

»Auf Freitag«, stieg ich mit ein.

Wir nippten an unseren Getränken. Lea und ich verzogen gleichzeitig das Gesicht.

»Bäh!«, gab sie angewidert von sich.

»Ich dachte, du hast den lieblichen genommen?«, fragte ich mit gekräuselter Nase.

»Dachte ich auch!«

Ben lehnte sich entspannt zurück. »Also, ich finde ihn gut.«

Lea und ich tauschten einen Blick. »Männer …«, murmelten wir wie aus einem Munde und lachten los.

Nun, vor ungefähr vierundzwanzig Stunden hätte ich es nicht für möglich gehalten, mit Ben Hager zwanglos an einem Tisch zu sitzen.

Ebenso wenig hätte ich es für möglich gehalten, mit ihm über die politischen Interessen der USA zu diskutieren.

Und erst recht nicht hätte ich für möglich gehalten, dass ich die angeregte Unterhaltung mit ihm ehrlich genoss.

Die Sektflasche war längst leer und unsere Bäuche voll, doch keiner von uns schien das Frühstück beenden zu wollen. Mit Ausnahme von Kreszentia, die mittendrin einen Platzverweis erhalten hatte, weil sie dauernd Leas Croissant mopsen wollte. Mit beleidigtem Schnabelklappern machte sie sich daraufhin aus dem Staub. Dafür gesellte sich Mikesch zu uns und hing nun schnurrend auf Bens Schoß. Immer wieder blieb mein Blick an seiner Hand hängen, die regelmäßig über das flauschige Fell streichelte. Sanft und liebevoll. Ebenfalls etwas, das ich Ben Hager vor vierundzwanzig Stunden kaum zugetraut hätte.

Unser Gespräch wanderte fließend von einem Thema zum nächsten. Im Nachhinein konnte ich nicht mehr sagen, wie wir bei Lichtenöd landeten, doch irgendwann fragte Lea, ob ich schon etwas Neues vom Bürgermeister gehört hätte.

»Nein«, antwortete ich. »Der weiß ja selber so gut wie

nichts. Er kennt noch nicht einmal den Namen dieser Immobilienfirma.«

Lea wandte sich zu Ben. »Weißt du, unsere Anna ist stets an vorderster Front, wenn in Wammling ein Kampf gefochten wird. Momentan besteht dieser darin, den Bau eines Kurhotels zu verhindern.«

»Davon habe ich gehört«, entgegnete Ben.

»Ach ja?«

Er zuckte mit den Schultern. »Na ja, scheint ja das zentrale Thema der letzten Tage zu sein. Aber ehrlich gesagt verstehe ich das Problem nicht ganz. Ein Kurhotel wäre für die Gemeinde doch förderlich. Einige Dienstleister würden gewiss davon profitieren.«

»Darum geht es ja auch gar nicht«, warf ich ein. »Es geht darum, dass Lichtenöd ein wichtiger Teil der Geschichte von Wammling ist und man diesen nicht einfach so zerstören darf. Wer darin wohnt, ist völlig egal, aber wir dürfen nicht zulassen, dass die Vergangenheit einfach abgerissen wird.«

»Bisher scheint diese Vergangenheit niemanden gekümmert zu haben, sonst würde sie nicht vor sich hin rotten«, entgegnete Ben ernst.

Erbost kniff ich die Augen zusammen. »Das solltest du den ehemaligen Besitzern sagen, die sich geweigert haben, den Hof an jemanden zu verkaufen, der ihn zu schätzen weiß!«

»Hättest du ihn denn kaufen wollen?«

»Ich …« Ich verschränkte die Arme und reckte das Kinn. »Ich kenne mehrere Interessenten, aber ein Verkauf stand für die Guttersberger-Tochter vorher nie zur Debatte. Warum sie plötzlich doch verkauft hat, weiß ich nicht.«

Lea hob wissend einen Zeigefinger. »Also, ich kann mir gut vorstellen, warum. Die Immobilienfirma wird halt mit einem fetteren Scheck gewunken haben, als es ein Wammlinger gekonnt hätte. Eine zusätzliche Null kann Wunder wirken.«

»Da könntest du recht haben.« Ich nickte zustimmend. »Jedenfalls werden wir Wammlinger alles darangeben, den Abriss des Gutshofes zu verhindern. Und die Rodung des zugehörigen Waldstücks ebenfalls.«

»Rodung?«, wiederholte Ben. »Warum sollte der Wald gerodet werden?«

»Na, wegen dem Golfplatz.«

»Hm, von einem Golfplatz hab ich nichts gehört«, meinte er nachdenklich. »Und das kann ich mir ehrlich gesagt auch nicht vorstellen. In Deutschland darf man nicht einfach mal eben ein Stück Wald plattmachen.«

»Der Meinung bin ich allerdings auch«, erklärte Lea.

»Und ich bin der Meinung, dass eine weitere Null ziemlich viel Unmögliches möglich machen kann«, sagte ich überzeugt.

»Tja«, meinte Lea schwermütig, »wir verfügen wohl über zu wenige Nullen, um das herauszufinden.«

Das laute Brummen eines Motors unterbrach ihr Seufzen. Der Hintereder tuckerte mit seinem Traktor am Hof vorbei. Schön langsam, damit er auch ja hereinschauen konnte. Er hob eine Hand zum Gruß und rollte weiter. Der Geruch seines Transportgutes verweilte noch ein wenig länger bei uns.

»Mmh, ein Hauch von Heimat«, schwärmte Lea.

Ben rümpfte die Nase und sah vorsichtig zu mir. »Da fällt mir gerade ein – könnten wir bezüglich der Handtücher eine kleine Ausnahme unseres Paktes machen? Dieser Landluftduft ist nicht sonderlich nach meinem Geschmack.«

»Ach was!«, sagte ich feixend. »Das hätte ich jetzt aber nicht gedacht!«

Lea sah neugierig zwischen uns hin und her. »Landluftduft? Pakt?«

»Lange Geschichte …« Ich winkte ab.

Ben beugte sich verschwörerisch zu Lea. »Außerdem ist es ein Geheimnis.«

Interessanterweise beließ Lea es dabei. Hätte ich eine Aussage dieser Art gemacht, würde sie mich bis an mein Lebensende drangsalieren, damit ich ihr das Geheimnis verriete. Stattdessen beehrte sie uns mit einer Anekdote aus ihrer Kindheit, in der ein Misthaufen und nagelneue Sandalen die Hauptrolle spielten.

Während sie erzählte, beobachtete ich unauffällig Ben Hager und fragte mich, ob ich ihm vielleicht doch unrecht getan hatte und er gar kein solch großes Arschloch war.

Kapitel 11

Als ich am nächsten Morgen von der Müllerin zurückkehrte, erwarteten der Opa und Ben mich auf der Terrasse. Die beiden saßen nebeneinander auf der Bank. Ein jeder hielt eine dampfende Kaffeetasse in den Händen. Sie gaben ein harmonisches Bild ab, wie sie schweigend dasaßen und die Kastanie im Innenhof betrachteten. Mein Opa war nicht unbedingt ein Mann vieler Worte, doch das schien Ben keineswegs zu stören. Beide wirkten uneingeschränkt zufrieden.

Kreszentia hockte ein Stück abseits und beobachtete das Ganze mit einer gehörigen Portion Skepsis. Ich selbst wusste im ersten Augenblick auch nicht recht, was ich von diesem Anblick halten sollte. Einerseits war da immer noch dieses Quäntchen Vorsicht, das ich Bens neuartigem Verhalten entgegenbrachte. Und andererseits freute ich mich ehrlich darüber, ihn da sitzen zu sehen.

Die beiden Männer wandten mir synchron den Kopf zu. Das hatte schon beinahe etwas Niedliches an sich.

»Guten Morgen, die Herrschaften«, grüßte ich fröhlich.

»Guten Morgen, die Dame«, grüßte Ben zurück.

Der Opa nickte nur. Ich stellte mein Fahrrad ab und trug den Einkaufskorb zur Terrasse.

»Willst du hier essen?«, fragte ich Ben und wunderte mich selbst über den hoffnungsvollen Unterton in meiner Stimme.

»Sehr gern«, antwortete er mit strahlendem Lächeln.

Er stand auf, klemmte sich den Einkaufskorb unter den Arm und ging damit in die Küche. Allmählich sollte ich mich wohl daran gewöhnen, dass er täglich für Überraschungen sorgte.

Auf dem Esstisch erwartete mich eine unscheinbare Holzkiste. Ben deutete im Vorbeigehen darauf. »Als Entschädigung für das Glas.«

Neugierig lupfte ich den Deckel der Kiste und spähte hinein. Gebettet auf Holzwolle, lagen zwei Flaschen Wein darin. Ein roter und ein weißer, beide waren als lieblich deklariert. Und beide sahen nicht direkt nach billigem Fusel aus, wobei ich jetzt nicht so die Weinkennerin war.

»Das wäre wirklich nicht nötig gewesen«, sagte ich verlegen. »Das übersteigt den Wert eines einfachen Sektglases ja um ein Vielfaches.«

Ben verteilte den Inhalt des Einkaufskorbes auf der Küchenanrichte. »Nein, das ist schon in Ordnung.«

Er betrachtete mit offensichtlicher Ratlosigkeit die vollgestellte Anrichte.

»Du kannst schon mal die Eier kochen«, schlug ich vor und holte einen kleinen Topf aus dem Schrank. »Zur Hälfte mit Wasser befüllen und zum Kochen bringen.«

Seine Miene erhellte sich. »Das krieg ich hin.«

»Sehr schön«, lobte ich.

Das Befüllen und Auf-den-Herd-Stellen bekam er tatsächlich hin. Nachdem er eine Weile planlos auf der Herdplatte herumgedrückt hatte, bekam er sogar das Kochfeld zum Glühen. In der Zwischenzeit hatte ich eine Wurst- und Käseplatte angerichtet, das Tablett mit Marmelade, Honig und Butter beladen, Obst klein geschnitten und Geschirr und Besteck hinausgetragen. Trotzdem schaute Ben zufrieden, als hätte er gerade Großartiges vollbracht.

Ich stellte ihn direkt vor die nächste Herausforderung, indem ich ihm den Eierpikser reichte. »Jedes Ei an der Unterseite anstechen«, wies ich ihn an und trug den Brotkorb hinaus.

Als ich zurückkehrte, wischte Ben mit Küchenkrepp ein zerquetschtes Ei von der Arbeitsplatte.

»Sorry«, sagte er zerknirscht.

Das war schon interessant. Ben war zweifellos ein intelligenter, gebildeter Kerl. Ein Mann von Welt, könnte man sagen. Aber das schlichte Kochen von Eiern überforderte ihn zutiefst.

Ich unterdrückte einen Lacher und zeigte ihm geduldig, wie man einen Eierpikser ordnungsgemäß benutzt. Das Wasser im Kochtopf sprudelte längst, darum gab ich die gepiksten Eier gleich hinein.

»Genau dreieinhalb Minuten, dann sind sie perfekt«, erklärte ich und stellte die Eieruhr an. Mit lautem Ticken begann der Countdown.

Ich trug den Rest nach draußen, während Ben vor dem Kochtopf verharrte und aufmerksam das sprudelnde Wasser beobachtete. Nachdem ich die Eierbecher bereitgestellt hatte, lehnte ich mich an den Tresen und betrachtete Ben amüsiert von der Seite. Er war so auf seine Aufgabe fixiert, dass er es gar nicht bemerkte.

Die Aura der Überheblichkeit schien gänzlich verschwunden. Ich konnte nicht umhin festzustellen, dass darunter ein unheimlich attraktiver Mann zum Vorschein kam. Sein Seitenprofil war fein gezeichnet. Und die Art, wie er sich konzentriert durch das Haar fuhr, hatte etwas Aufregendes an sich. Vor allem, weil diese Bewegung sein Shirt leicht lupfte und einen schmalen Streifen nackter Haut erkennen ließ. Ich hatte nicht vergessen, was unter diesem Shirt noch so alles wartete, und erlaubte meiner weiblichen Seite kurz, in Erinnerung daran zu schwelgen.

Die Eieruhr schrillte hinter mir.

Hastig, als hätte sie mich beim Starren ertappt, stellte ich den Alarm aus. Ben schaltete den Herd ab und sah mich fragend an. Als Antwort gab ich ihm ein Sieb und einen Löffel. »Eier herausnehmen und gründlich unter kaltem Wasser abschrecken.«

Ganz vorsichtig kam er meiner Aufforderung nach. Als die drei warmen Frühstückseier in ihren Bechern standen, sah Ben mich triumphierend an. »Morgen schaffe ich es dann ohne Anleitung.«

»Nein«, widersprach ich. »Morgen bekommst du eine neue Unterweisung. Und zwar, wie man Weißwürste aufwärmt.«

»Spannend. Das soll ja eine Wissenschaft für sich sein, was man so hört.«

»O ja!«

Wir gingen lachend nach draußen. Erst als ich mich an den Tisch setzte, wurde mir bewusst, dass wir uns gerade indirekt zum Weißwurstfrühstück verabredet hatten. Na ja, er wollte schließlich die Gepflogenheiten des Wammlinger Dorflebens kennenlernen. Wenn da ein Weißwurstfrühstück nicht dazugehörte, was dann?

Der Opa genoss in gewohntem Schweigen sein Frühstück, während Ben und ich uns über dieses und jenes unterhielten. Nur hin und wieder gab der Opa kurze Statements zu unserem Gespräch ab. Hauptsächlich bestanden diese aus »Sowieso« oder »Geh weida«.

Als wir satt waren, half Ben sogar, den Tisch abzuräumen, während der Opa sich klammheimlich in Richtung Stall verzupfte. Ich packte das benutzte Geschirr in die Spülmaschine. Neben mir streckte Ben sich genüsslich durch, weshalb dieser verheißungsvolle Streifen nackter Haut direkt auf Höhe meiner Augen aufblitzte.

»Daran könnte ich mich durchaus gewöhnen«, sagte Ben.

Ich mich auch; allerdings meinte er wohl damit nicht den Ausblick, den er mir gerade gegönnt hatte.

»An was?«, fragte ich darum nach.

»An so einen entspannten Start in den Tag. Meiner besteht normalerweise aus einem *Starbucks*-Kaffee auf dem Weg zur U-Bahn.«

Verwundert richtete ich mich auf. »Arbeitest du denn nicht von zu Hause aus?«

Einen Moment sah er mich irritiert an.

»Ach, du meinst wegen meiner Schriftstellerei«, erkannte er schließlich. »Eigentlich ist das Romanschreiben nicht mein Hauptberuf. Ich arbeite zusätzlich noch woanders.«

Eine genauere Definition blieb aus. Stattdessen schraubte er abgelenkt die Deckel der Marmeladengläser zu.

»Und als was arbeitest du?«, hakte ich neugierig nach.

»Wirtschaft. Also, bei einem Wirtschaftsmagazin. In der Redaktion.« Er zuckte gelangweilt mit den Schultern. »Ziemlich unspektakulärer Job. Besteht hauptsächlich aus Tabellen und Zahlen.«

Das erklärte so einiges. Zum Beispiel sein Businessgebaren und warum er sich in Sachen Marktwirtschaft so gut auskannte. Vielleicht war meine romantische Vorstellung eines Vollzeitschriftstellers also doch nicht ganz falsch.

»Warum stellst du dich dann überall als Krimiautor vor?«, fragte ich unverblümt.

Wieder zuckte er mit den Schultern. »Klingt doch viel spannender, oder?« Er lächelte schief. »Außerdem bin ich zur Recherche hier. Der Redakteur hat Urlaub.«

»Das klingt irgendwie nach gespaltener Persönlichkeit«, scherzte ich, wobei der Begriff insgesamt eigentlich gut zu Ben passte.

Er seufzte übertrieben. »Du hast mich ertappt. Bitte verrat das nicht meinem Therapeuten. Der denkt nämlich, ich sei inzwischen geheilt.«

»Wenn er das denkt, hat er offensichtlich seinen Beruf verfehlt. Deine Diagnose ist nämlich ziemlich eindeutig.«

Bens Augen leuchteten schelmisch auf. »Ach ja? Was hat uns verraten?«

»Euch? Wie viele seid ihr denn?«

»Mehr, als du ahnst.« Er stieß ein grollendes Lachen aus. »Du solltest dich vorsehen! Har, har, har!«

»Ah, unter euch ist also auch ein Pirat? Sehr beeindruckend.« Ich schloss die Spülmaschine und stellte sie an. »Nun, Kapitän Hager, ich muss mich leider von euch verabschieden. In wenigen Stunden muss ich nämlich in der örtlichen Schänke malochen und zuvor erwartet mich eine abenteuerliche Schatzsuche.«

Ben lehnte sich amüsiert gegen die Küchenanrichte. »Eine Schatzsuche? Da hast du doch direkt das Interesse des berüchtigten Kapitän Hager geweckt.«

»Der Kapitän wird enttäuscht sein.« Ich wischte die letzten Brösel von der Arbeitsplatte. »Es geht bei diesem Schatz nicht um Gold oder Silber.«

»Um was dann?«

»Um seltene Pflanzen, die dem Artenschutz unterliegen.«

Er runzelte die Stirn. »Bist du im Naturschutzbund?«

»Nein. Nennen wir es *persönliche Recherche*. Außerdem schadet ein ausgedehnter Waldspaziergang nach einem solch reichhaltigen Frühstück nicht.«

»Wohl wahr«, meinte Ben und tätschelte seinen flachen Bauch.

»Willst du mitkommen?«, fragte ich und registrierte dies erst, nachdem die Worte bereits meinen Mund verlassen hatten.

Erschrocken sah ich ihn an, doch er schien es nicht zu bemerken.

»Sehr gern!«, antwortete er erfreut.

Insgeheim verbot ich meinen Augen, jemals wieder Bens Bauchregion zu betrachten, denn das behinderte zweifellos mein Denkvermögen.

***

Wenig später marschierten Ben und ich die Straße nach Lichtenöd hinauf. Anfangs hatte meine spontane Begleitung mich ein bisschen nervös gemacht, doch das legte sich überraschend schnell. Wir sprachen nicht viel, und das Schweigen war keineswegs unangenehm. Wir genossen einfach nur den vormittäglichen Spaziergang und hingen unseren Gedanken nach.

Im Wald bog ich zielstrebig auf einen zugewucherten Forstweg ab. Hier wuchs das Springkraut bis auf Schulterhöhe. Seinen Namen trug dieses Gewächs nicht von ungefähr, denn nach der rosafarbenen Blüte schleuderten die reifen Kapseln bei Berührung ihre Samen regelrecht heraus, sodass sie munter durch die Gegend hüpften.

Ben schien dies zu amüsieren, denn als ich mich zu ihm umdrehte, tippte er gezielt auf die prallen Kapseln am Wegrand. Sein Gesichtsausdruck wirkte verträumt und unbesorgt. Unbeschwert wie der eines kleinen Jungen. Genauso hatte er während der Kutschfahrt ausgesehen, als er sich unbeobachtet wähnte. Nur diesmal verbannte er diesen Ausdruck nicht, sobald er meinen Blick bemerkte.

»Diese Pflanze ist wirklich witzig«, sagte er und tippte wieder auf ein paar Samenkapseln, die munter aufplatzten.

»Eigentlich ist es ein ziemlich hartnäckiges Unkraut. Aber ich persönlich finde es auch lustig.«

Ben lächelte. Er wirkte mit einem Mal völlig verändert. Vielleicht lag es an den sanften Sonnenstrahlen, die durch das Blätterdach auf ihn fielen und seinem Gesicht einen samtigen Schimmer verliehen. Vielleicht lag es aber auch an seinen Augen, aus denen die sonst allgegenwärtige Wachsamkeit verschwunden war. Keinerlei Härte war mehr in seinen braunen Iris zu sehen. Warm und weich wirkten sie. So wunderschön, dass mir unwillkürlich der Atem stockte, als Ben langsam auf mich zukam.

Ich hielt vollkommen still, unfähig, mich zu bewegen. Ein wohliges Kribbeln erfasste meinen Bauch. Ben blieb dicht vor mir stehen. So dicht, dass ich den Kopf leicht in den Nacken legen musste, um ihm weiterhin in die Augen sehen zu können. Als wir das letzte Mal so voreinander standen, hatte ich mich unwillkürlich von seiner Größe bedroht gefühlt. Auch jetzt fühlte ich mich in gewissem Maße unterlegen. Nur dass ich diese Unterlegenheit diesmal völlig anders empfand: aufregend und prickelnd.

Sein Gesichtsausdruck änderte sich merklich, während er auf mich herabblickte. Das Lächeln wandelte sich zu einem lasziven Spiel seiner Mundwinkel, das mich zusehends aufwühlte. Etwas vergleichbar Erotisches hatte ich wohl noch nie zuvor gesehen.

Es war eigenartig, welch prickelnde Anspannung sich mit einem Mal zwischen uns aufbaute. Ben entwickelte plötzlich eine Anziehungskraft auf mich, die ich mir nicht erklären konnte. Ein Sog von solcher Intensität, dass ich kurz davor war, mich ihm hinzugeben.

Wir waren beide erwachsen. Wir waren alleine.

Was wäre denn schon dabei?

Das ist immer noch Ben Hager! Er ist zwei Tage nett zu dir, und schon fällst du drauf rein?

Wie ein Blitz fuhr dieser Gedanke durch meinen Körper und zerschlug das Prickeln in der Luft. Ich war mir zwar nicht ganz sicher, ob ich denn überhaupt irgendwo reinfallen konnte, solange keine tieferen Gefühle im Spiel waren, aber grundsätzlich gab ich meinem Selbstschutz recht.

Ich riss mich von dem aufreibenden Anblick los, drehte mich einfach um und ging weiter. Hinter mir hörte ich, dass Ben mir erst nach einer kurzen Pause folgte, doch ich wagte es nicht, mich nach ihm umzusehen.

Je tiefer wir in den Wald gelangten, umso spärlicher wurde das Springkraut. Es duftete herrlich nach würziger Erde und trockener Rinde. Irgendwann bog ich von dem Forstweg in einen unscheinbaren Trampelpfad, den sich Rehe, Füchse und der Maier durch wilde Heidelbeersträucher gebahnt hatten. Mein Ziel war der schmale Bachlauf, welcher den Forst von Lichtenöd querte. Bei gut bewässerten Bodenverhältnissen vermutete ich die besten Chancen, seltene Gewächse aufzuspüren.

Bereits ein gutes Stück, bevor wir den Bach erreichten, veränderte sich der Bodenwuchs merklich. Die Heidelbeersträucher wichen saftigen Gräsern und Sumpfdotterblumen. Dazwischen drängten sich immer wieder wilde Kräuter dem Himmel entgegen. Ich holte die zusammengefalteten Ausdrucke aus meiner Hosentasche und betrachtete aufmerksam die Abbildungen. Das Kräuterbuch meiner Oma hatte mir sehr geholfen, und ich hatte sechs verschiedene artengeschützte Pflanzen aus dem Internet herausgesucht, die in unserer Region wachsen könnten.

»Eine Frage …«, begann Ben gedehnt.

Ich zuckte automatisch zusammen, weil ich gar nicht bemerkt hatte, dass er dicht hinter mir stand und mir über die Schulter spähte. Für einen Moment kehrte das aufregende Prickeln zurück, doch ich kämpfte es entschlossen nieder. »Ja?«

»Kann es sein, dass dieses Waldstück zum Lichtenöder Anwesen gehört?«

»Das tut es.«

»Und kann es sein, dass diese sogenannte ›persönliche Recherche‹ etwas mit diesem sagenumwobenen Kurhotel zu tun hat?«

»Vielleicht?« Ich trat einen Schritt vor und untersuchte eine Pflanze, obwohl ich sehr wohl sah, dass es sich um gewöhnlichen Schachtelhalm handelte. »Das Vorkommen geschützter Gewächse könnte trotz diverser Nullen eine Rodung verhindern. Zumindest ist es einen Versuch wert.«

»Also, ich glaube wirklich nicht, dass eine derartige Rodung geplant ist. Wahrscheinlich ist dieser Golfplatz nur der Gerüchteküche entsprungen.«

Da ich mich in sicherer Entfernung wägte, drehte ich mich um. »Glaubst du oder weißt du es?«

»Ich … nun ja, ich kann mir kaum vorstellen, dass jemand für ein solches Vorhaben eine Genehmigung bekommt.«

»Ich mir eigentlich auch nicht, aber ich möchte mich zumindest darauf vorbereiten.«

Ich spürte seinen Blick auf mir ruhen, während ich noch einmal meine Ausdrucke durchsah und mir die Bilder genauestens einprägte.

»Warum ist dir dieser Hof so wichtig?«, fragte er.

Ob er das erschrockene Zucken meiner Hände bemerkt hatte, konnte ich nicht sagen. Sicherheitshalber ging ich ein Stück weiter, die Augen starr auf den Boden gerichtet.

»Warum nicht?«, antwortete ich ausweichend. »Er gehört einfach zu Wammling dazu. Ein Wahrzeichen dieser Gemeinde.«

»Ist das alles?«

»Das ist alles. Für einen Städter wahrscheinlich nicht leicht nachzuvollziehen, aber wir auf dem Land halten eben an Traditionen fest.«

Sein Blick bohrte sich weiterhin spürbar in meinen Rücken. Er kaufte mir meine Rede nicht ab, was ich ihm nicht verdenken konnte. Im Lügen war ich halt noch nie so richtig überzeugend.

Ich hörte das Rascheln des Waldbodens, als Ben zu mir aufschloss. Meine Nackenhärchen kräuselten sich alarmiert, doch er zupfte nur ungefragt drei der Papiere aus meiner Hand und sah sich die Bilder darauf an. Ohne weitere Worte entfernte Ben sich damit ein wenig und begann, ebenfalls den Bodenwuchs zu prüfen.

»Hast du direkt am Hof auch schon gesucht?«, fragte er nebenbei.

»Nein, aber es ist ziemlich unwahrscheinlich, dort seltene Pflanzen zu finden. Die meisten mögen es laut Expertenmeinungen wohl lieber schattig.«

»Dort versteckt es sich ja auch leichter.«

Unsere Suche trieb uns ein Stückchen auseinander. Eine Weile waren nur die üblichen Geräusche des Waldes zu hören, während wir konzentriert herumwanderten. An einer schmalen Stelle sprang ich über den Bachlauf und setzte meine Suche auf der anderen Seite parallel zu Ben fort.

»Was hast du eigentlich noch so geplant?«, fragte er irgendwann. »Ich meine, im Kampf gegen das Kurhotel.«

»Ich kämpfe nicht gegen das Hotel, sondern gegen den Abriss«, korrigierte ich. »Das ist ein kleiner Unterschied. Mir geht es einzig darum, die Gebäude und die Landschaft zu erhalten.«

»Okay. Und wie genau willst du das anstellen?«

»Na ja, Punkt Nummer eins erlebst du ja gerade. Punkt Nummer zwei wäre, eine seltene Tierart zu finden, worauf mir unser hiesiger Jäger keinerlei große Hoffnung gemacht hat. Punkt Nummer drei ist eine Unterschriftenliste, die dem Landratsamt vorgelegt wird.« Ich ging in die Hocke und strich vorsichtig das Gras von einer verdeckten Pflanze beiseite. »Und Punkt Nummer vier, und meiner Meinung nach gleichzeitig der Vielversprechendste, ist, die Bundesdenkmalschutzbehörde auf Lichtenöd aufmerksam zu machen.«

Jenseits des Baches knackte es leise. Ben hatte einen dürren Zweig zwischen den Fingern zerbrochen und betrachtete aufmerksam das Papier in seinen Händen. »Denkmalschutz?«, wiederholte er gedankenverloren.

»Ja. Ich habe ihnen bereits geschrieben und hoffe, dass sie Lichtenöd möglichst bald auf Eignung prüfen.«

»Du hast …? Ich meine, immerhin gehört dir das Anwesen nicht. Kannst du da einfach einen Antrag auf Denkmalschutz stellen?«

»Das weiß ich ehrlich gesagt auch nicht so genau, aber ich habe im Internet von Fällen gelesen, wo die Behörden ganz von selbst entsprechende Häuser ausgewählt haben, die ihrer Meinung nach geschützt werden mussten.«

Ich stand enttäuscht auf, weil ich die Pflanze als Breitwegerich identifizieren konnte. Ben hatte mir den Rücken zugewandt. Einen sehr entzückenden Rücken. Breitschultrig und wohlgeformt. Er brach offenbar immer wieder kleine Stücke von dem Zweig ab, wodurch seine linke Schulter geschmeidige Bewegungen unter seinem Shirt vollführte.

Puh …!

»Ben?«

Er zuckte zusammen, als hätte ich ihn aus tiefen Gedanken gerissen.

»Wir sollten langsam den Rückweg antreten. Wenn wir dem Bach folgen, kommen wir zu einem Pfad, der auf die Straße führt.«

»Du gibst schon auf?« Mit frechem Grinsen wandte er sich mir zu. »Ich hätte etwas mehr Durchhaltevermögen von dir erwartet.«

»Tja, leider hat nicht jeder der hier Anwesenden Urlaub und somit den ganzen Tag Zeit.«

»Was wirklich schade ist«, meinte er mit schwerem Seufzen.

Ein wenig überstürzt wandte ich mich ab, weil wieder dieses aufreibende Zucken in seinem Mundwinkel einsetzte. Ich war ehrlich froh darüber, dass der Bach zwischen uns dahingluckerte und eine kleine Grenze zog. Keine Ahnung, ob ich mich dieser wahnsinnigen Anziehungskraft noch einmal entziehen konnte. Gesetzt den Fall, sie würde sich überhaupt noch mal in dieser Intensität zeigen. Seltsamerweise wünschte ich mir insgeheim, sie täte es, während ich andererseits auf gewisse Weise Angst davor hatte.

Ben Hager war also nicht der Einzige, der unter einer gespaltenen Persönlichkeit litt …

Kapitel 12

Sonntagmittag hängte ich eine Ladung Wäsche im Garten auf. Der Landluftduft der angrenzenden Wiese hatte sich verflüchtigt, also konnte ich mit gutem Gewissen auch Bens Handtücher und Bettwäsche dazuhängen. Er hatte mir heute Morgen alles brav im Wäschekorb gebracht. Zum Dank weihte ich ihn unter den argwöhnischen Blicken meines Opas in die Künste der Weißwurstzubereitung ein. Diese beherrschte Ben auf Anhieb besser als das Eierkochen.

Seltsam. Ich ertappte mich schon wieder dabei, wie meine Gedanken ausschließlich um Ben Hager kreisten. Seit dem Tag, an dem wir im Keller gelandet waren, hatte er sich auf subtile Weise in meinem Gehirn eingenistet und wollte partout nicht mehr daraus weichen. Mir schwante, dass ich auf bestem Wege war, mich ein bisschen in diesen Mann zu verknallen. Ausgerechnet in den Kerl, der mich nach wie vor nicht gänzlich hinter die Kulissen blicken ließ.

Zu Anfang hatte mich seine Fassade einfach nur abgeschreckt, doch allmählich überwog die Neugier darauf, was Ben hinter der Wachsamkeit seines Blickes denn verbarg. Die wenigen Male, in denen er seinen Schleier bisher gelüftet hatte, vermochte ich nur Gutes darin zu sehen. Einen jungen Mann voller Fröhlichkeit und Lebensfreude. Sensibel und gefühlvoll.

Ich konnte nur nicht verstehen, warum er ausgerechnet diese wundervollen Eigenschaften versteckte. Denn etwas anderes tat er nicht. Er umgab sich absichtlich mit der Aura eines knallharten und unbarmherzigen Geschäftsmannes.

Doch warum?

Sorgte er sich, man könne ihn ansonsten nicht ernst nehmen? Oder hatte er gar Angst, verletzt zu werden, sobald er seine sensible Seite zeigte?

Es musste einen Grund geben, denn seine Fassade war so perfekt aufgebaut, wie man es nicht von heute auf morgen erlernt. Perfekt genug, dass ich darauf hereingefallen war. Das geschah nicht oft. Ich war nämlich mit einer guten Menschenkenntnis ausgestattet, die mich bisher noch nie getäuscht hatte. Bei Ben musste ich jedoch inzwischen zugeben, dass ich mich völlig in seine anfängliche Arroganz verrannt hatte.

Das typische Surren der Kreissäge wehte in den Garten. Der Opa sah den Sonntag nicht unbedingt als Tag der Ruhe, weshalb er der spontanen Eingebung nachkam, einen Teil der Holzvertäfelung an der Wetterseite der Scheune zu erneuern. Die Bretter lagen schon seit ein paar Wochen in der Holzhütte, doch erst heute hatte ihn die Muße gepackt, die Sache anzugehen.

Ich persönlich hätte mich ja schon gern dem Willen des Herrn gebeugt und mich auf der Liege im Garten ausgeruht, doch ich sah mich verpflichtet, wenigstens zu fragen, ob ich dem Opa zur Hand gehen könne, bis ich später dann zum Kellnern musste.

Beflissen folgte ich den geschäftigen Geräuschen hinter der Scheune, wo mich ein interessantes Schauspiel erwartete. Überraschend fand ich dort nämlich nicht nur den Opa an der Kreissäge vor, sondern auch Ben, der neben ihm mit konzentrierter Miene und Schleifpapier die zugeschnittenen Bretter bearbeitete.

Verblüfft hielt ich an.

Ben trug eine graue Latzhose, die zweifellos dem Kleiderschrank meines Opas entsprungen war. Nie hätte ich gedacht, dass jemand in diesen Latzhosen auch nur im Ansatz gut aussehen würde.

Aber Ben tat es. Und zwar verdammt gut.

Darunter trug er nur ein schlichtes weißes Unterhemd, das seine braune Haut perfekt zur Geltung brachte. Das Haar zerzaust, die Unterarme von feinem Holzstaub bedeckt, stand er leicht über das Brett gebeugt, das auf zwei Holzböcken lag, und ließ den Schleifklotz mit langen Bewegungen darüber gleiten.

Grundgütiger!

Das geschmeidige Spiel seiner Oberarmmuskeln verursachte ein Rauschen in meiner unteren Bauchregion. Mein Hormonhaushalt geriet einen Moment außer Kontrolle und brüllte, ich solle sofort den Platz mit diesem Brett tauschen.

Verdammt! Wie kann jemand bei einer ganz alltäglichen Tätigkeit derart erotisch aussehen?

Das Kreischen der Kreissäge bewahrte mich letztlich vor … was auch immer. Da wurde mir nämlich bewusst, dass der Opa ja auch noch da war. Erleichtert stellte ich fest, dass niemand mein garantiert peinliches Gestarre bemerkt hatte. Ich sortierte meine Gestalt und schlenderte möglichst lässig zu den beiden Arbeitern.

Der Opa nickte mir knapp zu. Ben sah auf und grinste breit, als er mich erkannte.

»Ich hoffe, du lässt dich beim Stundenlohn nicht übers Ohr hauen«, sagte ich zu ihm.

»Darüber haben wir noch gar nicht verhandelt.«

»Oh, das hättest du aber vorher tun sollen. Jetzt stehen deine Chancen denkbar schlecht. Der Opa ist in dieser Hinsicht ein wahres Schlitzohr.«

Ben lachte vergnügt. »Das hab ich schon gemerkt. So

schnell konnte ich gar nicht schauen, da hatte ich plötzlich diese Latzhosen an.«

»Wer kann, der kann«, meinte der Opa dazu.

Wohl wahr …

Ich holte zwei weitere Holzböcke aus der Scheune, dazu Farbe und Pinsel, und vervollständigte somit die Arbeitskette. Eine Weile arbeiteten wir schweigend vor uns hin. Das Schöne an solchen Tätigkeiten war, dass man währenddessen hervorragend seinen Gedanken nachhängen konnte.

Meine drifteten halt immer wieder zu Ben. Genauso wie meine Augen. Ich konnte es ehrlich nicht verhindern. Na ja, ich war eben auch nur eine Frau.

Ab und zu trafen sich unsere Blicke. Manchmal legte sich dann ein Lächeln auf Bens Lippen, dass mir richtig warm ums Herz wurde. Das bisschen Handwerkeln schien ihm gutzutun. Es war, als würde er darüber schlichtweg vergessen, seine Maske aufrechtzuerhalten. Mir kam es fast so vor, als hätte ich Ben noch nie so entspannt gesehen. Er war einfach nur, wie er war, und das gefiel mir ausgesprochen gut.

Wann genau sich der Opa davongeschlichen hatte, konnte ich im Nachhinein nicht sagen. Mir fiel nur irgendwann auf, dass die Kreissäge gar nicht mehr surrte. Sämtliche Bretter lehnten zugeschnitten an der Scheunenwand und warteten auf Schliff und Anstrich. Der Opa war dann wohl der Meinung gewesen, dass wir das durchaus ohne seine Anwesenheit zu Ende bringen könnten.

Ich lasierte das Holz vorerst nur auf einer Seite und lehnte die Bretter danach wieder an die Wand, um sie trocknen zu lassen. Auf der Außenseite würden sie einen doppelten Anstrich brauchen, doch dazu reichte heute die Zeit ohnehin nicht mehr.

Ben arbeitete mit großer Hingabe, weshalb ich meinen Rückstand schnell aufgeholt hatte und warten musste, bis er das nächste Brett zum Anstrich freigab. Neckisch stellte ich mich mit verschränkten Armen vor ihn und wippte ungeduldig mit einer Fußspitze.

»Geht das nicht schneller?«, nörgelte ich feixend.

Er zog in vermeintlicher Verblüffung die Brauen hoch. »Na, also das hat mich bisher noch keine Frau gefragt!«

Meine Wangen fühlten sich augenblicklich heiß an, weil ein gewisses Kopfkino in meinen Gedanken ablief. Peinlich berührt zog ich den Vorhang zu und klopfte imaginären Staub von meinem T-Shirt. »Interessant.«

»Allerdings …«

Worauf genau sich der letzte Kommentar bezog, wusste ich nicht, aber er schien etwas mit mir zu tun zu haben. Die Art, wie Ben mich musterte, wühlte mich bedenklich auf. Plötzlich räusperte er sich und begann wieder, das Holz abzuschrubben.

»Sepp hat mir erzählt, dass nächsten Samstag ein großes Event stattfindet.«

»Ein Event?« Ich gluckste. »Also, wenn du das Dorffest meinst, dann solltest du deine Erwartungen ein bisschen runterschrauben. Als Event kann man das nämlich nicht bezeichnen.«

»Dein Opa hat es so benannt.«

»Wirklich? Er hat tatsächlich das Wort ›Event‹ benutzt?«

Ben nickte. »Jap. Dein Opa scheint ziemlich up to date zu sein.«

»Na klar! In Wammling ist kaum jemand so hip wie mein Opa.«

Endlich gab Ben das Brett frei und reichte es mir, damit ich auch wieder arbeiten konnte. Ich befreite es mit einer weichen Bürste von dem feinen Staub und begann zu streichen.

»Gehst du denn zu diesem Dorffest?«, fragte Ben irgendwann.

»Natürlich. Als echter Wammlinger darf man das Dorffest keinesfalls verpassen.« Ich machte ein bedeutungsschweres

Gesicht. »Außerdem bin ich von neun bis ein Uhr für die Bar eingeteilt. Die wichtigste Zeit in der Bar überhaupt. Wenn da der Laden nicht läuft, kann man sich den Umsatz in die Haare schmieren.«

»Eine sehr ehrenwerte Aufgabe«, bestätigte Ben.

Er schliff, ich pinselte. Kreszentia watschelte vorbei und schlug empört mit den Flügeln, als sie merkte, wer da in den grauen Latzhosen steckte. Sie verzichtete aber auf einen hinterhältigen Angriff und begab sich in kurzer Entfernung auf Beobachtungsposition.

»Und?«, fragte ich beiläufig. »Willst du denn auch zu dem Dorffest gehen?«

Im Augenwinkel bemerkte ich, wie er innehielt und mich ansah. Sogar jetzt konnte ich dieses prägnante Schmunzeln erkennen.

»Gern sogar«, antwortete er. »Aber nur, wenn ich dich begleiten darf.«

Ich wagte es nicht, mich seinem Blick zu stellen, und nickte lässig. »Klar. Wird bestimmt lustig.«

»Bestimmt.«

Jesses …

Jetzt hatte ich doch glatt ein Date mit Ben Hager. Zumindest konnte man es entfernt als ein solches bezeichnen. Oder? Na ja, ein romantisches Candle-Light-Dinner war das Dorffest gewiss nicht, aber mein Herz hüpfte trotzdem vor fiebriger Aufregung. Was eigentlich dämlich war, denn ich würde Ben in der kommenden Woche ja jeden Tag unweigerlich sehen.

»Sag mal«, begann er, »wie kommt es eigentlich, dass du mit mir hochdeutsch sprichst?«

Ich lachte auf. »Na ja, damit du mich verstehst.«

»Sehr aufmerksam, aber mit dem bayrischen Dialekt komme ich eigentlich ganz gut klar. Immerhin wohne ich in der Landeshauptstadt von Bayern.«

»Hört, hört! Interessanterweise habe ich mir in ebenjener bayrischen Landeshauptstadt erst angewöhnt, weitgehend auf meinen Dialekt zu verzichten, weil mich die meisten dort nicht verstanden haben.«

Ben schüttelte in gespieltem Unglauben den Kopf. »Das kann ich mir ja gar nicht vorstellen! Sprechen wir denn von derselben Stadt?«

»Gibt es noch eine zweite Landeshauptstadt von Bayern?«

»Nicht, dass ich wüsste.« Er pustete den Staub vom Holz. »Was hast du denn in München gemacht? Gastronomie?«

Ich erinnerte mich gut an den Tag, als er mich mit meiner Arbeit als Kellnerin erniedrigen wollte, und war kurz versucht, ihn in dem Glauben zu lassen, dass dies tatsächlich mein Traumberuf war. Da in seiner Frage diesmal keinerlei Verurteilung zu hören war, beschloss ich dann doch, ihm die Wahrheit zu sagen. »Ich habe in München meinen Master in Sozialwissenschaften gemacht.«

Ben hielt mitten in der Bewegung inne. »Du hast einen Master in Sozialwissenschaften?«

Ein wenig pikiert über seine außerordentliche Verblüffung, reckte ich das Kinn. »Tja, ich bin schlauer, als ich aussehe.«

»Nein, so hab ich das nicht gemeint.« Er richtete sich auf. »Ich bin nur … Sorry, ich will dich nicht beleidigen, aber ich verstehe nicht ganz, warum du mit einer solchen Ausbildung in einer Dorfwirtschaft kellnerst.«

Ich winkte fahrig ab. »Lange Geschichte.« Weil Ben mich weiterhin fragend ansah, fügte ich noch hinzu: »Aber ich habe ein paar Bewerbungen am Laufen. Wird sich bestimmt bald etwas ergeben.«

Ben ließ immer noch nicht locker. »Was genau willst du machen? Forschung?«

»Na klar. Wenn du hier in der Gegend ein Forschungsinstitut findest, kannst du mir ja Bescheid geben.«

Er runzelte ratlos die Stirn. »In der näheren Umgebung wirst du natürlich nichts dergleichen finden. Dazu musst du schon in die Stadt gehen.«

»Ach was?«, blaffte ich ungehalten. Ich erinnerte mich an meine Manieren und atmete tief durch, um mich wieder zu sammeln. »Das ist mir natürlich bewusst. Allerdings lag mein Schwerpunkt auf Pädagogik und ich habe zusätzlich einen Abschluss als Erzieherin. Von daher gibt es hier in der Nähe durchaus Arbeit für mich.«

Das offenkundige Unverständnis in Bens Blick nagte schwer an mir. Wenigstens schien er zu verstehen, dass ich keine Lust hatte, mit ihm noch weiter darüber zu sprechen. Zumindest fragte er nicht weiter nach und widmete sich wieder dem Brett.

Das folgende Schweigen zwischen uns wurde mir mit jedem Augenblick unangenehmer. Ich wusste selbst nicht, warum ich plötzlich den Drang verspürte, Ben von all den Dingen zu erzählen, die mich schon seit geraumer Zeit belasteten. Es geschah einfach.

»Ich wollte immer in einem Kinderheim arbeiten«, sagte ich in das Schweigen hinein. »Waisen und Kinder aus schwierigen Verhältnissen betreuen. Ihnen eine möglichst schöne Kindheit bereiten und dafür sorgen, dass sie bodenständig aufwachsen. Vor allem traumatisierten Kindern helfen, sich von ihrer Vergangenheit zu erholen und einen Grundstein für eine bessere Zukunft zu legen. Auch hier in Deutschland gibt es viele Kids, denen eine Chance verwehrt bleibt. Mangelnde Bildung, Perspektivlosigkeit, Drogensucht, Kriminalität … und das ist nur ein Beispiel, in welcher Reihenfolge ein Kind aus der Gesellschaft rutschen kann.«

Ben kommentierte das nicht. Er widmete sich weiterhin seiner Arbeit, doch ich wusste trotzdem, dass er aufmerksam zuhörte.

»Ich war acht Jahre alt, als meine Eltern bei einem Autounfall ums Leben gekommen sind«, sprach ich tonlos weiter. »Aus beruflichen Gründen lebten wir damals in Hamburg. Da wir dort keine Verwandten hatten, wurde ich direkt vom Krankenhaus in ein Pflegeheim in vorübergehende Obhut gebracht. Es waren nur drei Tage, die meine Großeltern brauchten, bis alles so weit geregelt war und sie mich mitnehmen durften. Drei Tage, die mich sehr geprägt haben. Damals war ich völlig traumatisiert von dem Unfall gewesen. Erst im Nachhinein, einige Jahre später, wurde mir bewusst, dass sich in diesen drei Tagen eigentlich niemand meiner angenommen hatte. Ich bekam eine Unterkunft und Verpflegung, die Erzieherinnen waren nett, aber das war dann auch schon alles. Vielleicht verzichteten sie damals darauf, sich näher mit mir zu beschäftigen und intensiv nach meinen seelischen Bedürfnissen zu forschen, weil jeder wusste, dass ich bald abgeholt werden würde. Vielleicht hatten sie aber auch gar keine Zeit. Zu viele Kinder, zu wenige Erzieherinnen … Was wäre dann aus mir geworden, wenn meine Großeltern mich nicht bei sich aufgenommen hätten? Diese Frage beschäftigte mich mit der Zeit immer mehr, bis ich beschloss, meinen eigenen Beitrag für solche Kinder zu leisten. Selbst wenn sie nur drei Tage in meiner Obhut bleiben sollten.«

Nun hatte Ben doch innegehalten. Er betrachtete mich nachdenklich. Ich war ganz froh, dass nicht dieses typische Mitleid in seinem Blick lag, das normalerweise folgte, wenn ich den Tod meiner Eltern erwähnte. Ich brauchte kein Mitleid. Natürlich vermisste ich meine Eltern, das würde ich immer tun, doch dank meiner Großeltern hatte ich trotz allem ein wundervolles Leben bekommen, weshalb ich wahrlich nicht zu bemitleiden war. Zu bemitleiden waren diejenigen, die nicht das Glück hatten, von liebevollen Verwandten aufgefangen zu werden.

Ben wartete geduldig ab, bis ich von selbst weiterredete. Ich brauchte ein paar Pinselstriche, um meine Gedanken zu sortieren.

»Schon während meines Studiums merkte ich, dass meine Vorstellungen von möglichen Tätigkeiten auf diesem Feld eher romantischer Natur gewesen waren«, erzählte ich schließlich. »Ich habe in verschiedenen Einrichtungen Praktika absolviert und letztlich war es nahezu überall das Gleiche. Fehlende Mittel, daraus resultierend zu wenige Mitarbeiter, die zudem schlecht bezahlt werden. Demgegenüber zu viele Kinder, denen man nicht annähernd die Zuwendung geben kann, die sie brauchten. Zusätzlich fragwürdige Erziehungsmethoden, bei denen sich mir die Nackenhaare sträuben. Allen voran die medikamentöse Behandlung von angeblich konzentrationsschwachen Kindern. Das System hat mich ehrlich schockiert. Ich konnte mich damit einfach nicht abfinden. Nach meinem Abschluss habe ich in einem städtischen Heim für schwer erziehbare Kinder gearbeitet, und das hat mir wohl den Rest gegeben. Nicht die Kinder, sondern der Starrsinn der Heimleitung, die kein Interesse daran hatte, sich für alternative Heilerziehung zu öffnen. Ich war enttäuscht und zermürbt, gleichzeitig quälte mich das Schicksal dieser Kinder, die doch so viel Besseres hätten bekommen können. Ich habe mich furchtbar machtlos gefühlt. – Vor knapp einem Jahr ist meine Oma schwer krank geworden. Zu der Zeit bin ich so oft wie möglich nach Hause gefahren, um ihr und meinem Opa beizustehen. Da habe ich gemerkt, wie sehr ich meine Heimat vermisste und wie mich meine Arbeit tatsächlich belastet hat. Nur wenige Wochen, nachdem meine Oma verstorben war, hat sich der Opa dann bei einem Leitersturz den Oberschenkel gebrochen. Jemand musste sich um ihn und den Hof kümmern, darum habe ich kurzerhand meine Kündigung eingereicht und bin wieder nach Hause gezogen.«

Ich strich mir eine verirrte Haarsträhne von der Wange und seufzte übertrieben. »Tja, und jetzt sehe ich mich allmählich nach dem nächsten Job um, der mich zermürbt.«

Ben stieg nicht auf meinen kläglichen Scherz ein. Ich

merkte selbst, wie viel Verbitterung in meinem letzten Satz mitschwang. Das war so gar nicht beabsichtigt gewesen. Vor allem, weil ich eigentlich dachte, ich hätte dies spätestens mit dem Versenden meiner Bewerbungen abgehakt. Dass ich es eindeutig nicht hatte, erschreckte mich.

»Tu es nicht«, sagte Ben ernst.

Ich sah auf. »Was meinst du?«

»Einen Job annehmen, den du von vornherein verabscheust.«

»Ich verabscheue meine Arbeit nicht«, widersprach ich. »Ich verabscheue nur das weit verbreitete System.«

»Dann stell dich gegen dieses System.«

Mir entwich ein Schnauben. »So einfach geht das nicht.«

»Das habe ich auch nicht behauptet.« Seine Stimme klang warm, als er weitersprach: »Aber es ist möglich. Das haben andere vor dir auch schon geschafft. Im Endeffekt brauchst du dafür nur …«

»Geld«, fiel ich ihm hart ins Wort. »Hauptsächlich bräuchte ich Geld, um ein eigenes Heim zu eröffnen, wo alles ganz anders ablaufen würde. Aber das habe ich nun mal nicht.«

Ben wiegte den Kopf. »Es gibt bestimmt Möglichkeiten einer entsprechenden Finanzierung. Staatliche Förderung beispielsweise.«

»Natürlich gibt es die. Aber nicht für jemanden wie mich, die mit nur einjähriger Berufserfahrung ein neues Konzept entwickeln will. Und private Geldgeber sind nahezu ausgeschlossen. Wir sprechen hier nicht von einem aussichtsreichen Start-up-Unternehmen, das nach entsprechender Investition Profit abwirft. Mit einem Kinderheim wird nichts verdient. Eher im Gegenteil.«

Ich tauchte frustriert den Pinsel in die Lasur und klatschte eine viel zu dicke Portion auf das Brett. Mit abgehackten Bewegungen verteilte ich sie, bevor sie an den Seiten zu Boden tropfte.

»Die Leute, die das notwendige Kleingeld für so etwas haben, ticken doch alle gleich«, sagte ich verbittert. »Sie haben nur eines im Sinn – aus ihrem Geld noch mehr Geld zu machen.«

»Nur weil jemand wohlhabend ist, bedeutet das nicht, dass er keinen Beitrag zum Allgemeinwohl leisten möchte.«

»Und nur weil jemand einmal im Jahr sein Taschengeld spendet, um sich in der Öffentlichkeit als Wohltäter zu brüsten, ist das noch lange kein Beitrag zum Allgemeinwohl.«

Ben sah mich kritisch an. »Du scherst also alle wohlhabenden Menschen über einen Kamm? Ist das eine besondere Form von Rassismus?«

»Was?« Ich erwiderte seinen Blick irritiert. »Rassismus? Das ist die Realität.«

»Nein, in der Realität gibt es Firmen, die grundsätzlich einen erheblichen Anteil ihrer Jahreseinnahmen in wohltätige Stiftungen fließen lassen.«

»Um Steuern zu umgehen.«

»Um Gutes zu tun«, widersprach er.

»Für die Steuererklärung«, fügte ich an.

Ben hob eine Braue. »Du solltest deine Vorurteile überdenken. So wirst du kaum einen Geldgeber finden.«

»Keine Sorge, diesen Punkt habe ich bereits abgehakt.«

Ich versuchte, abgeklärt zu klingen, hörte aber selbst, dass es mir gehörig misslang. Außerdem regte sich langsam etwas sehr Unangenehmes in meiner Brust. Das beißende Gefühl der Wut. Und zwar Wut auf mich selbst. Anstatt die Arschbacken zusammenzukneifen und für meinen Herzenswunsch zu kämpfen, jammerte ich Ben von der ungerechten Welt vor. Wem sollte denn das etwas nutzen? Das war einfach nur peinlich.

Dazu kam die unangenehme Erkenntnis, dass sich mit Absenden meiner Bewerbungsunterlagen nichts geändert hatte.

Absolut gar nichts. Ich hatte mich keineswegs für einen Weg entschieden, sondern war nur in die Richtung abgebogen, die momentan mein Gewissen beruhigte. Ich steckte also nach wie vor fest und hatte keine Ahnung, wie ich da herauskommen sollte.

Plötzlich schämte ich mich und wusste gleichzeitig nicht, wofür überhaupt.

»Können wir über etwas anderes reden?«, bat ich.

Ben betrachtete mich mit durchdringenden Augen, sodass ich das Gefühl hatte, er wollte direkt in meine Seele blicken. Beklommen wich ich seinem Blick aus. Er hatte bereits viel zu viel erfahren. Sagte zumindest mein Verstand. Seltsamerweise widersprach mein Herz und warf mir keineswegs vor, einen Fehler begangen zu haben. Im Gegenteil. Es fühlte sich einfach nur richtig an, Ben diesen Teil von mir preisgegeben zu haben.

»Was zieht man bei einem Dorffest an?«, fragte er.

Ich konnte kaum in Worte fassen, wie dankbar ich ihm in diesem Moment war. Gleichzeitig fragte ich mich, wie viele Überraschungen Bens Charakter eigentlich noch bereithielt.

Mit einem breiten Lächeln sah ich auf. »Bayrische Tracht. Was denn sonst?«

Kapitel 13

Ohne es explizit vereinbart zu haben, kam Ben nun jeden Morgen zu uns herüber, um gemeinsam mit dem Opa und mir in den Tag zu starten. Dienstag und Mittwoch gesellte er sich auch zum Abendessen zu uns. Den Rest der Woche musste ich arbeiten, doch bis zu meinem Schichtbeginn verbrachten wir beinahe meine gesamte Freizeit zusammen.

Und ich genoss jede einzelne Minute.

Manchmal hatte ich das Gefühl, Ben schon ewig zu kennen. Dann gab es wieder jene Momente, in denen er mich zutiefst mit einer bislang verborgenen Facette seiner Persönlichkeit beeindruckte.

Ben begleitete mich durch den Alltag, als wäre dies das Normalste der Welt. Wir wanderten durch die Wälder von Lichtenöd, um besondere Pflanzenarten aufzuspüren. Er setzte sich mit mir an den zugewucherten Weiher in der Nähe des Gehöfts, um Vögel zu beobachten, die eventuell unter Artenschutz standen. Er half mir sogar beim Stallausmisten, wenn ich es vor dem Opa hinausschaffte.

An meinem freien Tag fuhr ich mit ihm kreuz und quer durch die Gegend, um ihm sozusagen die Highlights von Wammling zu zeigen. Meiner Meinung nach waren diese ja relativ unspektakulär, doch Ben schien ehrlichen Gefallen an ihnen zu finden. Wir besuchten ein paar versteckte Kapellen, die stillgelegte Kiesgrube mit dem Badesee, die traditionelle Schnapsbrennerei und die Alpakafarm, wo Ben sich glatt handgemachte Socken aus Alpakawolle kaufte.

Wir schlenderten über den Wochenmarkt, der seit Jahrzehnten jeden Mittwochmorgen in der nahen Kleinstadt stattfand. Bei dieser Gelegenheit besuchten wir auch noch das winzige Heimatmuseum, das ich selbst zuletzt bei einem Pflichtausflug der Grundschule besichtigt hatte. Damals hatte mich Geschichte herzlich wenig interessiert, und ich war selbst überrascht, welch interessante Dinge ich nun in den kleinen Ausstellungsräumen erfuhr.

Das Interessanteste an dieser Woche war jedoch, zu sehen, wie Ben sich merklich veränderte. Er entspannte sich mit jedem Tag mehr. Die Mauer vor seinem Wesen lichtete sich stetig. Insgesamt stellte ich fest, dass er mehr und mehr zu sich selbst fand. Eine Wandlung, die ich vollkommen fasziniert beobachtete.

Ich hatte es bereits geahnt, doch ich konnte kaum noch leugnen, dass ich auf bestem Wege war, mich in Ben Hager zu verlieben. Die Emotionen, die sich in mir regten, waren längst nicht mehr rein auf seinen zweifelsohne mächtigen Sex-Appeal zu schieben. Ben erweckte eine Sehnsucht in mir, die nicht auf Körperlichkeiten basierte. Er weckte ein mir bisher unbekanntes Verlangen nach einer festen Beziehung. Nach einem Mann an meiner Seite, mit dem ich lachen, diskutieren und auch einfach schweigen konnte.

Das war gar nicht gut.

Wo sollte diese Verliebtheit denn hinführen? In gut einer Woche würde er abreisen. Nach Hause fahren in das über einhundert Kilometer entfernte München.

Und dann?

Dann stellte sich wahrscheinlich heraus, dass das alles hier nicht mehr war als einer dieser aufregenden Urlaubsflirts, die man hin und wieder in südlichen Gefilden erlebte. Na ja, genau genommen befand Wammling sich ja auch sehr weit südlich, also würde das schon passen. Leider erinnerte ich mich gut an eine Statistik, die ich über Urlaubsflirts einmal irgendwo gelesen hatte. Laut dieser hielten nur drei Prozent der Turteleien dem anschließenden Alltag stand. Die restlichen siebenundneunzig Prozent lösten sich hingegen in Luft auf.

Da reichte also nicht einmal meine gesunde Portion Zuversicht aus, um mich freudig auf diese neuartigen Gefühle einzulassen. Das Problem war nur, dass Ben mich mehr und mehr in seinen Bann zog und ich jetzt schon Probleme hatte, mich ihm zu entziehen. Sollte ich noch ein kleines Stück tiefer hineinrutschen, wäre es endgültig um mein Herz geschehen.

Obendrein hatte ich den Eindruck, dass es Ben genauso erging. Es gab Situationen, da konnte man unsere gegenseitige Anziehung beinahe schon sehen, so stark war sie. In diesen knisternden Momenten zogen wir sozusagen abwechselnd die Notbremse. Gleichzeitig tänzelten wir im nächsten Augenblick wieder ausgelassen um uns herum und flirteten, was das Zeug hielt. Manchmal ertappte ich ihn dabei, wie er mich nachdenklich beobachtete. Dabei lag eine unverhohlene Sehnsucht in seinen braunen Augen, die mich dann stets alles andere um mich herum vergessen ließ.

Ich konnte mich nicht erinnern, jemals so eine aufregende Woche erlebt zu haben. Ben wühlte mich innerlich auf, wie es noch niemand zuvor geschafft hatte. Manchmal war die Spannung kaum zu ertragen und doch wünschte ich mir immer mehr davon.

Als ich am Freitag von der Arbeit nach Hause kam, brannte noch Licht im Stall. Da es auf Mitternacht zuging, schaute ich lieber nach dem Rechten.

Der Stall selbst war leer. Bis auf das über Holzböcke ausgebreitete Kutschgeschirr, das der Opa offenbar frisch eingeölt hatte. Das Leder glänzte in ungebrochenem Schwarz und es roch ganz herrlich nach Lederseife. Morgen, beim Dorffest, durfte der Opa mit seinem Gespann nämlich nicht fehlen. Traditionell führte er mit seiner Kutsche den kleinen Umzug an, mit dem das Fest eröffnet wurde. Dann fuhren der Bürgermeister und seine offizielle Ehefrau in der Kutsche mit und winkten elegant zu ihren Untergebenen herab. Im Gefolge marschierten die hiesige Blaskapelle, die drei freiwilligen Feuerwehren der Umgebung, der katholische Frauenbund, die Wasserwacht und der Wammlinger Sportverein. So richtig viele Zuschauer blieben dann eigentlich nicht übrig, aber es hatte halt etwas wunderbar Festliches, wenn alle unter großem Gedöns in das blau-weiß gestreifte Bierzelt einzogen.

Der Opa nahm seine Aufgabe als Zugführer natürlich sehr ernst. Darum das auf Hochglanz polierte Geschirr. Morgen würde ich den georderten Blumenschmuck von der Gärtnerei holen, mit dem das Gespann inklusive Hanni und Nanni verziert wurde. Abfahrt war um Punkt siebzehn Uhr, und ich wusste schon jetzt, dass der Opa den ganzen Tag ganz aufgeregt herumwuseln würde, um alles perfekt vorzubereiten. Zwischendrin würde er mal ganz und gar unerträglich werden, weil er schließlich vor lauter Stress seinen Mittagsschlaf nicht halten konnte. Sobald wir aber losfuhren, wäre wieder alles in bester Ordnung.

Nur ein Faktor war dieses Jahr neu.

Ben Hager.

Der Opa hatte ihn wohlwollend eingeladen, ihn in der Kutsche mit hinunter zum Dorffest zu nehmen. Zugleich hatte er angeboten, uns beide gemeinsam mit dem Bürgermeisterpaar auf dem Umzug zu chauffieren. Das war schon recht interessant. Bisher musste ich nämlich immer aussteigen und den unbeteiligten Zuschauer mimen.

Auf Nachfrage hin hatte der Opa mir seinen Sinneswandel so erklärt: »Ja mei, wennst allein auf einer Bank sitzt, schauts halt ned so gut aus.«

Aha.

Die feine Note von fruchtigem Pfeifentabak gesellte sich zu dem einnehmenden Ledergeruch. Ich folgte meiner Nase durch das hintere Tor nach draußen. Dort stand eine schlichte Bank an der Stallmauer. Der Opa und Ben saßen drauf. Beide in grauen Latzhosen, eine Flasche Bier in der einen Hand und eine rauchende Pfeife in der anderen.

Ich konnte kaum beschreiben, welche Harmonie diese Szene ausstrahlte. Sie saßen vereint da in zufriedenem Schweigen, den Blick in die weite Ferne der Nacht gerichtet, welche nur leicht erhellt wurde von dem Lichtschein, der durch das Stalltor fiel. Zwei Männer, die nach getaner Arbeit zur Ruhe kamen und mit sich und der Welt im Reinen waren.

Erst wollte ich mich unauffällig zurückziehen, um die beiden nicht zu stören, doch da drehte Ben den Kopf.

Sein Lächeln ging mir durch und durch. Es hatte nichts mit diesem sexy Schmunzeln gemein, mit dem er mir sonst gern die Sinne vernebelte. Eigentlich galt dieses Lächeln auch gar nicht explizit mir. Trotzdem verursachte es ein Rauschen in all meinen Zellen.

Der Lichtschein aus der Stallgasse erhellte sein Gesicht. In seinem Rücken glitzerten die Sterne. Ich erkannte, dass es noch etwas gab, das klarer als die Sommernacht erstrahlte. Seine Augen.

Der letzte Schleier war verschwunden.

Ben war endlich angekommen.

***

Wie bereits geahnt, gestaltete sich der Samstag überaus anstrengend. Eigentlich war es nur der Opa, der sich anstrengend gestaltete. Ich nahm seine überzogene Nervosität jedoch heldenhaft hin und stand ihm aufopferungsvoll zur Seite. Zumindest weitgehend.

Dass ich zum dritten Mal sein absolut knitterfreies Hemd bügelte, verweigerte ich zum Beispiel. Dass ich mich passend zu den Farben des Blumenschmucks kleidete, auch. Rosa und gelb waren halt nicht so direkt meine bevorzugten Farbtöne. Außerdem hatte ich meine Kleiderwahl nach ausreichender Überlegung bereits getroffen und würde jetzt nicht noch einmal meinen ganzen Schrank auf den Kopf stellen. Zumal ein Großteil seines Inhalts einer zwischenzeitlichen Verzweiflung zufolge quer in meinem Zimmer verstreut lag.

Hanni und Nanni waren gestriegelt und manikürt, mit Blumenranken verziert und angeschirrt. Ich ebenfalls.

Meine Haare hatte ich nach etlichen Fehlschlägen zu einem netten Kranz geflochten, in den ich um des Opas willen ein paar Blüten gesteckt hatte, um mich dem Farbkonzept der Kutsche wenigstens ein bisschen anzupassen. Ich trug eine geschnürte Leinenbluse, die nach bayrischer Tradition gewisse Vorzüge der Damenwelt hervorhob. Die Vorzüge waren zwar nicht ganz so hervorgehoben, wie ein Dirndlmieder es getan hätte, aber dennoch recht nett anzusehen. Wie es sich gehörte, trug ich dazu Lederhosen. Und zwar meine kurzen, die sich nicht nur perfekt für den schwülen Sommerabend eigneten, sondern ganz nebenbei auch noch einen überaus knackigen Hintern formten.

Nicht dass ich damit jemanden hätte beeindrucken wollen …

»Wo bleibt denn der Hager?«, murrte der Opa und zückte

demonstrativ seine Taschenuhr. Eigentlich waren wir sogar zu früh dran, aber der Opa machte ein höchst dramatisches Gesicht. Beinahe genauso dramatisch wie der buschige Gamsbart, der seinen Tirolerhut zierte. Obgleich die Hitze brütete, hatte er sich in seinen schönsten und zugleich auch wärmsten Janker gehüllt. Schweiß glänzte an seinen Schläfen. Ob der nun vom Stress oder von der warmen Kleidung herrührte, vermochte ich nicht zu definieren.

»Ich geh ihn holen«, versprach ich vorsichtshalber, um ihn vor einem Nervenzusammenbruch zu bewahren.

Hanni schnaubte wie zur Bestätigung. Allmählich wurden die beiden Kaltblüter ebenfalls unruhig. Das lag vermutlich zum Großteil am Opa, aber generell wussten sie bestimmt, dass ein besonderer Auftritt von ihnen verlangt wurde. Immerhin wurden die beiden nicht alle Tage mit Blumengirlanden behängt. Wahrscheinlich war ihnen völlig klar, dass der alljährliche Umzug bevorstand. Natürlich könnte man es meiner Einbildung zuschreiben, aber ich glaubte, eine Art freudige Aufregung in ihren großen Augen blitzen zu sehen.

Kreszentia watschelte mit wachsendem Unmut im Hof herum. Der gesamte Aufruhr war ihr sichtlich zuwider. Sie wäre viel lieber mitgefahren, als ihrer fundamentalen Aufgabe als alleinige Hofwächterin nachzukommen. Aber diesen Eindruck konnte man natürlich auch meiner Einbildung zuschreiben.

Ich erklomm hastig die Stufen zur Ferienwohnung, um möglichst schnell die Gesamtaufregung aller Beteiligten zu mildern. An der Haustür klopfte ich an. Weil keine Antwort erklang, öffnete ich sie einfach.

Das Küchenradio dudelte fröhlich vor sich hin. Von Ben war weit und breit nichts zu sehen.

»Ben?«, rief ich von der Schwelle aus hinein.

Niemand rührte sich, darum ging ich zur Küchenzeile und

stellte das Radio ab. Die ganze Wohnung duftete nach Aftershave, ausgehend vom Badezimmer, von wo zusätzlich eine Prise Duschgeld herwehte. Es hing reichlich viel Mann in der Luft.

»Ben?«, wiederholte ich laut.

Endlich erhielt ich eine Antwort. Sie schien aus dem Schlafzimmer zu kommen. »Anna?«

Ich lehnte mich an den Kühlschrank und beobachtete durch das Küchenfenster, wie der Opa vor der Kutsche im Hof unruhig auf und ab tigerte. »Hast du eine andere Frau erwartet?«, fragte ich und grinste in mich hinein.

»Heute nicht mehr«, hörte ich ihn sagen, während er durch den Flur näher kam. Er pfiff anerkennend durch die Zähne. »Wow! Blumen stehen dir ganz hervorragend.«

Eigentlich wollte ich einen lässigen Kommentar darauf geben, doch als ich mich zu ihm umdrehte, hielt ich entsetzt inne.

»Na? Nimmst du mich so mit?«, fragte er dann auch noch euphorisch und breitete die Arme aus, um das Desaster uneingeschränkt zu präsentieren.

Ich zog eine Grimasse. Ben ließ mit runden Augen die Arme sinken.

»So schlimm?« Er sah an sich herab. »Wo genau liegt das Problem?«

Abwägend musterte ich seine Erscheinung. Die zweifelsohne sündhaft teuren Hirschlederhosen waren eigentlich das Einzige, was *kein* Problem darstellte. Na ja, und die nagelneuen Haferlschuhe auch nicht. Das würde schon passen. Hätte er die weißen Strümpfe nicht bis zu den Knien hochgezogen, sodass sie auf Hälfte der Waden unter dem Hosensaum verschwanden. Und trüge er nicht diese ärmellose grüne Samtweste, die über und über mit Edelweiß bestickt war. Und hätte er ebenjene Weste nicht mit einem blauen Satinhemd kombiniert, an dessen Knopfleiste bunte Hirsche prangten. Dazu kam dann noch eine langärmlige dunkelgraue Strickweste, die offen stand und für sich betrachtet ganz nett aussah, dem Sammelsurium jedoch die Krone aufsetzte.

»Zuerst einmal wirst du den Hitzetod erleiden, wenn du so vor die Tür gehst«, begann ich langsam. »Also, runter mit den Strümpfen und weg mit der Strickweste.«

»Strümpfe ausziehen?«

»Nein, einfach locker runterschieben zu den Knöcheln.«

Ben tat, wie geheißen. Nachdem er die Strickweste abgelegt hatte, wurde ich mit dem Kopfschütteln gar nicht mehr fertig.

»Ganz ehrlich, Ben. Wie kommst du auf die Idee, dieses Hemd mit dieser Weste zu kombinieren?«

»Die Verkäuferin hat gesagt, das passt so«, meinte er und schürzte die Lippen. »Ich war gestern extra noch in der Stadt.«

»Nicht zu fassen …«, murmelte ich ehrlich bestürzt, dass man dem armen Ben hierzulande das Geld aus der Tasche gezogen hatte. Denn anders konnte ich mir diese Kombination nicht erklären. »Tut mir leid, aber das Hemd und … das geht gar nicht. Auf dem Oktoberfest würdest du damit vielleicht nicht auffallen, aber hier? Das schreit ja geradezu nach *Preiß*.«

»Ja, und was mach ich jetzt?«

»Ausziehen.«

Seine Mundwinkel zuckten. »Alles?«

»Gute Frage.« Wir versanken kurz in einem jener knisternden Augenblicke. Ich erlöste uns schließlich. »Hast du ein weißes Hemd dabei?«

»Einfach nur weiß?«

»Ja.«

»Hab ich schon, aber ob das passt?«

»Das sag ich dir, wenn du es anhast.« Zerknirscht schlurfte er davon. Ich rief ihm hinterher: »Und beeil dich ein bisschen. Der Opa drängelt schon!«

Das nahm Ben sich wohl zu Herzen, denn nach circa fünf Sekunden kehrte er schon zurück.

»Ist es schlimm, wenn die Ärmel nur bis zum Ellbogen gehen?«, fragte er und knöpfte sich beim Gehen das Hemd zu.

»Überhaupt nicht«, antwortete ich und musterte ihn zufrieden. Jetzt sah er ganz hervorragend aus. Ohne darüber nachzudenken, trat ich vor ihn und richtete den Hemdkragen. Bei der Gelegenheit machte ich die oberen zwei Knöpfe wieder auf, um das Outfit legerer wirken zu lassen.

Er hielt ganz still. Als ich zu seinen Augen aufsah, setzte mein Herz für einige Schläge aus. Dunkel und verführerisch war sein Blick. Die Lippen zu einem verlockenden Schmunzeln verzogen. Meine Hände ruhten auf seiner Brust. Ich konnte spüren, wie sich sein Brustkorb bei jedem Atemzug hob und senkte. Es fühlte sich nach … mehr an.

»Annaaa!«, wehte des Opas Stimme von weiter Ferne heran. »Herrgott!«

Bedröppelt nahm ich die Hände herunter, obwohl sie sich vehement dagegen sträubten. Für einen Moment fühlte ich mich verwirrt, als erwachte ich gerade aus einem wunderlichen Traum. Ben schien es ähnlich zu ergehen.

»Ähm, ja.« Er räusperte sich vernehmlich. »Wir sollten wohl …«

»Genau!«, bestätigte ich hastig.

Wir stürmten gleichzeitig los, darum rempelten wir unsanft aneinander. Mit verlegenem Gekicher entschuldigten wir uns überschwänglich beieinander.

Meine Güte, jetzt führten wir uns schon auf wie zwei alberne Teenager!

Ben überließ mir am Ende den Vortritt. Während ich mit geröteten Wangen voranschritt, fragte ich mich, wie lange ich das alles noch aushalten sollte.

Wir eilten die Treppe hinunter. Der Opa saß bereits auf

dem Kutschbock und trug ein Gesicht zur Schau, als hätte er drei Stunden im Regen gewartet. Die Pferde stampften ungeduldig mit ihren schweren Hufen. Kreszentia schlug mit den Flügeln und schnatterte aufgeregt.

Eine Hektik war das hier!

Mit Anlauf sprang ich hinauf in die Kutsche und ließ mich auf die Rückbank fallen. Als ich mich nach Ben umsah, traute ich meinen Augen kaum. Er tätschelte in aller Seelenruhe Kreszentias Kopf zum Abschied und die Gans klackerte freundschaftlich mit dem Schnabel.

Ich hatte freilich beobachtet, dass sie Ben Hager längst nicht mehr in der Luft zerreißen wollte, aber dieses Level von Vertrauen war mir entgangen.

Ben erklomm mit Schwung die Kutsche und setzte sich mir gegenüber.

»Was ist?«, fragte er irritiert, weil ich ihn wohl anstarrte wie einen Geist.

Schmunzelnd schüttelte ich den Kopf und winkte ab. »Nichts.«

»Seit's etz endlich so weit?«, nörgelte der Opa.

»Jawoll!«, vermeldete ich artig.

Ben drehte sich nach vorne. »Entschuldige, Sepp. Die Anna musste mich noch vor einem modischen Desaster bewahren. Anscheinend hat man mir im Laden eine typische Preißnausstattung aufgeschwatzt.«

»Ja, des geht natürlich ned«, meinte der Opa mitfühlend und vergaß augenblicklich jeglichen Verdruss über unsere Verspätung. Er verdrehte sich halb den Hals, um Ben einer kritischen Musterung zu unterziehen. Mit einem schlichten »Bast scho« wandte er sich wieder nach vorne und sortierte die Leinen.

Sofort marschierten Hanni und Nanni los. Das Geklapper ihrer Hufe hallte von den Gebäuden wider. Das Ledergeschirr knarzte, die Federung der Kutsche auch. Alles in allem die reinste Musik in meinen Ohren.

In der sommerlichen Schwüle dufteten die Maisfelder intensiv. Der Fahrtwind wehte schwer und warm. Bauschige Wolken türmten sich am Himmel auf. Alles deutete auf ein anstehendes Gewitter hin, doch das sollte noch ein paar Stunden auf sich warten lassen.

Ben hatte entspannt die Arme auf der Lehne ausgebreitet und beobachtete die vorbeiziehende Landschaft. Der Wind zerrte neckisch an seinem Haar. Auch wieder etwas, das sich merklich geändert hatte. In den letzten Tagen kämmte er seine Frisur nicht mehr ganz so penibel zurecht, was ihn sofort um Jahre verjüngte. Mir gefiel es sogar ausgesprochen gut, wenn seine Haare zerzaust waren wie jetzt.

Ich löste mich von seinem Anblick und tastete prüfend über meine eigene Frisur. Da fand ich den Fahrtwind natürlich nicht so prickelnd. Wenn mich meine Handflächen nicht täuschten, verrichtete das Kilo Haarspray aber noch ordnungsgemäß seinen Dienst.

Wie zu erwarten, kamen wir viel zu pünktlich am Wirtschaftshof von Wammling an, wo die Zugaufstellung stattfand. Wir stiegen ab und warteten neben der Kutsche. Wenigstens war der Bauhofleiter schon vor Ort und versorgte uns freundlicherweise gleich mal mit einer Einstimmungshalben. Er hätte da auch noch einen Obstler gehabt, aber den lehnten wir vorerst dankend ab.

Nach und nach trudelten die weiteren Umzugsteilnehmer ein, und wie es sich für eine kleine Gemeinde gehörte, kannte jeder jeden. Da wurde man mit dem Händeschütteln kaum fertig. Irgendwann ging ich zu Opas Taktik über und beschränkte mich auf freundliches Nicken.

Es war nicht verwunderlich, dass so ziemlich jeder auch Ben beim Namen kannte. Zumindest war es für mich nicht verwunderlich. Ben hingegen wunderte sich durchaus darüber.

»Ich kenne diese Leute überhaupt nicht«, flüsterte er mir zu, nachdem ihn auch der Feuerwehrkommandant mit Handschlag begrüßt hatte.

Ich gluckste. »Willkommen auf dem Land. Hier gab es auch schon vor den Zeiten des Internets keine Geheimnisse.«

»Faszinierend.«

Nun ja, zugegeben – derart populär wie Ben wurde nicht jeder unserer Feriengäste. Er war aber halt auch nicht wie jeder unserer Feriengäste. Allein seine Tätigkeit als Schriftsteller verlieh ihm schon den Rang eines Stargasts. Dazu kamen noch diverse andere Fakten, die vor allem die weiblichen Umzugsteilnehmer zunehmend in unserer Nähe herumschwirren ließen.

Ich beobachtete das gackernde Geschwader mit wachsendem Unmut. Den Frauenbund konnte ich ja gerade noch verkraften, aber die jungen Mädels vom Sportverein wurden mir allmählich zum Dorn im Auge.

Irgendwann fiel mir auf, dass ich immer näher an Ben herangerückt war. Unbewusst keilte ich ihn regelrecht zwischen mir und der Kutsche ein, als müsse ich ihn beschützen. Unauffällig rückte ich wieder ein Stück von ihm ab. Es stand mir doch gar nicht zu, ihn abzuschirmen. Immerhin gehörte er mir nicht. Außerdem konnte er wohl auf sich selbst aufpassen.

Ich biss mir auf die Unterlippe.

»Hey, ihr Hübschen!«, rief Lea frohlockend von der Seite und hüpfte heran. »Mensch, ihr habt euch ja mächtig in Schale geschmissen!«

»Gleichfalls«, erwiderte ich und bewunderte ihr traditionelles Dirndl in Rot-Schwarz. »Wirklich sehr schick. Ist das neu?«

Sie nickte erfreut und umarmte mich. »Ja. Und stell dir vor – das hab ich tatsächlich in Frankfurt gefunden. Unglaublich, oder?«

»Wenn man bedenkt, dass sie einem hier in der Gegend nur Preißntracht aufschwatzen …«, sagte Ben kopfschüttelnd dazu.

Auf ihren ratlosen Blick hin erzählten wir ihr von dem trachtigen Dilemma. Im Hintergrund testete die Blaskapelle ihre Instrumente und stimmte sich ein. Lea amüsierte sich prächtig über die Schilderung von Bens erster Garderobe.

»Gut, dass du ihn noch retten konntest«, meinte sie augenzwinkernd zu mir.

Der Bürgermeister und seine Frau schritten würdevoll durch das Gewusel auf uns zu. Fein herausgeputzt hatten sich die beiden, so wie es sich für Amtsträger eben gehört. Ben und ich wurden überschwänglich von ihnen begrüßt, als wären wir die wichtigsten Gemeindemitglieder überhaupt.

Hinter uns geriet die Menge in Bewegung und wurde vom Feuerwehrkommandanten in Aufstellung gescheucht.

»Immer schön winken!«, rief Lea und feixte belustigt, als wir uns anschickten, die Kutsche wieder zu erklimmen. »Wir sehen uns später.«

Sie imitierte den hoheitlichen Handgruß der Queen und mischte sich kichernd wieder unter das Fußvolk.

Des Bürgermeisters Frau war unterdessen gänzlich angetan von Ben und löcherte ihn mit allerhand Fragen, kaum dass die Kutsche losrollte. Wo er denn wohne, wie es ihm hier gefiele, was er denn arbeite … Ach, Autor? Wie spannend! … Und ob er denn schon Ideen gesammelt hätte und ob er eigentlich eine Freundin habe …

Mir fiel auf, dass ich ihn nie danach gefragt hatte. Da seine Haushälterin seine Katzen hütete, war ich einfach davon ausgegangen, er sei Single. Irgendwie fühlte ich mich erleichtert, als er diese Vermutung letztlich bestätigte.

»Ja, wie gibt's denn des?«, entrüstete sich des Bürgermeisters Frau. »So ein rescher Mann und dann alleinstehend?«

Sogar mir war zuwider, wie niedrig die Schamgrenze hierorts doch sein konnte, obwohl ich das ja zur Genüge kannte.

Ben reagierte aber gelassen. »Es war einfach noch nicht die Richtige dabei«, antwortete er ruhig.

Dann streifte mich sein Blick. Ich sah nicht hin, doch ich spürte ihn ganz deutlich über meine Wange streicheln. Mir wurde heiß und kalt gleichzeitig. Passend zu meinem Schock, setzte der Paukenschlag der Kapelle ein.

Die Frau Bürgermeisterin plapperte wieder munter vor sich hin, doch ihre Worte erreichten mich nicht mehr. Im Grunde schienen all meine Sinne einzig auf den Mann neben mir gerichtet.

Kapitel 14

Das Festzelt war überschaubar, aber vollkommen ausreichend. Davor verteilten sich ein paar Holzbuden, an denen man allerhand Leckereien erstehen konnte. Dazu gab es noch eine Schießbude, einen Losstand, eine Schiffschaukel, eine Hüpfburg, und schon war für festen Kinderschlaf gesorgt.

Der Opa parkte die Kutsche in gekonntem Wendemanöver schräg vor dem Zelteingang. Die Blaskapelle stellte sich gegenüber auf und trompetete die nachfolgende Umzugsgesellschaft ins Zelt hinein, während der Bürgermeister und seine Frau sich an der Schwelle postiert hatten und in festlicher Stimmung lächelten und nickten, bis die Menschentraube endlich drinnen war. Weiterhin musizierend scheuchte die Kapelle auch noch die letzten Nachzügler vor sich her und eroberte die Bühne am anderen Ende des Zeltes.

Ich wartete derweil neben den beiden Kaltblütern und streichelte ihnen abwechselnd beruhigend über die weichen Nüstern. Eigentlich wäre es gar nicht nötig gewesen, den zweien gut zuzureden, denn die dösten trotz des Tamtams entspannt vor sich hin. Dennoch musste natürlich jemand bei ihnen bleiben, und da der Opa traditionell mit einer kräftigen Brotzeit am Tisch des Bürgermeisters für seine Mühen entlohnt wurde, war halt ich dieser Jemand. Richtig schlimm fand ich das aber nicht. Obwohl einige Seitenwände des Zeltes offen standen, herrschte bei diesen Außentemperaturen gewiss kein sehr angenehmes Klima da drin. Und nachdem Ben beschlossen hatte, mit mir gemeinsam die Kutsche zu bewachen, war es erst recht nicht mehr schlimm. Als dann noch Lea aus dem Zelt marschiert kam, eine Bierbank unter den Arm geklemmt und eine Radlermaß in der freien Hand, wurde es sogar richtig gemütlich.

»So was sieht man auch nur in Bayern, was?«, meinte Ben amüsiert bei Leas tatkräftigem Anblick. Er eilte ihr zu Hilfe, wobei schnell offensichtlich wurde, dass er noch nie eine Bierbank aufgestellt hatte. Ich enthielt mich eines entsprechenden Kommentars, während er ratlos den Mechanismus der Klappfüße untersuchte. Lea war da nicht ganz so umsichtig und derart entsetzt, dass sie für einen Moment sogar zu ihrem Dialekt zurückfand.

»I glaub's ja ned«, murmelte sie kopfschüttelnd, drückte mir die Maß in die Hand und eilte wiederum Ben zur Hilfe. Klack-klack, klack-klack, und schon war die Bank einsatzbereit.

Wir platzierten sie so, dass ich direkt neben Hannis mächtigem Kopf saß. Im Schatten des Zeltes, mit freiem Blick auf sämtliche Attraktionen und den Eingangsbereich, ließ es sich hier ehrlich gut aushalten. Zu Anfang war noch nicht viel los, doch nachdem die Grußworte des Bürgermeisters aus den Lautsprechern verklungen waren, strömte ungefähr die Hälfte der zuvor hineingetriebenen Leute wieder heraus und nahm die Essensstände unter Beschlag.

Da gab es dann schon viel zu sehen. Und vor allem zu besprechen. Immerhin war Lea eine ganze Weile nicht mehr zu Hause gewesen und verlangte zu allen Gesichtern ein kurzes Update.

»Kennt ihr eigentlich die *Sesamstraße*?«, fragte Ben uns irgendwann mit einem frechen Augenzwinkern. »Die zwei alten Herren in der Oper?«

Wir nahmen den Vergleich gutmütig hin und schnatterten weiter. Ben beschäftigte sich derweil hauptsächlich mit der Radlermaß, obwohl ich bemerkte, dass ihn unser Gespräch durchaus gut unterhielt. Aus dem Zelt tönte das Potpourri aus Blasmusik, Gelächter und Gemurmel. Es war so gemütlich hier draußen, dass die Maß sich bald dem Ende zuneigte und Ben losmarschierte, um Nachschub zu holen. Lea hielt es unterdessen nicht länger aus, den Essensstand nur anzusehen, und reihte sich schließlich tapfer in die nicht enden wollende Schlange, um uns vor dem Hungertod zu bewahren.

Inzwischen hatten die ersten Kinder es geschafft, sich von ihren Eltern loszueisen, und tollten zwischen den Holzbuden herum. Ich beobachtete sie lächelnd, weil ich mich gut daran erinnerte, wie wundervoll ich als Kind dieses beschauliche Dorffest stets gefunden hatte. Damals wirkte alles so riesig und unglaublich aufregend. Dann kam die Zeit, in der Lea und ich heimlich hinter dem Zelt unser erstes Bier nuckelten. Wenige Jahre darauf eroberten wir zum ersten Mal die Bar und noch in derselben Nacht auf Knien die Toilettenschüssel. Die Erinnerung daran war zwar nicht ganz so prickelnd, aber so etwas gehörte zum Erwachsenwerden doch irgendwie dazu.

Mein Blick fiel auf eine Gruppe Mädchen. Allesamt fein herausgeputzt mit hübschen Dirndlkleidern und geflochtenen Zöpfen. Sie standen nicht weit entfernt und beratschlagten ihr weiteres Vorgehen. Dabei befanden sie sich in einer schwierigen Situation. Zu alt für die Hüpfburg, zu würdevoll für die Schiffschaukel und zu wenig Taschengeld für den Rest. Vielleicht konnte ich da ja behilflich sein …

»Steffi!«, rief ich dem größten Mädchen von ihnen zu.

»Kommt mal her!«

Sofort kamen die Mädels neugierig heran. Sie nahmen bei der Gelegenheit gleich die beiden Pferde in Beschlag, während sie interessiert meinem Angebot lauschten.

Ich zog einen Stapel Papiere aus meiner Tasche. »Schaut mal. Ich habe hier Unterschriftenlisten, auf denen sich jeder eintragen kann, der gegen den Abriss des Lichtenöder Hofes ist. Für jedes volle Blatt zahle ich euch fünf Euro. Wie klingt das?«

Natürlich klang das super. Die Mädels waren Feuer und Flamme. Außerdem waren sie natürlich auch gegen den Abriss und *Preißn* wollten sie erst recht nicht in Wammling haben. Sie waren kurz enttäuscht, als ich erklärte, dass es nicht gegen die Errichtung des Hotels an sich ging, sondern nur um den Erhalt der Gebäude, doch die voraussichtliche Entlohnung überzeugte sie schnell von meinem Vorhaben. Ben kehrte unterdessen mit einer vollen Maß zurück und hörte mit schräg gelegtem Kopf zu.

»Nur Leute über achtzehn Jahre«, sagte ich zum Abschluss der Erläuterung. »Und keinen Schabernack! Ich erkenne jede gefälschte Unterschrift, wenn ich sie sehe, und entlohnt wird nur ehrliche Arbeit.«

»Is doch logisch, Anna«, versprach Steffi lässig. Sie übernahm die Papiere und gleichzeitig die Führung der Aktion Unterschrift. Das lag ihr wohl im Blut. Immerhin war sie die Nichte des Bürgermeisters.

Voller Tatendrang machten sich die Mädels mit wippenden Zöpfen davon. Ben setzte sich zu mir und schnalzte missbilligend mit der Zunge.

»So mancher würde das Kinderarbeit nennen«, tadelte er.

»Und ein anderer nennt es sinnvolle Beschäftigung für einen wohltätigen Zweck«, erwiderte ich unschuldig.

Ben reichte mir die eiskalte Maß. »Lernt man so was in der Uni?«

»Nein, ich war schon vorher ein Genie.«

Er lachte leise. Eigentlich wollte er noch etwas sagen, doch da quetschte sich Lea zwischen uns. Triumphierend drapierte sie einen Packen gewürzter Käsescheiben auf ihrem Schoß und zerteilte eine große Laugenbreze in drei gerechte Stücke.

»Käs und Brezn, das traditionelle Entree eines niederbayerischen Volksfestes«, erklärte sie Ben.

»Ein wahres Highlight«, fügte ich hinzu und schnappte mir ein paar Käsescheiben von Leas Schoß.

Ben schien zu viel Anstand dafür zu haben, darum reichte ich ihm kurzerhand einen Anteil meiner Errungenschaften.

Wir genossen in zufriedenem Schweigen unser Mahl. Nanni erwachte kurz aus ihrem Schläfchen und versuchte, meinen Brezenanteil zu stibitzen. Als ich sie unbarmherzig abwehrte, prustete sie mir beleidigt ins Genick und döste weiter.

Matthias betrat erhobenen Hauptes das Gelände. Im Schlepptau seine übliche Clique. Er machte keinen Hehl daraus, dass er sich in der Rolle des Schönlings von Wammling wohlfühlte. Die Art, wie er aufmerksam die Umgebung musterte, hatte etwas von einem Wolf auf Beutezug. Mich persönlich nervte das ja, aber er fand tatsächlich immer wieder ein Schäfchen, das sich von seinem hübschen Äußeren blenden ließ. In diesem Moment sogar gleich zwei, obwohl er noch nicht einmal richtig angekommen war. Zwei Mädels kreuzten seinen Weg, starrten ihn ungeniert an und steckten daraufhin tuschelnd die Köpfe zusammen. Man konnte Matthias ansehen, wie er sich im Geiste eine Notiz diesbezüglich machte.

Dann bemerkte er mich und meine Banknachbarn. Mit breitem Lächeln hob er die Hand zu einem lässigen Gruß, während er unverhohlen einen Blick über mich gleiten ließ, der irgendwie nichts Gutes bedeuten konnte. Lea betrachtete er mit etwas minderem Interesse und bei Ben gefroren ihm für den

Bruchteil einer Sekunde sämtliche Gesichtszüge. Da Matthias das Leben grundsätzlich auf Äußerlichkeiten bezog, sah er als das Alphatierchen von Wammling in Ben natürlich sofort einen ausgewachsenen Konkurrenten.

Ruckartig wandte er sich ab und führte sein Gefolge ins Zelt. Lea und ich tauschten einen wissenden Blick, während Ben unbekümmert ein Stück Käse abzupfte.

»Ist er gar nicht mehr beleidigt?«, fragte Lea.

Ich schüttelte den Kopf und erzählte ihr von unserer spontanen Aussöhnung am Gartenzaun des Pfarrers.

Lea zog skeptisch die Nase kraus. »Nach rein freundschaftlichem Interesse hat das aber gerade nicht ausgesehen.«

»Ist mir leider auch aufgefallen«, bestätigte ich missmutig. »Hoffentlich reißt er sich zusammen.«

»Der?« Lea schnaubte abfällig. »Wann hat sich der jemals zusammengerissen?«

Ihre Abneigung Matthias gegenüber kam nicht von ungefähr. Immerhin war sie einst eines der Schäfchen gewesen, die sich vom Wolf im Schafspelz hatten trügen lassen. Das war zwar lange her, aber da Lea ausgerechnet Matthias als erste große Liebe auserkoren hatte, saß die Narbe noch zu tief, um die Sache endgültig zu vergessen. Dazu kam, dass er sich bis heute nie aufrichtig bei ihr entschuldigt hatte. Ein Umstand, der es Lea unmöglich machte, ihm zu verzeihen.

»Tja, wenn er es nicht tut, dann werde ich es wohl auch nicht können«, meinte ich und ließ vielsagend die Fingerknöchel knacken.

Lea kicherte vergnügt. »Prima! Mich reut es nämlich immer noch, dass ich damals nicht dabei war, als du den Besen ergriffen hast. Vielleicht darf ich ja heute Zeugin sein.«

»Wovon redet ihr?«, wollte Ben ungeachtet meiner geballten Faust wissen.

Wir winkten synchron ab. »Nicht so wichtig.«

Ben zuckte mit den Schultern und trank, statt weitere Fragen zu stellen, lieber von der Maß.

***

Das Dorffest verlief entspannt und feuchtfröhlich in gewohnten Bahnen. Maßkrüge klirrten in regelmäßigen Abständen aneinander, die Blaskapelle machte Platz für eine fünfköpfige Coverband, deren mäßigen Klang man durch das regelmäßige Gläserklirren großzügig überhören konnte, der Altersdurchschnitt der Gäste verringerte sich durch regen Wechsel der Generationen, und der Opa war längst mit der Kutsche heimgefahren und lag vermutlich bereits im Bett, um sich von den Strapazen des Nachmittags zu erholen.

Die Abendsonne tauchte Wammling in ein mystisches Violett. Dunkle Wolken türmten sich unheilschwanger hinter dem Kirchturm auf. Vereinzelte Blitze durchzuckten die Himmelsgebilde. Noch war kein Donnern zu hören, aber die Festbesucher ließen sich von dem beeindruckenden Farbenspiel ohnehin nicht aus der Ruhe bringen. Immerhin hatte man ja ein Zelt über dem Kopf und aus Zucker war man schon gleich dreimal nicht.

Die Mädels hatten Unterschriften im Wert von stolzen zwanzig Euro gesammelt. Ein sehr akzeptables Ergebnis für beide Seiten. Sie berichteten außerdem, dass einige der Feiernden wohl bereits auf der Liste im Gemeindeamt unterschrieben hätten. Also konnte ich durchaus zufrieden sein.

Pünktlich zum Dienstbeginn fand ich mich hinter der Bar ein. Ben ließ ich in der Obhut von Lea, die mit ihren Eltern und dem Metzger Gruber an einem Tisch saß. Zuletzt hatte der Gruber Ben mit diversen Methoden der Knochenzerteilung erleuchtet. Ob nun aus beruflichem Interesse oder aus reiner Höflichkeit, Ben hatte interessiert zugehört und schien sich gut zu unterhalten.

Ben amüsierte sich ausgesprochen gut auf unserem Dorffest und wirkte zunehmend fröhlicher. Was man natürlich auch dem Bier hätte zuschreiben können. Allerdings bezweifelte ich, dass seine Ausgelassenheit allein am wachsenden Alkoholpegel lag. Sein klarer Blick sprach jedenfalls gegen einen Rausch. Zumindest schauten seine Augen klar genug, sodass ich mich immer wieder zusammenreißen musste, um mich nicht in ihnen zu verlieren. Einige Male konnte ich es trotzdem nicht verhindern. Dann tauchte ich ein in das warme Braun und vergaß ganz plötzlich, wo ich eigentlich war. Das Fest ringsum verstummte und in diesen Momenten schien es nur mich und Ben zu geben.

Ich war ganz froh, mich durch den Barbetrieb ein wenig von ihm ablenken zu können. Ich wusste nämlich immer noch nicht, wo das Ganze hinführen sollte. In sieben Tagen würde Ben abreisen. Das war das Einzige, was ich mit Sicherheit sagen konnte. Und das brannte schmerzlich in meiner Kehle.

Noch schlimmer, als der Obstbrand in meiner Kehle brannte, den ich und meine Barkollegin Lisa zur Einstimmung hinuntergekippt hatten, als die Durchsage erklang: »Die Bar ist jetzt eröffnet!«

Der Andrang war anfangs noch sittsam und geordnet, steigerte sich jedoch von Minute zu Minute. Schon bald hatten wir alle Hände voll zu tun, den durstigen Wammlingern Linderung zu verschaffen. Dazwischen wuselte immer wieder die Wirtin um uns herum, in deren Verantwortung der Barbetrieb lag. Eine große Hilfe war sie allerdings nicht, denn sie stand hauptsächlich im Weg, weil sie mehr mit den Bargästen ratschte, als dass sie sie bediente.

Whiskey und Kognak flossen in Strömen. Ich blieb lieber bei Radler. Von den paar Obstlern mal abgesehen, die Lisa mir gelegentlich zuschob. Mir war auch ohne das unscheinbare Wässerchen heiß genug, denn in der abgeschirmten Bar staute sich die Hitze des vergangenen Sommertages. Von einem Rausch war ich noch weit entfernt, ganz im Gegensatz zu manch anderem Teilnehmer dieser Veranstaltung. Bei einigen konnte man direkt zusehen, wie der Pegel von Getränk zu Getränk stieg. Matthias war einer davon. Ihm lag der Schleier des Alkohols bereits auf dem Gesicht, als er sich durch die Traube der Bargäste zum Tresen vordrängelte. Mit vermeintlich lasziver Pose stützte er sich ab und unterzog mich einer recht dreisten Musterung, während er mit seinem Ledergeldbeutel herausfordernd auf die Theke klopfte. Irgendwann konnte ich ihn nicht länger ignorieren und wandte mich ihm mit einem unterdrückten Seufzen zu.

»Hi Anna«, grüßte er erstaunlich zivilisiert. »Zwei Whiskey-Cola und drei Wodka-O.«

Ich mixte die Getränke und stellte die Pappbecher vor ihn. Er ließ mich unterdessen keine Sekunde aus den Augen, was mir zunehmend auf die Nerven ging. Als ich den Geldschein nahm, den er mir hinhielt, besaß er sogar die Frechheit, mit dem Zeigefinger über meine Hand zu streichen. Und das mit deutlicher Absicht. Ich presste die Kiefer zusammen und knallte das Wechselgeld vor ihm auf den Tresen. Den Hinweis verstand er nur leider nicht.

»Du schaust heut richtig gut aus«, säuselte er doch glatt. »Du schaust ja immer gut aus, aber die Lederhosen … Zackrament!«

Ich beugte mich vor und sah ihn ernst an. »Hast du's immer nu ned kapiert?«

»I glaub eher, *du* kapierst ned, was dir entgeht.«

»Echt jetz? Wie deutlich soll i denn nu werden, hm? Du interessierst mi ned!«

Ich spürte einen vertrauten Blick und wandte den Kopf. Ben

stand ein Stück entfernt an der Bar. Er beobachtete mich und Matthias wachsam. Als er merkte, dass ich ihn ansah, schenkte er mir ein Lächeln, das mein Herz zum Stolpern brachte.

Matthias schnaubte verächtlich. »Aber der Preiß interessiert di scho, oder was?«

Ich zuckte zusammen. War das so offensichtlich?

»Und wenn schon. Des geht di nix an.«

Das sah Matthias allerdings anders. »Was willst'n mit dem?«, keifte er los. »So an depperten Preißnschädl kannst doch zu nix braucha!«

Ich biss die Zähne zusammen und lehnte mich noch einmal provokant über den Tresen. »Also, des kannst mir glauben – der hat scho recht geschickte Händ, der Ben.«

Mit einem Augenzwinkern ließ ich ihn stehen und ging zu besagtem »Preißnschädl« hinüber. Sofort verflog mein Ärger und wich einer Horde Schmetterlinge, die in meinem Bauch Amok liefen.

»Was darf's denn sein?«, fragte ich betont lässig.

Er studierte kurz das handgeschriebene Plakat an der Wand. »Was ist ein Rüscherl?«

»Kognak-Cola.«

»Und ein Flügerl?«

»Wodka-Energy.«

»Gibt's für Whiskey-Cola kein bayrisches Synonym?«

Ich schüttelte bedauernd den Kopf. »Leider nicht. Vielleicht fällt dem Herrn Autor ja etwas Entsprechendes ein, was man hier etablieren könnte.«

»Mal sehen.« Er schmunzelte. »Fürs Erste nehme ich dann einen Whiskey-Cola. Lea kommt auch gleich. Was trinkt sie so?«

»Flügerl.«

»Ah, dann noch ein Flügerl dazu. Und was trinkst du so?«

»Cosmopolitan, aber der ist leider aus.« Ich hielt erklärend meine Bierflasche hoch. »Ich bin trotzdem gut versorgt.«

Ben schürzte enttäuscht die Lippen. »Ich wollte dir einen ausgeben.«

»Später vielleicht.« Ich legte verschwörerisch eine Hand an die Lippen und flüsterte ihm zu: »Solange ich hinter der Bar stehe, muss ich nämlich gar nicht für meine Getränke zahlen.«

Im Geiste fügte ich noch hinzu, dass ich auch gar keine weiteren Getränke nötig hatte. Alleine Bens Anwesenheit berauschte mich mehr, als ein ganzes Tablett voller Drinks es gekonnt hätte.

Kaum hatte ich die georderten Getränke hingestellt, schlängelte Lea sich durch die Menge. Sie wirkte etwas zerzaust und drückte mit den Händen ihre aufgewirbelten Haare glatt.

»Puh!«, schnaufte sie und stützte sich erschöpft gegen den Tresen. »Draußen wird es ganz schön ungemütlich.«

Wie zur Bestätigung erklang ein Donnergrollen, das von der Band jedoch weitgehend übertönt wurde. Eine Windbö ließ die Zeltplane über uns erzittern. Die abgeschirmte Bar bekam nur einen leichten Lufthauch ab, der gegen die angestaute Hitze nicht viel ausrichten konnte. Am liebsten hätte ich die Seitenwand aufgeknöpft, um einmal kräftig durchzulüften. Leider wurden gleich im nächsten Moment sämtliche noch offen stehenden Planen fest verschlossen. Natürlich musste das sein, damit das Zelt nicht abhob, aber das bedeutete auch, dass jegliche Restschwüle nun komplett eingesperrt war.

Gut für die Wirtin. Denn jeder entlassene Schweißtropfen wurde umgehend durch ein weiteres Bargetränk ersetzt.

Durch die allgemeine Lautstärke im Zelt bekam man das Gewitter draußen nur am Rande mit. Die Stimmung blieb ungetrübt.

Sogar als der Strom ausfiel. Die plötzliche Finsternis wurde mit Jubel und Gelächter begrüßt. Lange dauerte sie nicht an, denn innerhalb von Sekunden rissen die Leute ihre Handys aus den Taschen und tauchten das Zelt in gemütliches Dämmerlicht.

Auch Lea aktivierte ihre Taschenlampe und legte das Handy so hin, dass der Lichtstrahl auf die Zeltdecke traf. Ich warf Ben einen vielsagenden Blick zu – wofür eine Taschenlampen-App doch alles zu gebrauchen war. Er lachte herzhaft. Ein wundervolles Geräusch.

Es wurde leider viel zu schnell übertönt, weil jemand in der Bar ein Lied anstimmte. *Stille Nacht, heilige Nacht*, völlig unpassend und doch absolut perfekt in der momentanen Situation. Das gesamte Zelt stimmte mit ein.

Das war schon wirklich eine Schau.

Ich fragte mich kurz, ob der Pfarrer noch hier war, und konnte mir gut vorstellen, dass er inbrünstig mitschmetterte und mit seinem Bierkrug in der Hand schunkelte.

Kaum war die erste Strophe gesungen, ging das Deckenlicht wieder an. Erneuter Jubel brach aus und nach einigem Blinzeln war der Stromausfall bereits vergessen.

Ben und Lea verteidigten ihren Platz am Tresen vehement. Verschiedenste Leute gesellten sich zu ihnen, orderten bei mir Getränke, stießen mit den beiden an und machten nach einem kurzen Gespräch wieder Platz für die nächsten.

Matthias hatte sich am gegenüberliegenden Ende postiert und durchbohrte mich und Ben abwechselnd mit finsteren Blicken. Ob Ben es bemerkte, wusste ich nicht. Mir ging es allerdings zunehmend auf den Zeiger. Vor allem, weil es nur noch lächerlich war, was Matthias da veranstaltete. Er gab sich als der beleidigte Verschmähte, während er gleichzeitig eine junge Frau bezirzte. Ich kannte sie nicht, aber es war offensichtlich, dass sie längst dem Charme des Matthias verfallen war. Warum konnte er dann die Sache mit mir nicht einfach auf sich beruhen lassen? Dass ich nicht auf ihn ansprang, musste sein Ego wahrlich schwer belasten.

Endlich neigte sich meine Schicht dem Ende zu und ich durfte die Seiten wechseln. Lea und Ben empfingen mich hocherfreut, als hätten sie mich stundenlang nicht gesehen. Vor allem Leas Pegelstand war inzwischen nicht mehr zu verleugnen. Sie war eigentlich immer ein fröhlicher Mensch und der Alkohol verstärkte diese Eigenschaft noch. Mit geröteten Wangen und Dauerlachen trällerte sie lautstark zur Musik. Irgendwie schien sie ständig in Bewegung zu sein. Entweder sie wackelte mit den Hüften, oder sie nickte im Takt mit dem Kopf, oder sie trommelte mit den Händen auf den Tresen. Manchmal spielte sie auch Luftgitarre. Dabei hatte sie das Talent, jeden in ihrer näheren Umgebung mit ihrer Ausgelassenheit anzustecken. Sie lieferte sich ein Gitarrenbattle mit dem Metzger Gruber, sang ein Duett mit dem Maier Hans und tanzte mit der Pfarrersköchin Sirtaki. Beim *Kufsteiner Lied* schaffte sie es schließlich, dass die gesamte Bar begeistert schunkelte.

Auch ich ließ mich mitreißen, hakte mich kurzerhand bei Ben unter und wiegte mich singend zur *Perle Tirols*. Einige in der Schunkelreihe hatten nicht mehr viel Sinn für Rhythmus, darum kam es immer wieder zu Gegenbewegungen, die Ben und mich aneinanderschubsten. Wir lachten darüber und hatten einfach nur Spaß. Als das Lied verklang, sträubte sich ein Großteil in mir, mich von Bens herrlich starkem Arm zu lösen. Wahrscheinlich hätte ich es auch gar nicht getan, hätte der Metzger Gruber mich nicht einfach gepackt und zu den Takten des *Jodelautomaten* einige Male im Kreis herumgewirbelt. Für solch eine Tanzeinlage war eigentlich überhaupt kein Platz in der überfüllten Bar, aber gegen die Metzgerpranken war ich quasi chancenlos, darum wartete ich auf eine passende Gelegenheit, mich dem Tänzchen zu entziehen. Bei einer vermeintlichen Drehfigur wand ich mich geschickt aus seinen Händen, tänzelte rückwärts und schob gleichzeitig Lea dem Gruber zu. Dem war egal, welches Mädel er herumwirbelte, und der Lea war egal, dass sie wie ein Pingpongball alle Umstehenden anrempelte.

Ich strich mir ein paar losgelöste Strähnen von der Wange und wandte mich um. Verdutzt stellte ich fest, dass Ben seinen Platz verlassen hatte und der vom Feuerwehrkommandanten eingenommen worden war. Dieser gab im Übrigen ein interessantes Bild ab, denn er hatte seine Uniformkappe abgelegt und zierte die Stirn stattdessen nun rambomäßig mit seiner Krawatte.

Ben würde sicher gleich wiederkommen. Trotzdem blickte ich mich suchend um. Matthias stand ebenfalls nicht mehr an seinem Platz. Sein Schäfchen nippte allein gelassen an einem Becher. Ich hatte kaum Zeit, mir darüber Sorgen zu machen, da legte sich ein Arm schwer um meine Schultern.

Matthias' Augen glänzten glasig, und der Alkohol hatte ihm wohl sämtliches Feingefühl genommen, denn er drückte mich so fest an sich, dass sich seine Finger schmerzhaft in meinen Oberarm gruben.

»Hallo, schöne Frau!«, gröhlte er mir ins Ohr. »Wos trink ma denn?«

»Gar nix!« Genervt wand ich mich unter der Umarmung, doch er wollte nicht lockerlassen.

»Jetz zier di doch ned allweil so«, forderte er.

Da er seinen Arm nicht von mir wegdrücken ließ, zwickte ich ihn in die empfindliche Haut am Handgelenk. Trotz alkoholverzerrter Schmerzwahrnehmung lockerte er den Griff, sodass ich unter seinem Arm hinwegtauchen konnte.

»Was lauft eigentlich verkehrt bei dir?«, blaffte ich ihn an.

»Du bist ned bei mir, des lauft verkehrt«, antwortete er in vermeintlich romantischem Tonfall. Im Zusammenhang mit seinem auffordernden Grinsen waren seine Worte einfach nur erbärmlich.

»Lass endlich gut sei!«, herrschte ich ihn an. »Oder brauchst nu a Watschn?«

Drohend hielt ich die Hand hoch. Ich hatte ehrlich keine Ahnung, wie ich diesen ganzen Mist sonst noch hätte beenden können. Das war doch echt nicht zu fassen, dass dieser Quatsch jetzt wieder von vorne losging.

Matthias nahm meine Drohung nicht ernst, obwohl er inzwischen wissen sollte, dass ich keine leeren Versprechen gab. Stattdessen warf er lachend den Kopf in den Nacken und hob den Arm, um ihn abermals um mich zu legen. Meine Fingerspitzen zuckten bereits, doch da schoss eine fremde Hand zwischen uns, packte Matthias' Unterarm und zwang ihn innezuhalten.

Überrascht blinzelte ich Ben an. Starr wie eine Statue hielt er Matthias fest und sah ihn an. Dabei hatte er wieder diesen einen Blick aufgelegt, den ich nun schon ein paar Tage nicht mehr bei ihm gesehen hatte. Er bedeutete, dass er keinerlei Widerspruch duldete. Er war der Big Boss, und wehe dem, der es wagte, sich gegen ihn zu stellen.

»Ich denke, Anna hat sich klar genug ausgedrückt«, knurrte er – gerade laut genug, dass nur wir es hören konnten.

Matthias wollte seinen Arm zurückziehen, doch Ben hielt ihn eisern fest. Einen Moment lang sah es so aus, als würde er einen Faustkampf erwägen. Mir stockte der Atem, und ich war unfähig, irgendetwas zu tun.

Dabei sorgte ich mich nicht um Ben. Wenn, dann tat mir eher Matthias schon im Voraus leid, weil es außer Frage stand, wer hier der Stärkere war. Bens Auftritt ließ keine Zweifel daran. Alleine sein durchdringender Blick machte ihn ganze zwei Köpfe größer, als er eigentlich war. Zudem waren sämtliche Muskeln seines Oberkörpers angespannt, sodass sie eindrucksvoll gegen den Stoff seines Hemds drückten.

Grundgütiger …

»Haben wir uns verstanden?«, hakte Ben leise nach.

Matthias sah sich unauffällig um. Bisher hatte niemand die

Szene bemerkt. Der Rest seines Verstandes flüsterte ihm wohl, dass dies die letzte Chance war, die Sache ohne größere Peinlichkeiten zu beenden. Er presste die Lippen zu einem dünnen Strich zusammen und nickte verkniffen. Sofort ließ Ben ihn los. Man konnte seinen Handabdruck auf Matthias' Unterarm sehen.

Schweigend machte der sich von dannen.

Ich blickte mit klopfendem Herzen zu Ben auf. Er entspannte sich wieder. In seinem Lächeln lag eine Art Entschuldigung. Wofür genau, konnte ich nicht sagen.

»Alles klar?«, fragte er vorsichtig.

»Klar«, antwortete ich betreten und riss mich von seiner testosteronerfüllten Aura los. »Danke. Ich war kurz davor, ihm eine zu knallen.«

»Das hab ich gesehen.« Er grinste breit. »Mit dir sollte man sich in der Tat lieber nicht anlegen.«

Ich machte ein würdevolles Gesicht. »Hast du das jetzt endlich mal geschnallt?«

»Manchmal sind Männer eben schwer von Begriff.«

»Tja, das beste Beispiel dafür haben wir gerade gesehen.«

Ben wiegte den Kopf. »Man könnte ihm seine Hartnäckigkeit aber auch zugutehalten. Er will eben nicht einfach so aufgeben.«

»Das könnte man wohl, wenn seine Absichten nicht rein seinem angekratzten Ego entsprängen. Mehr hat es damit nämlich nicht auf sich. Ihm stinkt bloß, dass ich nicht auf seinen vermeintlich umwerfenden Charme anspringe.«

»Ich muss gestehen, dass er mir fast ein bisschen leidtut …«

Ben sah mir so tief in die Augen, dass ich glaubte, mich darin auflösen zu müssen. In ihnen spiegelte sich ebenjene Sehnsucht, die meine Seele bereits seit Tagen zu bezwingen versuchte. Mit einem Ruck riss ich mich los. Nur um irgendetwas zu tun, orderte ich eine neue Runde bei der Bardame.

Zu meiner Erleichterung hatte Lea ihr Tänzchen mit dem Gruber beendet und stolperte schnaufend zwischen uns an den Tresen. Ihre gute Laune schaffte es letztlich, mich von dem Kribbeln abzulenken, das mich mehr und mehr in Bens Arme ziehen wollte.

Kapitel 15

Die Frau vom Bauer Hintereder war so freundlich, uns nach Hause zu fahren. Nicht nur mich und Ben. Neun Personen hockten auf der Ladefläche des Pick-ups und ließen sich lachend und singend durch die Gegend chauffieren.

Es war eine lustige Fahrt, darum war es fast schade, dass wir bereits an der zweiten Haltestelle aussteigen mussten. Wir wurden ganz überschwänglich verabschiedet, bedankten uns artig bei der Frau Hintereder und blieben in der Hofeinfahrt stehen, um der Wagenladung nachzuwinken.

Das Gelächter verklang in der Nacht und eine andächtige Stille legte sich über uns. Eine Weile standen wir einfach nur da und blickten die dunkle Straße entlang, als wollte niemand von uns beiden den Abend für beendet erklären. Das Gewitter hatte die Schwüle des Tages vertrieben. Die Nachtluft duftete frisch und kühl. Die Stimmung auf der Ladefläche hatte es überdeckt, darum merkte ich erst jetzt, dass ich eigentlich ziemlich durchgefroren war. Ich schlang die Arme um mich und räusperte mich vernehmlich.

»Ja gut. Dann gehen wir jetzt mal lieber unseren Rausch ausschlafen.«

Das war ein wenig übertrieben, denn einen ausgewachsenen Rausch hatten wir keinesfalls. Angeheitert waren wir beide zweifellos, aber im Gegensatz zu manch anderen waren wir durchaus noch Herr unserer Sinne. Zumindest behauptete ich das. In Ben konnte ich natürlich nicht hineinschauen, aber er machte nicht gerade einen außer Kontrolle geratenen Eindruck. Wenn, dann war er ein wenig angespannt, aber das war ich auch. Auf einmal ganz alleine neben ihm zu stehen, nicht mehr umgeben von einer feiernden Meute, in sternenklarer Nacht, wühlte mich merkwürdig auf.

Ben hatte keine Antwort gegeben. Er sah mich einfach nur an. Ich weigerte mich, seinen Blick zu erwidern. Nun, da keine gackernde Lea mehr zwischen uns tänzelte, wirkte sich sein Sog unerbittlich auf mich aus. Jede Faser meines Seins schrie danach, mich endlich zu ergeben. Mich nicht länger zu wehren.

»Gute Nacht«, sagte ich, lauter als beabsichtigt, und ging mit abgehackten Bewegungen zur Haustür.

»Gute Nacht, Anna«, antwortete Ben leise.

Seine Stimme ging mir durch und durch. Sie klang enttäuscht. Traurig. Sie klang ungefähr so, wie sich mein Herz anfühlte, als ich in den dunklen Flur trat und die Tür hinter mir schloss.

Wovor genau hast du eigentlich Angst?, flüsterte etwas in mir.

Ich stand in dem finsteren Hausflur und wusste keine Antwort darauf. Ein entschlossener Ruck fuhr mir durch die Glieder. Ich konnte mich nicht länger wehren und ließ es einfach geschehen, dass sich meine Beine in Bewegung setzten und wieder aus dem Haus trugen.

Meine Augen hatten sich an die Dunkelheit gewöhnt, darum sah ich Ben in aller Deutlichkeit über den Hof gehen.

»Warte!«, flüsterte ich heiser.

Er blieb stehen und wandte sich um. Ich wurde erst langsamer, als ich fast schon bei ihm angekommen war.

»Ben, ich …«, begann ich eine Erklärung, die allerdings keiner Worte bedurfte. Er wusste, weshalb ich kam.

Mit einem einzigen Schritt war er bei mir. Seine Lippen trafen sanft wie eine Sommerbrise auf die meinen, und doch war es, als würde ein Orkan darüberfegen. Ich krallte mich an seinen Hemdkragen, weil ich für einen Augenblick das Gefühl hatte, den Boden unter den Füßen zu verlieren.

Ben hielt mich fest, als hätte er ebenfalls Angst, ich würde plötzlich davonschweben. Dabei gab es für mich keinen anderen Ort, an dem ich jetzt sein wollte. Meine Hand fand zu seinem Nacken und zog ihn tiefer zu mir herab. Er schmeckte so herrlich männlich, dass ich gar nicht genug von seinen Lippen bekommen konnte.

Unser gegenseitiges Verlangen war enorm. Ich vergaß alles um mich herum. Erst als Ben zärtlich mein Gesicht umfasste und mich betrachtete, merkte ich, dass ich sogar aufgehört hatte zu atmen.

Ich sog tief die Luft ein und blickte ihm in die Augen. Er lächelte nur, nahm meine Hand und zog mich mit sich. Wir brauchten eine halbe Ewigkeit, um hinauf in die Ferienwohnung zu kommen. Mir kam es vor, als nahm jeder einzelne unserer unersättlichen Küsse an Intensität zu.

Im Nachhinein konnte ich mich nicht mehr daran erinnern, wie genau wir den Weg in sein Schlafzimmer gefunden hatten. Irgendwann landete ich rückwärts auf seinem Bett. Ben blieb stehen und betrachtete mich. Durch die offene Zimmertür fiel etwas Licht auf ihn. Das Braun seiner Augen war dunkel vor Verlangen. Fast schwarz. Er nahm den Blick keine Sekunde von mir, während er langsam sein Hemd aufknöpfte.

Ich bebte vor Ungeduld, rappelte mich auf die Knie und rutschte zum Bettrand. Er lachte leise, als ich mit zittrigen Fingern nach ihm hangelte und ihn am Hosenbund zu mir zog.

Ich öffnete die unteren Knöpfe seines Hemds und strich den Stoff beiseite. Eigentlich wusste ich ja, was mich erwartete, doch ich hielt trotzdem kurz inne, um die wunderbaren Formen seines Oberkörpers in voller Pracht anzusehen. Sanft ließ ich die Fingerspitzen über seine weiche Haut gleiten. Die festen Rundungen seiner Muskeln fühlten sich betörend an und ich hatte längst nicht genug davon, als Ben mich von sich schubste, sodass ich nach hinten kippte. Schon war er über mir. Seine Zunge liebkoste meinen Hals, während seine Hände sich vorsichtig einen Weg unter meine Bluse bahnten.

Ich umfasste seine Schultern und rollte ihn herum, sodass ich auf ihm saß. Nun war ich an der Reihe, ihn ein wenig zu necken. Obwohl ich kaum mehr die Geduld dazu hatte, zog ich ganz langsam die Schnürung meiner Bluse auf und lockerte bedächtig das Mieder. Ben schaute mir aufmerksam zu. Allein seine Blicke liebkosten mich auf eine Weise, dass mir schwindlig wurde. Er gab mir das Gefühl, die schönste Frau dieser Welt zu sein, und ich kostete es mit jedem Herzschlag aus.

Bens Atem ging merklich schwerer, als ich schließlich die Bluse über den Kopf zog und sie auf den Boden warf. Das Rauschen in meinen unteren Bauchregionen war kaum noch auszuhalten. Seine Hände tasteten sich zärtlich von meinen Hüften aufwärts über meine nackte Haut. Sie hinterließen eine kribbelnde Spur und entlockten mir wohlige Seufzer. Ich beugte mich ein wenig vor, damit er den Verschluss meines BHs erreichen konnte. Mit nur einer Hand löste er die Häkchen, derart geübt, dass ich amüsiert grinste.

O ja, Ben wusste, was er tat. Und wie er das wusste!

Jede Berührung, jede Liebkosung schürte das ungeahnte Feuer in mir, das mich zu verbrennen drohte. Ich wollte mehr. Noch viel mehr.

Und in dieser Nacht gab Ben mir alles, was ich wollte.

***

Ein gedämpftes Geräusch weckte mich aus einem traumlosen Schlaf. Ich wälzte mich ächzend in den Laken und weigerte mich, wach zu werden. Es war einfach viel zu gemütlich, um aufzustehen. Hier, in …

Ich fuhr auf. Nein, ich hatte es nicht geträumt. Ich lag tatsächlich in Ben Hagers Bett. Eigentlich war es ja gar nicht sein Bett, gehören tat es immerhin …

Scheißegal, wer es bezahlt hatte, derzeit war es Bens Bett!

Und ich befand mich darin. Nackt, wie Gott mich geschaffen hatte. Mit einem Stechen am Hinterkopf, das sich als verrutschte Haarnadel entpuppte. Ich pfriemelte sie heraus und musste feststellen, dass sich das Gestrüpp auf meinem Haupt desaströs anfühlte. Im Gegensatz zum Rest von mir, der sich selten so hervorragend gefühlt hatte.

Nein, ich bereute keine Sekunde der vergangenen Nacht. Ganz im Gegenteil. Das … das war nicht einfach nur gewöhnlicher Sex gewesen. Keine Ahnung, wie man es bezeichnen konnte, aber die umfassende Ekstase, in die Ben mich versetzt hatte, war alles andere als gewöhnlich gewesen.

Das gedämpfte Geräusch drang erneut zu mir durch. Es klang nach der gurgelnden Kaffeemaschine.

Ich krabbelte aus dem Bett und schlüpfte notgedrungen in meine Lederhosen und die Trachtenbluse, die auf dem Boden lagen. Dann flitzte ich hastig ins gegenüberliegende Badezimmer, bevor Ben die Katastrophe auf meinem Kopf zu sehen bekam. Das war eine kluge Entscheidung, denn ein Blick in den Spiegel offenbarte tatsächlich ein ausgewachsenes Desaster.

Leider fand ich keine Haarbürste, darum entwirrte ich die gröbsten Knoten mit den Fingern und steckte das verbliebene Gestrüpp mithilfe aller Haarnadeln, die ich darin fand, zu einem überraschend ansehnlichen Dutt zusammen. Ich klaute ein bisschen Zahnpasta und putzte mir notdürftig mit dem Zeigerfinger die Zähne. Erstaunlich, was man im Notfall alles nur mit den Fingern anstellen konnte. Und was Ben erst so alles mit seinen Fingern anstellen konnte!

Ähem …

Apropos Ben. Als ich mich nach meiner Katzenwäsche nun unter seine Augen wagen konnte, hielt ich mit der Hand auf der Klinke hinter der Badezimmertür inne.

Wie sollte ich mich jetzt verhalten? Wo standen wir beide nach dieser Nacht?

Ich selbst bereute ja nichts, aber was, wenn Ben inzwischen etwas bereute?

Ja, was dann?

Nervosität erfasste mich. Allerdings würde ich keine Antworten auf diese Fragen finden, wenn ich mich weiterhin im Bad verschanzte und die Tür anstarrte. Ich kratzte all meinen Mut zusammen, öffnete sie und ging in die Küche.

Ben stand mit dem Rücken zu mir an der Küchenzeile und goss Kaffee ein. Er nahm einen zweiten Becher und befüllte auch diesen, was ja schon mal bedeutete, dass er mich nicht gleich wieder loswerden wollte. Trotzdem verharrte ich unschlüssig neben dem Kühlschrank und stand da wie bestellt und nicht abgeholt.

Er bemerkte meine Anwesenheit und drehte sich um. Mit der Kaffeekanne in der Hand musterte er mich. Ein zaghaftes Lächeln umspielte seine Lippen. Also hatte er ebenso wenig eine Ahnung, wie er sich nun verhalten sollte, wie ich.

»Guten Morgen«, sagte ich vorsichtig.

»Guten Morgen«, antwortete er artig und schwenkte die Kanne. »Kaffee?«

»Unbedingt.«

Ich wagte mich ein paar Schritte näher. Ben stellte die Kanne zurück in die Maschine, goss einen Schluck Milch in einen der

Kaffeebecher und reichte ihn mir. Allein dass er wusste, wie ich meinen Kaffee trank, wärmte mir das Herz.

Wir standen uns eine Weile gegenüber, pusteten in unseren Kaffee und forschten in der Miene des Gegenübers nach einem Statement zu den Geschehnissen.

»Wie geht's?«, fragte Ben schließlich.

»Hervorragend«, antwortete ich schmunzelnd. Wie sollte es mir sonst nach einer solchen Nacht ergehen?

Bens Mundwinkel zuckten. »Das ist schön.«

»Und wie geht es dir?«

»Mir ging es nie besser«, sagte er leise.

Wie er mich ansah, verschlug mir die Sprache. Klar und aufrichtig blickten seine Augen. Keine Spur von der früheren Barriere. Ben ließ mich ungehindert hineinsehen, und was ich darin fand, brachte mein Herz zum Rasen.

Verschiedenste Emotionen spiegelten sich darin wider. Uneingeschränkte Zuneigung, aber auch ein kleines Flackern der Sorge darüber, wo all diese Gefühle nun hinführen sollten. Es war, als blickte ich in meine eigene Seele.

Ich stellte meinen Kaffeebecher auf den Tisch, ging zu ihm und schlang die Arme um ihn. Sofort drückte Ben mich fest an sich. Ich schmiegte mich in seine Halsbeuge und sog begierig seinen Duft ein.

In unserer Umarmung lag unendlich viel Zärtlichkeit. Dort, an seiner Brust, gehalten von starken Armen, war der einzige Ort, an dem ich fortan sein wollte. Pures Glück rauschte durch meine Adern. Es war kaum auszuhalten und trotzdem wundervoll.

Ben hob mein Kinn mit dem Zeigefinger an und hauchte einen Kuss auf meine Lippen. So zart und dennoch um ein Vielfaches intensiver als die wilden Küsse der Nacht.

Er löste sich ein wenig von mir und streichelte mir über die Wange. Dabei betrachtete er mich eingehend. Wieder gab er mir das Gefühl, die schönste Frau auf der Welt zu sein. Er sah mich an wie eine Kostbarkeit und als könne er es nicht fassen, diesen Schatz gefunden zu haben.

»Verrückt«, hörte ich mich sagen. Er hob die Brauen und ich gluckste unbeholfen. »Na ja, hätte mir das hier jemand vor zwei Wochen prophezeit, hätte ich ihm den Vogel gezeigt.«

Ben lachte unbeschwert auf. »Nicht nur du!« Sein Blick wandte sich nach innen, als er weitersprach: »Obwohl ich zugeben muss, dass du mich bereits am ersten Tag schwer beeindruckt hast.«

»Ach ja?« Ich zog skeptisch die Nase kraus. »Davon hab ich allerdings nichts bemerkt.«

Er zuckte unbekümmert mit den Schultern. »Dann wäre es ja langweilig gewesen.« Er grinste breit. »Nein, so war es viel spannender, dich kennenzulernen. Allerdings entschuldige ich mich hiermit noch einmal dafür, es ein bisschen zu weit getrieben zu haben. Ich glaube, ich konnte einfach nicht fassen, dass es jemanden gibt, der nicht meinem betörenden Charme erliegt.«

»Nein, du konntest nur nicht fassen, dass jemand nicht nach deiner Pfeife tanzt«, erwiderte ich ungehemmt und versetzte ihm einen kleinen Nasenstüber. »Das bist du nicht gewohnt, nicht wahr? Normalerweise bekommst du alles, was du willst.«

Ben schmunzelte. »Früher oder später – ja.«

Dann zog er mich wieder an sich. Seine Küsse schmeckten nach purer Leidenschaft. Mein Herz flatterte, mein Bauch kribbelte. Ich krallte mich an ihm fest, weil mich abermals das Gefühl befiel, den Boden unter den Füßen zu verlieren.

Ja, er bekam immer, was er wollte.

Bereitwillig ließ ich mich immer tiefer in das ungezügelte Verlangen hineinziehen, mit dem seine Berührungen mich lockten. Ich seufzte, als er in meine Haare griff und meinen

Kopf leicht zur Seite bewegte, um meinen Hals mit rauen Küssen zu bedecken.

Mir verschwamm alles vor den Augen. Ich wusste nicht, wie lange ich schon in Richtung Uhr gesehen hatte, bis mir der Stand der Zeiger jäh klar wurde.

»Mist!«, stieß ich atemlos hervor.

Ben hielt irritiert inne. »Was denn?«

»Heute ist Sonntag«, stöhnte ich. »Und es ist schon zehn Uhr! Wo soll ich denn jetzt die Weißwürst herkriegen?«

Ben schaute mich entsetzt an. »Keine Weißwürste für den Opa?«

»Nein!« Ich wollte mich losreißen, doch Ben hielt mich lachend fest.

»Keine Panik, Anna. Dein Opa muss nicht verhungern.« Er deutete mit dem Kinn zur Seite, wo der Korb stand, gefüllt mit Metzger- und Bäckertüte. »Einen schönen Gruß vom Gruber. Er bürgt heute nicht zu hundert Prozent für seine Sonntagsweißwürst, weil er – ich zitiere – immer nu an sauban Rausch a da Goschn hod.«

»Ah ja.« Ich schmiegte mich wieder an Bens Brust. »Danke für die Rettung.«

»Ach, der Opa hätt's dir gewiss verziehen.«

»Das glaubst aber auch nur du!« Ich kicherte und löste mich schließlich von ihm. Als ich den Korb ergriff, hielt ich zögernd inne. »Ähm. Vielleicht sollten wir das hier vorerst für uns behalten. Weil …«

»Klar, ich komme in ein paar Minuten nach«, sagte Ben sofort. Er legte nachdenklich den Kopf schief. »Aber wird er nicht schon bemerkt haben, dass du diese Nacht nicht zu Hause warst?«

Ich zwinkerte ihm zu. »Unser Haus ist groß. Da kann so was schon mal vorkommen. Außerdem bin ich immer unheimlich leise.«

Ben stutzte. »Wirklich? Also, heute Nacht …«

Augenblicklich begannen meine Wangen zu glühen. Ich boxte ihm halbherzig auf die Schulter, schnappte mir den Einkaufskorb und ging zur Wohnungstür. Bevor ich sie öffnete, wandte ich mich noch einmal um. Ben lehnte an der Küchenzeile und sah mir hinterher. Ein liebevolles Lächeln lag auf seinen Lippen. Sein verstrubbeltes Haar schimmerte in der Morgensonne.

Ben hatte nie schöner ausgesehen als in jenem Moment.

Kapitel 16

Ich war verliebt.

Verliebt, in einen Mann, von dem ich niemals gedacht hätte, dass er dieses Gefühl in mir erwecken könnte.

Erst jetzt wurde mir klar, was es eigentlich mit der Redewendung *durch die rosarote Brille sehen* auf sich hatte. Ich nahm meine Umwelt plötzlich ganz anders wahr. Die Blumen blühten viel prächtiger, der Himmel leuchtete heller und die Vögel zwitscherten lauter.

Vor dem Opa rissen Ben und ich uns zusammen und beschränkten uns auf verstohlene Blicke. Doch jedes Mal, wenn wir uns unbeobachtet wähnten, landete ich in Bens liebevollen Armen und schmolz dahin.

Die Tage vergingen viel zu schnell.

Bisher hatten wir es vermieden, uns über das *Danach* zu unterhalten. Mir kam es so vor, als hofften wir beide einfach darauf, dass diese Woche nie zu Ende ginge.

Am Donnerstag chauffierte Ben mich mit seinem Miniflitzer hinunter ins Dorf, weil ich arbeiten musste. Leider. Am liebsten hätte ich mich krankgemeldet, denn im Endeffekt bedeutete es, dass ich kostbare Stunden opfern musste, die ich mit Ben hätte verbringen können.

Er hielt das Spielzeugauto beim Wammlinger Bermudadreieck an.

»Ich denke, ich werde heute im *Gasthaus zur Post* zu Abend essen«, meinte er. »Ich habe nämlich gehört, dass dort eine heiße Bedienung arbeitet, die ich mir wohl genauer ansehen sollte.«

»Pass auf, dass du dir nicht die Finger verbrennst«, erwiderte ich feixend.

Ben lehnte sich zurück und grinste. »Ich habe schon immer gern mit dem Feuer gespielt.«

Ich warf einen prüfenden Blick durch die Windschutzscheibe. Die Müllerin fegte vor ihrem Laden und verrenkte sich beinahe den Hals, um zu erkennen, was in dem modernen Fahrzeug vor sich ging.

Einen Moment spielte ich mit dem Gedanken, Ben einfach zu küssen und damit gleich im Vorhinein die Gerüchte zu befeuern, die der Müllerin nun unweigerlich entspringen würden. Ich entschied mich aber dafür, zum Abschied seine Hand zu drücken und ihm nur einen verliebten Blick zuzuwerfen. Eigentlich gab es keinen Grund, etwas zu verheimlichen. Trotzdem wollte ich, dass diese Sache zwischen Ben und mir nur uns beiden gehörte. Es war unser persönliches kleines Geheimnis.

Ungelenk krabbelte ich aus dem niedrigen Sportwagen. Mein übertriebenes Ächzen entlockte Ben ein leises Lachen.

»Nächstes Mal komme ich mit einem SUV«, versprach er.

Ich schnitt eine Grimasse und warf die Tür hinter mir zu.

Erst als er lautlos mit dem Elektroroadster davonrollte, wurde ich des Inhalts seiner Worte gewahr.

Nächstes Mal …

Ob er sich seiner Botschaft bewusst gewesen war? Nachdenklich sah ich ihm nach. Beim Gedanken an den kommenden Samstag wurde mir ganz flau im Magen. Sosehr ich es auch verdrängte, Bens nahende Abreise bereitete mir Sorgen. Ich wollte nicht, dass es bei einer kleinen Urlaubsbekanntschaft blieb. Meine Gefühle zu Ben gingen weit über das hinaus, was man einen netten Zeitvertreib nennt. Nein, das war kein harmloser Ferienflirt mehr. Und ich konnte in Bens Augen sehen, dass er genauso empfand.

»Grüß dich, Anna!«, rief die Müllerin mir zu. »Musst arbeiten?«

Angesichts dessen, dass ich in Kellnerinnenuniform auf ein Wirtshaus zusteuerte, war das wohl die Frage des Jahrhunderts.

»Schaut so aus«, antwortete ich mit witzelndem Unterton, während ich ein Augenrollen unterdrückte.

Die Müllerin lachte übertrieben. »Des is aber nett vom Ben, dass er di zur Arbeit fährt …«

Ihr argloser Blick konnte kaum über das Lauern ihrer Stimme hinwegtäuschen. Ich zuckte unbekümmert mit den Schultern. »Er wollte eh in die Stadt fahren, darum hat er mi halt mitgenommen.«

Das kaufte sie mir freilich nicht ab. Selbst wenn es wahr gewesen wäre, hätte sie sich mit dieser unspektakulären Erklärung nicht zufriedengegeben. Ich war jetzt schon gespannt darauf, was das Bermudadreieck in der nächsten Stunde aus dieser Information machen würde.

»Weißt du, ob die Maria noch in der Gemeinde is?«, fragte ich die Müllerin.

»Also, i hab s' ned rauskommen sehen«, lautete die Antwort.

Da die Müllerin verlässlicher war als jede Stechuhr, machte ich noch einen kleinen Abstecher zum Gemeindeamt, um den Fortschritt der Unterschriftenlisten zu überprüfen.

Natürlich sollte die Müllerin recht behalten und ich traf Maria hinter ihrem Schreibtisch an.

»Hallo, Anna«, begrüßte sie mich. »Brauchst du nu was? I wollt nämlich grad den PC ausschalten …«

Die drei Punkte am Ende ihres Satzes besagten unmissverständlich, dass ich mich unterstehen sollte, ihren wohlverdienten Feierabend länger als zehn Minuten hinauszuzögern. Das hatte ich keinesfalls vor, darum winkte ich sogleich ab, um sie zu beruhigen.

»Nein, nein. Schalt ruhig aus. Ich wollt nur wegen den Listen nachschauen.«

Maria nickte zufrieden. Ich trat an den Tresen und überflog die halb volle Liste, die gut sichtbar in der Mitte lag. Gleich drei Kugelschreiber lagen herausfordernd daneben. Während ich las, hörte ich, wie der Computer sich mit einer kurzen Melodie verabschiedete.

Maria kramte einen Umschlag aus ihrer Schreibtischschublade und reichte ihn stolz über den Tresen.

»Achtzehn Seiten«, flötete sie.

Ich staunte nicht schlecht. »Achtzehn? Kommen echt so viel Leut zu euch auf die Gemeinde?«

»Ge! Des wär ja furchtbar!« Sie schüttelte den Kopf. »Na, naa. Die Listen hab i natürlich immer dabei g'habt. Und i bin halt viel unterwegs.«

»Wow, wirklich fleißig«, lobte ich erfreut.

Sie stützte sich mit den Ellenbogen auf dem Tresen ab und neigte sich verschwörerisch zu mir. Mit gesenkter Stimme sagte sie: »Der Bürgermeister hat fei ned unterschrieben. Überhaupt is der a bissal komisch 'worn. I sag dir eines – der is scho lang nimmer gegen des Hotel!«

»Meinst echt?«

Maria machte eine finstere Miene. »Letztens hab i na telefonieren hören. Da hat er g'sagt, dass dieses Projekt eigentlich nur förderlich für das Allgemeinwohl wäre und der Hof ansonsten ja eh bloß verrotten würd.«

Ich schnaufte lautstark und stemmte einen Arm in die Hüfte. »Des hat sich vor zwei Wochen aber nu anders angehört!«

»Ja eh. I weiß a ned, was des soll … Auf jeden Fall mecht der von unserer Initiative nix wissen. Im Gegenteil sogar! Der hat an ganzen Berg Akten, die er in sei'm Schreibtisch einsperrt, damit i se ned seh.«

»Er versteckt des vor dir? Was wird des wohl sei?«

Sie senkte ihre Stimme noch weiter, sodass sie beinahe flüsterte: »Gutachten, Pläne, Angebote … allesamt von der gleichen Firma. *HzG Investment Group.*« Maria kritzelte den Namen auf einen Notizzettel und schob ihn mir zu. »Vielleicht kannst damit ja was anfangen.«

Das glaubte ich zwar im ersten Moment nicht, steckte den Zettel aber trotzdem in meine Tasche.

»Danke, Maria«, sagte ich und packte die Unterschriftenlisten dazu. »Wenn'st irgendwas Neues erfährst, meld'st dich, ja?«

»Freilich.«

Ich verabschiedete mich und ging hinaus. Der Meinungsumschwung des Bürgermeisters behagte mir nicht. Bisher hatte ich ihn ja für einen fähigen Mann gehalten. Sollte er seinen Bürgern jetzt wirklich in den Rücken fallen und im Hintergrund munter Pläne mit dieser Investment Group schmieden? Hatte er gar einen Scheck mit diversen Nullen von denen erhalten?

Was es auch war – dieser Wandel gefiel mir ganz und gar nicht.

***

Ben war, wie versprochen, zum Abendessen in die *Post* gekommen. Sehr zur Freude vom Metzger Gruber, der ihn dort gleich in Beschlag genommen und bis zuletzt nicht mehr von ihm abgelassen hatte. Er schien wie besessen von der Idee, eine Rolle in Bens neuem Roman zu bekommen, und lieferte ihm unablässig anschauliche Vorschläge, was ein Metzger mit seinem

Wissen und seinen Werkzeugen so alles anstellen kann.

Es war schon recht spät, als Ben alle fünf Minuten herzhaft gähnte und die Wirtin schließlich höflich fragte, ob er mich denn gleich mitnehmen dürfte, wenn er doch sowieso zum Hof fuhr.

»Ja, selbstverständlich«, säuselte die Wirtin wohlwollend. »Den Rest schaff i dann scho.«

»Der Rest« bestand aus dem Metzger Gruber und ihrem Mann, also traute ich ihr dies ohne schlechtes Gewissen zu.

Ben und ich verließen das Wirtshaus ohne Eile, um keinen Verdacht zu erwecken. Dabei konnte ich es kaum erwarten, mich endlich an ihn zu werfen. Der ganze Abend war eine wahre Qual für mich gewesen. Ständig an ihm vorbeizulaufen und so zu tun, als interessierte er mich nicht weiter.

Draußen erwartete uns das nächtliche Wammling. Dabei war es erst kurz nach zehn. Ben streckte sich genüsslich durch. »Geschafft! Und? Was stellen wir jetzt mit dem angebrochenen Abend an?«

»Ich dachte, du bist hundemüde?«, fragte ich gespielt überrascht.

»Täuschen und tarnen«, antwortete er verschmitzt.

Ich kicherte leise. »Das war wohl auch nötig. Wenn's nach dem Gruber ginge, würde er dir wahrscheinlich noch drei Stunden das Ohr abkauen. Er scheint einen richtigen Narren an dir gefressen zu haben.«

Ben zückte die Fernbedienung des Spielzeugautos, das sogleich fröhlich vor uns aufblinkte. »Ich mag den Kerl echt gern, aber allmählich finde ich seine anschaulichen Ideen doch ein wenig Furcht einflößend.«

Wir stiegen in den Wagen, beziehungsweise wir fielen in den Wagen, denn einsteigen konnte man das nicht nennen, wenn die Sitze drei Zentimeter über dem Boden schwebten. Ben startete den Motor, indem er auf einen Knopf drückte. Dass erwähnter Motor startete, merkte man nur anhand einer

Anzeige, die aufleuchtete. Hören tat man ja nichts.

Ich legte den Gurt an und sah feixend zu Ben. »Als gestandener Krimiautor ist es aber doch nicht unbedingt förderlich, vor solchen Dingen Angst zu haben.«

»Mit Krimi haben Grubers Ideen echt nichts mehr zu tun«, seufzte er. »Die fallen schon eher in den Horrorbereich.«

Ben lenkte den Wagen auf die Hauptstraße. Nur in wenigen Häusern brannte noch Licht. Wenn, dann konnte man das Flimmern eines Fernsehers erkennen. Die Wammlinger waren halt keine Nachtmenschen.

»Unter welchem Namen veröffentlichst du eigentlich?«, wollte ich beiläufig von ihm wissen.

Er schwieg einen Moment. »Rat mal.«

»Na ja, unter *Ben Hager* schon mal nicht.«

»Hast du mich etwa gegoogelt?«, fragte er amüsiert.

Ich rutschte betreten auf meinem Sitz nach hinten. »Kann sein.«

»Wann?«

»Was?«

»Wann hast du mich gegoogelt?«

Ich musterte ihn irritiert von der Seite. »Schon eine Weile her …«

»Aha!« Er klopfte triumphierend mit der Faust aufs Lenkrad. »Ich wusste es!«

Ratlos blinzelte ich ihn an. Ben sah kurz zu mir herüber, bevor er den Blick wieder auf die Straße richtete.

»Ich wusste, dass du dich gleich in mich verknallt hast«, tönte er dann.

Ich blies die Backen auf. »Na, ganz bestimmt nicht!«

»Warum solltest du sonst nach mir googeln?«

»Weil man seinen Feind kennen sollte«, erklärte ich mit ernster Miene.

Wieder huschte sein Blick kurz zu mir. »Und?«

»Was und?«

Ben wirkte ein wenig angespannt. Wir hatten Wammling bereits verlassen, darum lag sein Gesicht im Dunkeln. Nur ein schwacher Schein vom Armaturenbrett erhellte seine Züge. Er räusperte sich verhalten. »Was hast du herausgefunden, nachdem du deinen Feind ja jetzt kennengelernt hast.«

Unwillkürlich musste ich lächeln. »So einiges. Und das meiste davon hätte ich nicht erwartet.«

Er lenkte den Wagen auf die Kiesstraße zu unserem Hof und umfuhr bedächtig die größten Schlaglöcher, um den Erlkönig weitgehend zu schonen. Irgendetwas lag Ben auf dem Herzen, ich fühlte es. Er sagte aber nichts weiter, darum blickte ich schweigend aus dem Fenster und wartete ab, bis er von selbst zu sprechen begann.

Ben parkte im Carport. Beinahe schüchtern sah er mich an. »Kommst du noch mit zu mir?«

Nachdem ich die vergangenen Tage jede Nacht zu ihm geschlichen war, kam mir die Frage irgendwie seltsam vor.

»Ich zieh mich nur noch schnell um«, antwortete ich, bevor ich aus dem Wagen krabbelte und hinüber ins Haus eilte.

Weil ich bestimmt ziemlich nach Wirtshaus roch, sprang ich vorsorglich unter die Dusche. Während ich die Gerüche des Arbeitstages abwusch, grübelte ich, was Ben wohl bedrückte. Je mehr ich darüber nachdachte, umso nervöser wurde ich.

Um Zeit zu sparen, rubbelte ich mir die Haare nur notdürftig trocken und band sie zu einem lockeren Knoten im Nacken zusammen. Ich schlüpfte in saubere Klamotten und lauschte im Treppenhaus kurz in das nächtliche Haus hinein. Der Opa war längst schlafen gegangen. Er war eben auch kein Nachtmensch.

Auf leisen Sohlen stieg ich die Treppe hinunter und zog die Haustür vorsichtig hinter mir ins Schloss. Hastig huschte ich über den Hof zur Ferienwohnung. Mein Herz pochte wild, als ich dort ankam. Warum, wusste ich auch nicht.

Ohne anzuklopfen, betrat ich die Wohnung. Das Licht war gedimmt. Leise Musik erklang aus dem Radio. Ben wartete auf dem Sofa. Vor ihm standen zwei Gläser Rotwein auf dem Couchtisch und eine brennende Kerze.

»Hi«, sagte er und ließ einen Blick über mich gleiten, der meinen Bauch zum Flattern brachte.

Ich antwortete nicht, sondern ging so schnell zu ihm, dass ich beinahe gestolpert wäre. Ohne Scheu landete ich rittlings auf seinem Schoß und küsste ihn hungrig. Endlich war ich wieder da, wo ich hingehörte. Bei ihm.

Ben reagierte auf mich mit der gleichen schier unersättlichen Gier. Er zog mich fest zu sich, drückte mich an sich, dass es beinahe schmerzte. Sein Verlangen nach mir war allgegenwärtig. Die brennende Leidenschaft, die aus seinen Küssen sprach, ließ mich meinen eigenen Namen vergessen.

Er packte mich an den Hüften und hob mich hoch. Ich landete auf dem Rücken zwischen den Sofakissen. Ungeduldig wartete ich darauf, dass er sich über mich beugte, doch er folgte mir nicht.

»Wir müssen reden«, sagte er stattdessen heiser. Sein Atem ging schwer. Er fuhr sich mit beiden Händen durchs Haar.

Ich kämpfte mich mühevoll aus dem Rausch der Erregung und richtete mich irritiert auf. Seine ernste Miene machte mir Angst.

»Was ist los?«, fragte ich leise.

Ben betrachtete mich eine Weile nachdenklich, als müsste er erst nach den geeigneten Worten suchen. Schließlich gab er sich einen kaum merklichen Ruck. »In zwei Tagen werde ich abreisen.«

Mein Herz stolperte schmerzhaft. »Ich weiß.«

»Wie soll es danach weitergehen?«

So. Jetzt war sie raus. Die Frage der Fragen.

Beklommen griff ich nach einem Glas und trank einen

Schluck Rotwein, bevor ich belegt antwortete: »Darüber wollte ich bis jetzt nicht nachdenken.«

»Nun, ich schon.« Er nahm mir sachte das Rotweinglas ab und stellte es zurück auf den Tisch. Meine Hand hielt er fest, während er mir tief in die Augen sah. »Ich will nicht, dass es endet.«

Die Zuneigung in seiner Stimme verschlug mir die Sprache. Ich versank in seinem warmen Blick und nickte stumm.

»Du sollst wissen«, sprach er bedächtig, »dass ich noch nie für eine Frau empfunden habe wie für dich. Das alles ist vollkommen neu für mich. Überhaupt kommt es mir vor, als wäre ich in deiner Gegenwart ein völlig anderer Mensch. Ich weiß nicht, wie ich das sagen soll, aber mit dir fühle ich mich … komplett. Obwohl mir nie bewusst war, dass etwas an meiner Seite fehlte.« Er hielt kurz inne und dachte nach. Dann zog er entschuldigend die Nase kraus. »Sorry, ich bin nicht sehr gut in romantischen Ansprachen. Ich wollte dir so vieles sagen, aber jetzt bringe ich keine vernünftigen Sätze mehr zusammen.«

Mein ganzer Körper kribbelte wohlig. Dort, wo seine Finger die meinen berührten, fühlte es sich an, als würden Flammen tanzen. Ich grinste verlegen. »Also, bis jetzt machst du dich ganz gut.«

Er lachte leise. Eine Weile sahen wir beide auf unsere Hände hinab. Sein Daumen strich sanft über meinen Handrücken.

»Komm mit mir, Anna«, sagte er plötzlich. »Komm mit nach München. Ich habe eine wundervolle Wohnung, die genug Platz für uns beide bietet. Und wenn sie dir nicht gefällt, suchen wir uns eine andere …«

Ben stoppte, als er mein Gesicht bemerkte. Unterschiedlichste Gefühle schwappten über mich hinweg und wühlten mein Innerstes auf. Ich war fassungslos, dass er mir gerade diesen Vorschlag unterbreitete. Pures Glück durchströmte mich. Gleichzeitig stiegen mir Tränen in die Augen.

»Ich kann nicht«, hauchte ich tonlos.

Sein Griff um meine Hand verstärkte sich, als hätte er Angst, ich liefe davon. Sein Blick ging mir durch und durch. Das Flehen in seiner Stimme erschütterte mich.

»Wenn du nicht direkt in München leben willst, können wir auch ins Umland ziehen. Es gibt ganz wundervolle Dörfer nahe der Stadt. Ich kenne eine Immobilie zum Kauf, die …«

»Moment!« Ich blinzelte bestürzt. »Du hast dir schon Häuser angesehen?«

»Na ja, ich … egal.« Er rutschte ein Stück näher. »In München stehen dir Tür und Tor offen, was deinen beruflichen Weg betrifft. Ich werde dich in allen Belangen unterstützen. Auch finanziell.«

Verdattert strich ich mir eine Haarsträhne aus der Stirn. »Das würdest du tun?«

»Ich würde alles tun, damit du glücklich bist. Du musst auch gar nicht arbeiten, wenn du nicht willst.«

»Was?« Ich war völlig überfordert.

Ben nickte hastig. »Glaub mir, ich habe genug Mittel für uns beide.«

»Nein, das … das meine ich nicht.« Ich atmete tief durch, um mich ein wenig zu sammeln. »Aber, Ben. Wir kennen uns doch gerade einmal zwei Wochen.«

»Zweieinhalb. Und es ist dennoch, als würde ich dich schon mein ganzes Leben lang kennen.«

Puh, so viel zum Thema, er könnte keine romantischen Reden schwingen …

Ich beugte mich zu ihm und streichelte mit meiner freien Hand über seine Wange. »Mir geht es genauso.«

Er schmiegte sich in meine Berührung und flüsterte: »Dann komm mit. Ich verspreche, dass es dir an nichts fehlen wird.«

Meine Gedanken rasten. Mein Puls ebenso.

Was ich für diesen Mann empfand, war nicht in Worte zu

fassen. Ich selbst konnte mir ein Leben ohne ihn nicht mehr vorstellen. Trotz der kurzen Zeit, die wir uns nun kannten. Er hatte mein Herz erobert, und die Art, wie er mich in diesem Moment ansah, besetzte nun auch noch den letzten freien Rest davon. Ich war ihm mit jeder Faser meines Seins verfallen.

Meine Finger glitten bebend über die weiche Haut seines Halses und legten sich um seinen Nacken.

»Gib mir ein wenig Zeit, um darüber nachzudenken«, wisperte ich, bevor meine Lippen mit seinen verschmolzen.

Kapitel 17

Freitagnachmittag spazierten Ben und ich hinauf nach Lichtenöd. Moritz war schon wieder ausgebüxt. Diesmal hatte ich wirklich todesmutig persönlichst den Elektrozaun getestet, weil ich seine Eignung schwer infrage stellte. Nun ja. Meine Handinnenfläche kribbelte immer noch leicht. An dem Zaun lagen Moritz' gehäufte Missetaten also nicht.

Schweigend überwanden wir die bewaldete Anhöhe.

Bens Angebot machte mir schwer zu schaffen. Ich schwankte zwischen himmelhoch jauchzend und panischer Schnappatmung.

Ich zweifelte keine Sekunde an seinem Versprechen, alles Erdenkliche für mein Glück zu tun. Das Problem war nur, dass er mir genau das, was ich am dringendsten brauchte, nicht geben konnte.

Meine Heimat.

Das war der einzige Teil meines Herzens, den Ben nicht erreichen konnte. Mein Heimathof und Wammling waren darin fest verankert und würden sich von nichts und niemandem ersetzen lassen. Dann gab es da noch diesen wortkargen alten Mann, den ich über alles liebte. Wie könnte ich meinen Opa jemals verlassen?

Trotzdem zog ich mehr und mehr in Betracht, mich auf Bens Angebot einfach einzulassen. München war immerhin nicht aus der Welt. Wenn der Opa mich brauchte, könnte ich in weniger als zwei Stunden bei ihm sein. Und ansonsten käme er gewiss auch ganz gut ohne mich klar.

Vielleicht sollte ich es einfach versuchen. Es war ja nicht so, dass es kein Zurück mehr gab. Also, was hatte ich zu verlieren?

Wie eine gemeinsame Zukunft mit Ben dann aussähe, war freilich ungewiss. Gleich zusammenzuziehen war riskant, und dennoch erfüllte mich der Gedanke mit fiebriger Vorfreude. Entgegen jeglichem Verstand war ich voll überzeugt davon, dass ich mit diesem Mann den Rest meines Lebens verbringen wollte. Ich konnte mir einfach nicht vorstellen, dass unsere Verliebtheit irgendwann ausklingen würde.

Aber hat sich dies jemals jemand am Anfang einer Beziehung vorstellen können?

Fragen über Fragen, und schon wieder stand ich an einer Kreuzung und wusste nicht, welchen Weg ich einschlagen sollte. Ben gewährte mir die Bitte nach Zeit und hatte seit gestern Abend kein Wort mehr über die Sache verloren. Nur ab und an lag wieder dieses Flehen in seinem Blick, das mich magnetisch in seine Richtung zog.

Wir verließen den Schatten der Bäume und erspähten Moritz an seiner Lieblingsweidestätte vor dem Herrenhaus. Trotz meines gut gemeinten Hinweises, dass er sich dies sparen könne, versuchte Ben, das Pony gleich einzufangen. Moritz zeigte ihm auf seine Art, was er davon hielt.

Ich kringelte mich vor Lachen, während Ben dem hopsenden Pony kreuz und quer über die Wiese hinterherjagte.

Moritz buckelte übermütig und schien riesigen Spaß an dem Fangspiel zu haben. Er schlug immer wieder enge Haken, um möglichst nahe an Ben vorbeizugaloppieren, ohne dass er ihn schnappen konnte.

Die Verfolgungsjagd führte die beiden in den Innenhof. Kichernd ging ich ihnen hinterher und amüsierte mich prächtig über das Schauspiel.

Irgendwann gab Ben schließlich auf. Er blieb stehen und warf übertrieben resigniert die Arme in die Luft. »Na schön! Du hast gewonnen!«

Moritz stoppte seinen Galopp, schnaubte zufrieden und steckte nur wenige Meter von Ben entfernt die Nase ins Gras, um seinen Sieg zu demonstrieren.

Als ich bei Ben ankam, sank er in gespielter Erschöpfung ins Gras und legte sich auf den Rücken, alle viere von sich gestreckt, doch das Gerenne schien ihn nicht wirklich aus der Puste gebracht zu haben.

Feixend setzte ich mich neben ihn. »Ich hab doch gesagt, dass du dir das sparen kannst.«

»Ich hatte eben gehofft, ich könnte dich als Ponyflüsterer beeindrucken«, entgegnete er.

»Tja, beeindruckend war das allemal …«

Er rupfte eine Handvoll Gras aus und warf es strafend nach mir. Kichernd schüttelte ich die Halme aus meinem Haar. Ich nahm einen davon und drehte ihn unablässig mit den Fingern, während ich nachdenklich das Herrenhaus betrachtete.

»Ich fürchte, ich kann den Abriss nicht mehr stoppen«, sagte ich zusammenhangslos.

Ben stützte sich auf die angewinkelten Ellenbogen. »Wieso?«

»Von der Denkmalbehörde habe ich bisher noch nichts gehört und Wammling scheint über keinerlei schutzbedürftige Flora und Fauna zu verfügen.« Ich zerrupfte verbittert den Grashalm. »Außerdem sind die Unterschriftenlisten wohl auch für die Katz, weil der Bürgermeister seine Meinung inzwischen geändert hat.«

Ben runzelte die Stirn. Er setzte sich auf und neigte den Kopf. »Wie kommst du darauf?«

»Seine Sekretärin hat ihn telefonieren hören. Da meinte er zu irgendjemandem, wie gut das geplante Vorhaben doch für alle Beteiligten wäre.«

Bens Blick ruhte eine Weile auf mir. Dann fragte er: »Warum hängst du so sehr an diesem Hof? Und diesmal würde ich gern die Wahrheit hören.«

»Die Wahrheit?« Ich stützte das Kinn auf meine angewinkelten Knie. »Sieh dir die Gebäude an. Die wundervolle Lage inmitten der Natur. Er wäre perfekt für ein Heim, um traumatisierte Kinder zu rehabilitieren.« Ich lächelte in mich hinein, während ich im Geiste das Herrenhaus durchschritt. »Fünf Zwei- und zwei Vierbettzimmer im Obergeschoss für die jüngeren Kinder, sechs Einzelzimmer auf dem Dachboden für Teenager. Das Erdgeschoss bietet locker Platz für einen gemütlichen Freizeitraum, ein Computerzimmer und ein großzügiges Esszimmer, wo gleichzeitig am Nachmittag die Hausaufgabenbetreuung stattfinden kann. Außerdem gäbe es noch ein Zimmer mit eigenem Bad für die eventuell nötige Nachtbetreuung der Kinder.«

Ich deutete auf eines der Nebengebäude. »Dort könnte man die therapeutischen Räume einrichten. Keine starren Medikamententherapien, sondern alternative Heilerziehungsmethodik. Das Ganze könnte man zu einer öffentlichen Praxis ausweiten, wo auch ambulant betreut wird. Oder in Tagesbetreuung.«

Mit einer ausladenden Geste wies ich auf die alten Stallungen. »Und dort würden die einzig wahren Therapeuten wohnen. Pferde, Ponys, Ziegen, Hühner … Du glaubst gar nicht, wie sehr der Umgang mit Tieren ein Kind verändern kann! Vertrauen zwischen Mensch und Tier wird auf ganz anderer Ebene entwickelt als zwischen Menschen. Außerdem würden die Kinder lernen, wie man Verantwortung übernimmt und was es bedeutet, Rücksicht auf andere zu nehmen. *Sonnenhof* wäre ein wundervoller Name.«

Ich verstummte und beobachtete verträumt die wundervollen Bilder, die vor meinem inneren Auge vorbeizogen. Alles war erfüllt von Kinderlachen. Frei von schrecklichen Erlebnissen in der Vergangenheit. Ermutigt, einfach wieder Kind zu sein, mit freudigem Blick in die Zukunft.

»Das ist dein Traum?«, fragte Ben.

Seine Worte holten mich unsanft aus meiner Fantasie zurück. Ich starrte verbittert auf das Herrenhaus. »Das *war* mein Traum.«

»Noch stehen die Gebäude …«, meinte er bedeutungsvoll.

Ich lachte freudlos und winkte ab. »Was kann ich schon gegen eine Immobilienfirma ausrichten. Ich muss mich wohl oder übel mit den Tatsachen abfinden.«

Ben richtete den Blick abwesend auf das Herrenhaus. Anscheinend hatte ich ihn mit meiner Melancholie angesteckt.

Ich betrachtete ihn von der Seite. Sein zerzaustes Haar, das ihm locker in die Stirn fiel, seine definierte Gesichtskontur, die winzige Narbe auf dem Nasenrücken.

Wunderschön war er, der Mann, der wie ein Wirbelsturm in mein Leben gefegt war.

Nicht nur er hatte sich in kurzer Zeit verändert. Ich spürte, dass auch in mir etwas vorgegangen war. Nachdem ich mich gezwungen gefühlt hatte, entgegen meinem Herzen irgendeinen Job anzunehmen, eröffneten sich nun ganz neue Perspektiven. Mir war schon immer klar gewesen, dass sich in der Stadt mit meinem Studium völlig andere Wege auftaten. Doch wie hätte ich es dort aushalten sollen? Mit Ben an meiner Seite wäre das anders. Wenn er auch nie meine Heimat ersetzen könnte, bot er mir trotzdem eine Art von Zuhause.

»Vielleicht ist es Zeit für einen neuen Traum«, sagte ich leise.

Ben sah mich an. Ich hatte kein Ja ausgesprochen und trotzdem kamen meine Worte einem Versprechen gleich, das er umgehend mit einem sanften Kuss besiegelte.

Wir sanken in das hohe Gras und brachten die Welt um uns herum zum Stillstand.

***

Ich verbrachte eine schlaflose Nacht. Ben schlummerte selig neben mir, während ich die meiste Zeit über an die Decke starrte. Nur einmal wachte er kurz auf, oder zumindest so halb.

»Anna?«, murmelte er.

»Ich bin hier.«

Sofort schlang er die Arme um mich und drückte mich fest an sich, bevor sein Atem wieder tief und regelmäßig wurde.

Ich ruhte an seiner Brust, lauschte seinem Herzschlag und streichelte gedankenverloren über seinen Unterarm, der auf meinem Bauch lag. Draußen brach bereits der Morgen an. Zarte Sonnenstrahlen durchdrangen die Dunkelheit der Nacht und tauchten das Schlafzimmer in dämmriges Zwielicht.

Heute reiste Ben ab und ich hatte meine Entscheidung noch nicht ganz gefällt. Ich wusste, dass Ben sie auch nicht sofort erwartete. Trotzdem hatte ich das Gefühl, ich müsste ihm noch heute eine eindeutige Antwort geben.

Obwohl ich kein Auge zugetan hatte, war ich hellwach. Als die ersten Vogelstimmen erklangen, löste ich mich vorsichtig aus Bens Armen und stand auf. Er seufzte leise und zog mein Kissen an sich heran. Es war wirklich niedlich, wie er das Gesicht in die Kuhle schmiegte, wo ich gerade noch gelegen hatte.

Ich dachte zurück an unsere erste Begegnung. Wie er klatschnass und mit vergrämter Miene vor mir gestanden hatte. Gepanzert mit der stählernen Rüstung des Big Boss.

Echt verrückt. Vor drei Wochen hatte ich ihm keine Sekunde über den Weg getraut, und jetzt überlegte ich tatsächlich, meine Zukunft mit ihm aufzubauen.

Ich wanderte ins Wohnzimmer und sah nachdenklich aus dem Fenster. Ein leichter Nebeldunst lag über den Feldern. Darüber erhob sich die bewaldete Anhöhe. Die Morgensonne erhellte vage die obersten Baumwipfel und vertrieb nach und nach den Rest der Nacht.

Konnte ich wirklich woanders glücklich sein?

Bevor Ben mich in seinen Bann gezogen hatte, war die Antwort auf diese Frage klar gewesen. Jetzt war ich mir nicht mehr sicher.

Ich sah auf die Uhr. Es war noch nicht einmal sechs. Unschlüssig ließ ich meinen Blick durch die Wohnung schweifen. Auf dem Küchentisch lag Bens Laptop. Er blinkte herausfordernd im Standby-Modus.

Wie vertrieb man sich wohl am besten die Zeit an einem rastlosen Morgen? Genau. *Facebook*.

Ben hatte sicher nichts dagegen, wenn ich mir seinen Laptop borgte. Immerhin wollte er uns einfach so ein Haus kaufen.

Das war eigentlich das Verrückteste an seinem Angebot. Ich zweifelte nicht daran, dass Ben wohlhabend war. Alleine seine Kleidung sprach dafür. Aber mal so mir nichts, dir nichts ein Haus in der Münchner Umgebung erwerben?

Ich war eher irritiert als verzückt. Mal davon abgesehen, dass ich sicherlich nicht der Typ Frau war, der sich mir nichts, dir nichts in finanzielle Abhängigkeit stürzte, fragte ich mich, wie viel man als Redakteur eines Wirtschaftsmagazins denn verdiente. Oder war Ben tatsächlich ein erfolgreicher Bestsellerautor?

Dabei fiel mir ein, dass ich sein Pseudonym immer noch nicht kannte. Am Ende bandelte ich mit einem weltberühmten Schriftsteller an. Das wäre schon ein bisschen aufregend.

Nun ja, ich würde dieses Geheimnis hoffentlich bald lüften, darum wollte ich mich vorerst den neuesten Neuigkeiten meiner virtuellen Freunde widmen. Ich setzte mich an den Küchentisch, klappte den Laptop auf und tauchte in die Tiefen des sozialen Netzwerks. Fundamentale Nachrichten erreichten mich dort. Unentbehrliche Lebensweisheiten, eingebunden in farbige Bildchen. Diverse Informationen, wer wann mit wem im Urlaub war. Dazu fragwürdige Statements zu Dingen, die eigentlich keiner wissen wollte. Statusmeldungen wie »Durchfall ist scheiße« zum Beispiel. Obwohl man diesen Satz durchaus farbig illustriert als Lebensweisheit verkünden konnte …

Ich schüttelte den Kopf und verbrachte trotzdem eine gute halbe Stunde damit, mich durchzuklicken und wieder und wieder den Kopf zu schütteln.

Irgendwann entriss ich mich der Faszination Facebook und loggte mich in meinen E-Mail-Account ein. Vielleicht hatte sich die Denkmalschutzbehörde doch gemeldet und ich hatte die Nachricht nur noch nicht gesehen.

Hatte sie aber nicht. Und es würde auch nichts mehr ändern. Lichtenöd war und blieb außerhalb meiner Reichweite, und ich musste mich endlich damit abfinden.

Trotzdem erwischte ich mich dabei, wie ich einen gewissen Firmennamen in die Zeile einer Suchmaschine eintippte.

HzG Investment Group.

Sofort wurde ich mit unzähligen Treffern überschüttet. Gleich der oberste führte zur Homepage der Firma. Ich lotste den Mauszeiger zu dem Link, klickte aber nicht darauf.

Was nutzte es mir noch, den Feind genauer unter die Lupe zu nehmen? Der Kampf war verloren, bevor der Gegner überhaupt erfuhr, dass ich ihn bekämpft hatte. Wenigstens ersparte mir das, ihm den Triumph zu gönnen.

Letztlich siegte meine Neugier darauf, wo diese Immobilienfirma denn noch ihre Finger im Spiel hatte. Nach einem Klick öffnete sich eine sauber strukturierte Homepage.

Ich überflog die obersten Zeilen auf der Startseite. Der internationale Konzern rühmte sich zahlreicher Erfolgsprojekte in Millionenhöhe. Dabei lag sein Augenmerk hauptsächlich auf Industrieobjekten, die im großen Stil aufgekauft und nach einer Runderneuerung wieder verkauft oder vermietet wurden. Erst vor zwei Jahren hatte er seine Aktivitäten auf das Hotelgewerbe ausgeweitet. In dieser Zeit konnte er sich mit fünf sanierten Hotelanlagen brüsten, die inzwischen schon wieder Gewinne abwarfen.

Der Konzernriese *HzG* unterhielt nebenbei auch noch zahlreiche Maklerbüros für Privatimmobilien in ganz Deutschland. Nie im Leben hätte ich gegen diese Firma den Hauch einer Chance gehabt!

Ich musste zugeben, dass ich beeindruckt war. Interessiert klickte ich auf *Geschäftsführung*, um mir anzusehen, welch kluge Köpfe wohl hinter einem solch erfolgreichen Unternehmen steckten.

Gleich an erster Stelle wurde der Inhaber der *HzG Investment Group* aufgeführt.

Innerhalb eines Wimpernschlags entgleisten mir sämtliche Gesichtszüge. Schockiert starrte ich das Foto an.

Nein, das konnte nicht sein.

Und trotzdem gab es keinen Zweifel …

»Guten Morgen«, sagte Ben.

Abrupt sah ich auf. Er stand mit verwuschelten Haaren da und kratzte sich verschlafen am Bauch.

»Bist du schon lange wach?«, fragte er und gähnte herzhaft.

Ich antwortete nicht und fixierte ihn fassungslos.

Ben runzelte fragend die Stirn. »Was ist los?«

Stumm drehte ich den Laptop in seine Richtung. Seine Augen weiteten sich, als er sein eigenes Bild erkannte.

»Benedikt Hager zu Guttersberg«, sagte ich tonlos. »Inhaber und Geschäftsführer der *HzG Investment Group.*«

Ben fluchte leise und rieb sich hart über das Gesicht. Mit einem Schlag schien er hellwach zu sein. »Ich wollte nicht, dass du es so erfährst.«

Eine eisige Kälte packte mich. »Wie dann?«

»Ich wollte es dir selber sagen.«

»Wann?« Meine Hände begannen zu zittern. »Wann wolltest du es mir sagen? Nachdem ich meine Koffer bei dir ausgepackt habe oder doch noch eine Sekunde davor?«

Wieder stieß er einen Fluch aus. »Es tut mir leid, Anna. Ich wusste einfach nicht, wie ich es dir erklären soll.«

Er kam auf mich zu, doch ich sprang auf, bevor er mich erreichen konnte. Wütend starrte ich ihn über den Tisch hinweg an.

»Ein Autor, hm? Zeitschriftenredakteur?« Ich lachte wirr. »Und ich hab dir das auch noch abgekauft!«

»Das war falsch von mir, und glaub mir, ich bereue zutiefst, dass …«

Ich unterbrach ihn unwirsch. »Ach, ich soll dir glauben? Alles, was ich von dir erfahren habe, war eine verschissene Lüge, aber jetzt soll ich dir glauben?«

»Ja.« Ben sah mich fest an. »Lass es mich bitte erklären.«

Schnaubend verschränkte ich die Arme. »Das musst du nicht. Mir ist jetzt nämlich völlig klar, wozu du hier in Wirklichkeit recherchiert hast. Du wolltest die Umgebung kennenlernen, um herauszufinden, was dein künftiges Luxushotel abwerfen wird. Ich verstehe nur nicht, warum diese Autorengeschichte sein musste.«

»Das war nicht geplant.« Er fuhr sich konfus durchs Haar. »Als ich damals im *Gasthof zur Post* nach dem Weg gefragt hab, bekam ich mit, dass das gesamte Wirtshaus in Aufruhr war wegen meines Projektes. Damit hatte ich nicht gerechnet. Keine Ahnung, aber irgendwie bekam ich wohl Angst, alle würden sich auf mich stürzen, wenn sie erfuhren, wer ich bin.«

Ich kniff die Augen zusammen. »Mir scheint es wahrscheinlicher, dass du gelogen hast, weil du sonst niemals die ›Gepflogenheiten des Dorflebens‹ kennengelernt hättest.«

»Nein, so war das nicht.«

Meine Schultern bebten. Bittere Enttäuschung stieg in mir auf und schnürte mir die Kehle zu. »Du bekommst immer, was du willst, richtig? Dabei schreckst du auch nicht davor zurück, ein ganzes Dorf zu manipulieren. Aber wie passe ich in dieses Spiel? Welche Art von Trophäe bin ich?«

Ben schüttelte betroffen den Kopf. »Denkst du das wirklich?«

»Ich denke, dass mir das da gerade einen riesigen Fehler erspart hat.« Ich deutete wild auf den Laptop. »Wie konntest du mir nur verschweigen, dass du der Besitzer von Lichtenöd bist? Das bist du doch, Herr von und zu Guttersberg!?«

»Anna, ich wollte …« Wieder machte er einen Schritt auf mich zu, doch ich sprang zur Seite.

»Fass mich nicht an!«, fauchte ich. »Pack sofort deinen Krempel und verschwinde aus meinem Leben!«

Ich machte auf dem Absatz kehrt und rannte hinaus. Ich sah nur noch verschwommen, doch ich war viel zu aufgebracht, um zu weinen. Blindlings stolperte ich die Treppe hinab. Ich konnte Kreszentia irritiert schnattern hören, als ich an ihr vorbeilief.

Benedikt Hager zu Guttersberg …

Wie hatte ich nur auf ihn hereinfallen können? Meine erste Einschätzung hatte doch deutlich gesagt, dass er ein manipulativer Mistkerl war. Ich hatte es gewusst und war dennoch auf ihn hereingefallen.

Ob er sich sehr amüsiert hatte, als er mit mir durch den Wald stapfte und nach geschützten Pflanzen suchte, die *sein Projekt* hätten stoppen können?

»Anna, warte!«

Ich merkte erst, dass Ben mir gefolgt war, als seine Hand

nach meinem Oberarm griff. Wütend fuhr ich herum und schlug danach. »Du sollst mich nicht anfassen!«, herrschte ich ihn an.

»Ich schenke ihn dir«, sagte er.

»Was?«

»Lichtenöd. Den Hof. Ich schenke ihn dir.«

Überrumpelt stierte ich ihn an. Ben musterte mich hoffnungsvoll. Ich sog lautstark die Luft ein.

»Soll das ein Witz sein?«, stieß ich hervor.

»Nein.«

Ich forschte in seinem Gesicht nach den Anzeichen eines schlechten Scherzes. Ich fand keine, aber das regte mich nur noch mehr auf. Irgendwie schaffte ich es trotzdem, einigermaßen beherrscht die Schultern zu straffen und das Kinn vorzurecken.

»Nicht alles im Leben ist käuflich, Ben Hager.«

Er senkte für einen Moment die Lider. »Anna, bitte, ich … was kann ich sonst tun?«

»Nach Hause fahren und nie wiederkommen«, antwortete ich verbittert.

Ich ballte meine bebenden Hände und ließ ihn stehen. Ohne mich noch einmal umzudrehen, ging ich ins Haus, durch den Flur und direkt die Treppe hinauf. Auf halbem Weg konnte ich im Augenwinkel den Opa in der Küche stehen sehen und bemerkte, dass er mir hinterherblickte. Ich ignorierte ihn, stapfte in mein Zimmer und schloss sorgfältig die Tür hinter mir.

Erst dort ließ ich den tiefen Schluchzern ihren Lauf, die mir beinahe den Brustkorb sprengten.

Kapitel 18

Gegen Mittag klopfte jemand zaghaft an meine Zimmertür. Ich hörte es wie aus weiter Ferne. Nicht nur, weil ich die Bettdecke über den Kopf gezogen hatte, sondern weil mich die Enttäuschung mit einer undurchdringlichen Wolke aus dumpfem Schmerz umgab.

»Anna?«

Das klang nach Lea.

Ich spürte, wie sie sich zu mir aufs Bett setzte. Sie wartete eine Weile und zog mir schließlich die Decke vom Kopf.

Finster blinzelte ich zu ihr auf. Sie betrachtete besorgt mein verheultes Gesicht, das vermutlich zugeschwollen war, als wäre ich in einen Bienenstock gefallen.

»Der Sepp hat mich angerufen«, erklärte sie ungefragt. Sie legte den Kopf schief. »Er hat was von ›Frauenkram‹ gemurmelt. Nach Menstruationsbeschwerden sieht mir das aber nicht aus.«

Ich schnitt eine Grimasse über ihren schlechten Witz. Notdürftig wischte ich mir mit dem Handrücken die letzten Tränen von den Wangen.

»Ist der Hager noch da?«, fragte ich erstickt.

»Nein. Sepp meinte, er sei schon vor ein paar Stunden abgereist.«

»Gott sei Dank«, murmelte ich und rappelte mich auf. Ich zog ein Taschentuch aus der fast aufgebrauchten Packung und putzte mir geräuschvoll die Nase.

»Hab ich das richtig verstanden?«, wollte Lea wissen. »Ben ist in Wirklichkeit der Inhaber der Firma, die Lichtenöd abreißen will?«

Ich stockte irritiert. »Woher weißt du das?«

»Sepp hat es mir gerade gesagt.«

»Und woher weiß er das?«

»Anscheinend von Ben selbst.« Lea rutschte ein Stück rückwärts und machte es sich mir gegenüber im Schneidersitz bequem. »Ich bin ehrlich gesagt nicht recht schlau aus dem geworden, was dein Opa mir gerade so erzählt hat. Also, was ist passiert?«

Eine Weile zupfte ich am Bettbezug herum und sortierte meine Gedanken. Dann fasste ich die gesamte letzte Woche mit so wenigen Worten wie möglich zusammen. Ich erzählte Lea von Bens Angebot und dass ich kurz davor gewesen war, es anzunehmen. Bis ich am Morgen durch Zufall seine wahre Identität herausgefunden hatte.

Lea hörte die ganze Zeit aufmerksam zu. Als ich meine Schilderung abschloss, kratzte sie sich bestürzt an der Nase. »Mann, das ist schon ein starkes Stück …«

»Allerdings.« Wieder stiegen mir die Tränen in die Augen. »Ich kann einfach nicht glauben, wie er mich derart täuschen konnte. Ich stand kurz davor, meine Sachen zu packen und mit ihm zu gehen!«

»Hm.«

Ich schüttelte heftig den Kopf, als könnte ich so meine Fassungslosigkeit vertreiben. »Der Typ ist komplett irre! Stell dir mal vor – er wollte mir Lichtenöd schenken. Ist das zu fassen?«

Lea runzelte die Stirn. »Ach ja?«

»Keine Ahnung, was er sich damit erhofft hätte. Fakt ist, dass Ben Hager alles in seinem Leben plant und immer die Fäden in der Hand hält.«

Meine Freundin sah mich nachdenklich an. »Vielleicht sagt er ja die Wahrheit.«

»Wie bitte?« Ich starrte Lea an.

Sie lächelte milde. »Anna, ich habe euch beide zusammen gesehen. Ben ist vollkommen vernarrt in dich. Er mag ein guter Schauspieler sein, aber die Art, wie er dich immer anschaut … das ist wahre Liebe.«

Ich stieß empört die Luft aus. »Das kann doch unmöglich dein Ernst sein! Er hat mich von vorne bis hinten belogen. Wie könnte das Liebe sein?«

»Vielleicht sagt er ja wirklich die Wahrheit«, wiederholte sie gelassen. »Ich meine, es ergibt doch schon einen Sinn, wie er es erklärt hat, oder nicht?«

»Pff! Tss!« Mehr fiel mir dazu im ersten Moment nicht ein. Ich wischte grimmig ein paar lose Strähnen aus meiner Stirn. »Offensichtlich bist du ebenfalls Opfer seiner Manipulationskünste geworden.«

Lea hob eine Braue. »Du glaubst also, Ben macht niemals etwas ohne Grund. Welchen Grund hat er denn, dich mit nach München zu nehmen?«

Ich schnaufte und verschränkte die Arme. Trotzig schob ich die Unterlippe vor. »Das weiß ich nicht und will es auch gar nicht wissen.«

»Meiner Meinung nach gibt es nur eine plausible Erklärung dafür, und die hat er dir auch gegeben.«

»Lea! Alles, was ich von Ben Hager weiß, ist gelogen! Im Prinzip kenne ich die Person namens Benedikt Hager zu Guttersberg gar nicht!«

»Das ist nicht wahr«, sagte Lea langsam. »Du kanntest vielleicht nicht seinen wahren Namen oder seinen Job, aber ihn selbst kennst du ganz genau. Ist das denn nicht das Wichtigste? Außerdem … es hätte schlimmere Enthüllungen geben können. Immerhin ist er der Inhaber eines internationalen Konzerns und kein mittelloser Taugenichts. Andere Frauen würden vor Freude ausflippen, wenn sie so etwas erfahren.«

Ich stierte Lea fassungslos an.

Bevor ich etwas dazu sagen konnte, gluckste sie fröhlich und winkte ab. »Schon klar, du bist nicht wie andere Frauen. Das weiß ich doch. Immerhin wollte er dir deine Traumimmobilie schenken und du hast abgelehnt. Warum eigentlich?«

Wieder verschlug mir die Empörung die Sprache.

Lea hob ratlos die Hände. »Jetzt schau mich nicht so an! Das war nur eine Frage!«

»Und es gibt nur eine einzige Antwort darauf: Ich bin nicht käuflich!«

Obwohl ich Lea beinahe angeschrien hatte, grinste sie zufrieden. »Hach, ich bin echt stolz, so eine tolle beste Freundin zu haben.«

Erst schüttelte ich verdutzt den Kopf, weil mir das nicht direkt zum Thema zu passen schien, doch dann schlich sich ein vages Lächeln auf meine Lippen. Ihre Worte hatten es tatsächlich geschafft, mich aufzumuntern. Zumindest so weit, dass mir keine Tränen mehr in den Augen brannten.

Ich seufzte schwer und blickte meine liebe Freundin ratlos an. »Was soll ich denn jetzt tun, Lea?«

»Hör auf dein Herz«, antwortete sie weise. Sie überlegte kurz. »Und Kaffee wäre wohl angebracht.«

***

Ich lauschte also meinem Herzen. Es klang nach bitterer Enttäuschung und brennendem Schmerz.

Ganze drei Tage lang.

Dann gesellte sich noch etwas anderes zu den qualvollen Klängen – Sehnsucht.

Ich sehnte mich zurück in Bens Umarmung. Ich vermisste seinen Duft und seine Stimme. Sein Lachen. Einfach alles.

Die gegensätzlichen Empfindungen rissen mich beinahe entzwei. Über diesem seltsamen Kampf in meinem Inneren thronte mein Stolz. Er ließ nicht zu, dass ich auf Bens zahlreiche Anrufe reagierte. Er untersagte mir auch, seine E-Mails und SMS zu lesen. Und er zwang mich dazu, den unscheinbaren Briefumschlag ungeöffnet in den Papierkorb zu werfen, den die Müllerin mir nach gut einer Woche mit glänzenden Augen überreichte.

Ich hatte noch nicht herausgefunden, wie die Information über Bens wahre Identität eigentlich ins Wammlinger Bermudadreieck geraten konnte, aber zu meinem Leidwesen war sie es. Wo ich auch hinging, wurde ich mit neugierigen und mitleidigen Blicken bombardiert. Natürlich meinten die Leute es nur gut mit mir, doch das kollektive Mitgefühl zerrte zunehmend an meinen Nerven. Vor allem als der Pfarrer mich zur Seite nahm und mir ein Gespräch unter vier Augen anbot, musste ich mich schwer zusammenreißen, um nicht einfach schreiend davonzulaufen.

Der Opa war der Einzige, der noch gar nichts zu der Sache gesagt hatte. Er gab sich so wie immer und erwähnte unseren letzten Feriengast mit keinem Wort. Nur ab und an spürte ich seinen forschenden Blick auf mir, doch ich wusste, dass er dieses Thema nie von selbst ansprechen würde. Er wartete wie immer ab und gab mir Zeit, meine Probleme alleine zu regeln, was ich ihm hoch anrechnete.

Die Wirtin wollte mir sogar Urlaub geben, doch ich lehnte Augen rollend ab. Ben hatte mich völlig aus der Bahn geworfen, und mein Alltag war das Einzige, was mich einigermaßen aufrecht hielt. Wenn auch dieses erwähnte Kollektiv nicht unbedingt positiv dazu beitrug.

Ich versuchte, die Anteilnahme weitestgehend zu ignorieren, und war ehrlich froh, dass am Sonntagabend der Gasthof brechend voll war. Am Nachmittag hatte es zu regnen begonnen, weshalb der Biergarten leer blieb und die Gäste auf den alten Holzbänken im Schankraum eng zusammenrückten. Dankbar ließ ich mich vom Stress mitreißen und schwirrte konzentriert zwischen den Tischen herum. Dabei war ich so abgelenkt, dass ich beinahe in den Gruber hineingerannt wäre, der plötzlich hinter mir an der Schänke stand.

»Hoppala!«, rief er, während ich nur mit Mühe das volle Tablett ausbalancieren konnte.

Ich schluckte meinen Ärger herunter, stellte das Tablett auf den Tresen und tupfte mit gezwungenem Lächeln das herausgeschwappte Bier mit einem Lappen auf. »Passt scho«, meinte ich und schickte mich an, die Getränke auszutragen.

Der Gruber hielt mich zurück, indem er seine beachtliche Metzgerpranke auf meine Schulter legte. »Anna, i wollt dir nu was sagen.«

Verdutzt blieb ich stehen und lauschte; eine Weile druckste er hilflos herum, bis er schließlich tief durchatmete und ein ernstes Gesicht auflegte.

»Des war ned in Ordnung, was der Ben g'macht hat«, sagte er dann. »I war kurz davor, ihn in d' Wurschtthek'n zu schmeißen, wia er mir d' Wahrheit g'sagt hat.«

Ich blinzelte überrascht. »Er hat's dir selber gesagt?«

»Ja.« Der Gruber nickte. »Am Samstag noch. Bevor er heimg'fahren is.«

Aha.

Das erklärte, wie das Kollektiv so schnell entstehen konnte. Allerdings erklärte es nicht, warum Ben das getan hatte. Ihm musste klar gewesen sein, dass der Gruber diese Information nicht für sich behalten würde. Oder war das gar Bens Absicht gewesen? Doch warum? Um mich bloßzustellen?

»I muss scho sagen, dass des ein feiner Zug von ihm war«, sprach der Gruber weiter. »Also, dass er mir des selber g'sagt hat. Er hätt ja auch einfach heimfahren können. Aber er wollt halt die Sache klarstellen.«

Ich gab einen uneinsichtigen Laut von mir, obwohl ich dem Gruber insgeheim recht geben musste. Ben hätte auch klammheimlich von der Bildfläche verschwinden können und vielleicht wäre seine wahre Identität dann auch ein Geheimnis geblieben. Stattdessen hatte er es dem Opa erzählt und dann auch noch dem Gruber.

»Weißt, Anna, jeder macht mal an Fehler …«

Eigentlich ganz süß, wie der Gruber sich um meinen Liebeskummer sorgte. Aber für die Herzensweisheiten des Metzgers war ich einfach noch nicht bereit. Außerdem merkte ich, dass die gesamte Aufmerksamkeit des voll besetzten Stammtischs uns galt, und das war mir dann doch ein wenig zu viel des Guten. Darum zuckte ich mit den Schultern, griff nach dem Tablett und antwortete lässig: »Ich ned!«

Erhobenen Hauptes stolzierte ich davon. Es gibt einfach Dinge, die man mit sich selbst klären muss. Meine Enttäuschung saß zu tief, als dass sie mit netten Worten aufgelöst werden konnte. Zudem hegte ich nun zusätzlich eine unbändige Wut. Und zwar auch auf mich selbst. Ich war wütend, weil ich trotz meiner Bedenken Ben Hager eine Chance eingeräumt hatte. Dass ich seinem Charme erlegen war. Und dass ich ihn, nachdem er mir den Dolch in den Rücken gestoßen hatte, immer noch liebte.

Ja, ich liebte Ben. Trotz allem.

Ein Teil von mir wünschte, dem wäre nicht so. Dann wäre es nämlich viel einfacher, ihn aus meinem Herzen zu verbannen. Leider hielt es nach wie vor an ihm fest und focht einen erbitterten Kampf gegen meinem Stolz, unter dem mein ganzer Brustkorb schmerzhaft vibrierte.

***

Am Mittwochvormittag hängte ich Wäsche im Garten auf. Als ich ein Handtuch ausschüttelte und über der Leine ausbreitete, musste ich unwillkürlich lächeln.

Bens Empörung über den Landluftduft kam mir in den Sinn. Ich konnte ihn in jeder Einzelheit sehen, wie er sich bedrohlich vor mir aufbaute, mit blitzenden Augen und eindrucksvoll geschwellter Brust.

Ich erinnerte mich, dass ich daraufhin ausgeflippt war. Geplagt von Zukunftsängsten und persönlichem Dilemma.

Dann sah ich unser Aufeinandertreffen in Lichtenöd vor meinem inneren Auge. Jetzt wurde mir klar, dass Ben natürlich nicht mit Draht und Schraubenzieher die Türen aufgebrochen hatte. Und mit einem Löffel erst recht nicht. Er hatte bestimmt die passenden Schlüssel dabeigehabt und sich nur als Pseudoeinbrecher ausgegeben.

»Anna?«, fragte der Opa von irgendwoher.

Ich schrak zusammen, als hätte er mich bei etwas Verbotenem erwischt, und strich hastig die Ränder des Handtuchs glatt. »Was gibt's?«

»Der Moritz is furt.«

»Ned, oder?« Seufzend drehte ich mich um. »Ich hab extra noch ein Zaunband unten rumgezogen. Des kann doch echt ned sei!«

»Wos woaß denn i …«, meinte der Opa schlicht dazu und ging davon.

Ohne Eile hängte ich die restliche Wäsche auf. Ich wollte nicht nach Lichtenöd gehen. Irgendwie hatte ich nämlich die Befürchtung, dass der Anblick des Gutshofs mich vollends von den Füßen fegen würde. Ich wollte ihn nicht sehen, wollte nicht die Stelle im hohen Gras des Innenhofs betrachten, wo Ben mich geküsst hatte. Wo ich ihm von meinem Herzenstraum erzählt hatte. Ihm, der dafür verantwortlich war, dass ich diesen Traum aufgeben musste. Unfassbar, dass er mir nicht spätestens in diesem Moment die Wahrheit gesagt hatte.

Ich fragte mich die ganze Zeit über, wie es mit uns weitergegangen wäre, hätte ich nicht an dem schlaflosen Morgen seinen Laptop gestartet. Wie lange hätte er seine Lüge noch aufrechterhalten?

Diese Gedanken begleiteten mich auf dem Weg zum Lichtenöder Hof hinauf. Der Himmel war wolkenverhangen, aber die Sonne gab alles daran, die Regenwolken zu vertreiben. Der Waldboden roch herrlich frisch nach Sommerregen. Die feuchte Erde unter meinen Füßen war nicht matschig. Sie fühlte sich irgendwie kuschelig an.

Trotzdem erfasste mich Unruhe, als ich hinaus auf die Wiese trat und das Herrenhaus erblickte. Die Sonne brach zwischen den Wolken hindurch und warf grelle Strahlen auf das verwitterte Dach. Wie ein Mahnmal leuchtete das imposante Gebäude auf.

Ich schluckte schwer und ging weiter. Moritz konnte ich nirgendwo entdecken.

Vermutlich graste er im Innenhof. Genau dort, wo ich nicht hinwollte.

Meine Schritte verlangsamten sich, je näher ich dem Gehöft kam. Ich musste mich zwingen, nicht einfach umzukehren. So lange war ich in diesen Ort vernarrt gewesen, und jetzt konnte ich seinen Anblick kaum ertragen.

Beherzt holte ich einmal tief Luft und schritt in den Innenhof.

Nach wenigen Metern hielt ich stirnrunzelnd an. Wie

erwartet, fand ich Moritz hier. Allerdings graste er nicht munter vor sich hin, sondern war mit einem Strick an eine Holztafel gebunden, die mitten im Hof auf einem Pflock befestigt war. Das Pony sah mir höchst gelangweilt und ein wenig anklagend entgegen.

Ratlos blickte ich mich um. Bis auf Moritz war niemand zugegen.

Was sollte das hier werden?

Moritz schnaubte entrüstet, darum eilte ich zu ihm, um ihn aus seiner Lage zu befreien. Ich löste den Strick von seinem Halfter. Sofort trottete er los und steckte die Nase ins Gras, während ich fassungslos las, was auf der Holztafel geschrieben stand:

Sonnenhof.

Mehr nicht.

Mein Herz überschlug sich. Ich musste nicht nach hinten blicken, um zu wissen, dass Ben in diesem Moment aus einem Stall trat und langsam auf mich zukam. Ich spürte seine Anwesenheit, als hätte mir jemand eine Ohrfeige verpasst. Mit einem Schlag erfassten mich so viele verschiedene Emotionen, dass ich kaum atmen konnte. Alles in mir schrie nach Flucht, und trotzdem war ich unfähig, mich auch nur einen Millimeter zu bewegen.

Ben blieb in kleinem Abstand hinter mir stehen. Es dauerte eine Ewigkeit, bis ich es schaffte, mich umzudrehen.

Er hielt die Hände hinter dem Rücken verborgen. Ein unsicheres Lächeln zuckte in seinen Mundwinkeln. Seine braunen Augen schimmerten. Sie wirkten scheu, eingeschüchtert und gleichzeitig voller Hoffnung. Unter ihnen lag der Hauch eines schmerzvollen Schattens.

Der Anblick verwirrte mich zutiefst.

»Bitte hör mir zu, Anna«, begann er leise. »Eigentlich gibt es keine Entschuldigung für das, was ich getan habe. Ich kann dir nicht erklären, was in mich gefahren war, weil ich es selbst nicht ganz verstehe. An den ersten Tagen war es mir schlichtweg egal, dich und alle anderen anzulügen. Als ich dich dann näher kennengelernt habe, fand ich nie den richtigen Zeitpunkt, dir die Wahrheit zu sagen. Vor allem, nachdem ich wusste, wie sehr du für Lichtenöd kämpfst. Im Endeffekt war ich einfach nur ein Feigling, denn je mehr Zeit wir miteinander verbracht haben, umso größer wurde meine Angst, dass du mich verstößt, wenn du es erfährst.«

Ich lauschte reglos. Er schüttelte über sich selbst den Kopf. »Dumm, nicht wahr? Je länger ich gewartet habe, umso schlimmer habe ich es gemacht. Bis ich überhaupt nicht mehr wusste, wie ich aus der Nummer wieder rauskomme. So richtig weiß ich das immer noch nicht. Ich weiß nur eins, und das mit absoluter Sicherheit – ich liebe dich, Anna. Ich kann und will nicht ohne dich sein. Nie wieder.«

Seine Worte raubten mir auch noch den Rest meines Verstandes. Lea hatte recht. Kein Schauspieler dieser Welt konnte imitieren, was in Bens Blick lag: die reinste Wahrheit.

Vollkommene Zuneigung strömte durch meine Adern. Sie spülte den Stolz hinfort, bis nur noch ein dumpfes Pochen der Enttäuschung übrig blieb. Genug, um mich nach wie vor zurückzuhalten.

»Vergib mir, Anna«, flehte Ben. »Vergib mir, dass ich dich angelogen habe. Ich habe einen riesigen Fehler gemacht. Den größten meines bisherigen Lebens.« In seinen Augen brannte ehrliche Reue, während er nach den nächsten Worten suchte. Verzweifelt biss er sich auf die Unterlippe und richtete den Blick bekümmert zu Boden. »Wenn du nicht zu mir zurückkommen willst, kann ich es verstehen. Ich hasse mich für das, was ich getan habe. Damit muss ich klarkommen. Aber ich kann nicht ertragen, dass du mich auch hasst.«

»Ich hasse dich nicht«, flüsterte ich. »Du hast mein Vertrauen gebrochen und mich schwer enttäuscht, aber ich habe dich nie gehasst.«

Das hatte ich wirklich nie. Keine Sekunde lang. Selbst meine Wut hatte sich viel mehr gegen mich selbst gerichtet.

Trotzdem war Vergebung ein großer Schritt. Ich war hin und her gerissen. Ich spürte sein tiefes Bedauern. Alles in mir sehnte sich nach Bens Nähe. Nach dem Platz, wo ich hingehörte.

»Ich weiß nicht, was ich tun soll«, hörte ich mich erschöpft sagen.

Ben schaute mich fest an. »Dafür weiß ich jetzt umso mehr, was *ich* zu tun habe. Was ich schon längst hätte tun sollen. Und zwar mein Vermögen nutzen, um diese Welt ein kleines Stückchen besser zu machen. Die Pläne für das Hotel sind bereits gestoppt und ein erstes Gespräch mit dem örtlichen Jugendamt wird nächste Woche stattfinden.«

Ich wollte etwas sagen, doch er unterbrach mich ernst. »Meine Entscheidung steht fest. Du bist nicht käuflich, und das weiß ich. Du lebst nicht für materielle Dinge, und genau das liebe ich an dir. Du magst mich auf die Idee gebracht haben, aber mein Vorhaben wird mit dir oder ohne dich umgesetzt werden. Wobei mir Ersteres natürlich tausend Mal lieber wäre, weil ich absolut keine Ahnung von Kinderheimen habe.«

Mit schiefem Grinsen holte er ein Blatt Papier hinter dem Rücken hervor und hielt es mir vor die Nase. Ich nahm es mit zittrigen Fingern und überflog angespannt die wenigen Zeilen.

Gesucht: Heimleitung für geplantes
Kinderheim mit Schwerpunkt alternativer
Traumabehandlung.

Profilanforderung: Master in Sozialwissenschaften, entsprechende Berufserfahrung und ein Herz, das am rechten Fleck schlägt.

»Vielleicht wäre das ja ein interessanter Job für dich«, meinte Ben vorsichtig, nachdem ich eine Weile schweigend das Papier angestarrt hatte. »Und ich schwöre dir – diese Stellenausschreibung hat absolut nichts mit uns zu tun. Ich bin professionell, ich möchte nur mit dir zusammenarbeiten. Also, ohne …« Er hüstelte verlegen. »Es wird einen Arbeitsvertrag geben und natürlich eine standesgemäße Vergütung. Wenn du möchtest, können wir das Arbeitsverhältnis auch befristen. Allerdings auf mindestens zwei Jahre, denn alleine die Planungs- und Bauphase wird vermutlich ein ganzes Jahr beanspruchen, und dabei hätte ich dich gern als Beratung …«

»Du hast bereits an alles gedacht, was?«, unterbrach ich ihn. »So wie immer.«

Ben knetete nervös die Finger. »Nein, nicht so wie immer. Denn du stellst einen unkalkulierbaren Faktor dar, weil ich absolut keine Ahnung habe, wie du darüber denkst.«

»Momentan bin ich ganz schön überfordert«, antwortete ich ehrlich. Ich fuhr mir seufzend mit einer Hand durch die Haare. »Ich weiß nicht, ob das gut gehen kann.«

»Doch, doch!«, erklärte er eilig. »Ich habe allerhand Kontakte, die das Projekt unterstützen werden. An Finanzierung mangelt es nicht und mit einem korrekten Arbeitsvertrag bist du auf der sicheren Seite. Du musst dich auch nicht sofort entscheiden.«

»Das meinte ich nicht.«

Er sah mich bestürzt an. »Du meinst uns beide?«

Ich nickte verhalten und biss mir auf die Unterlippe. Ben ließ die Schultern hängen und stand so zerbrechlich vor mir, dass es mich tief erschütterte.

»Niemand kann dir das versichern«, sagte er belegt. »Ich auch nicht. Ich kann dir nur versprechen, dass ich alles dafür tun würde, dich zurückzugewinnen. Ich kann dir auch versprechen, dass mir nichts anderes mehr wichtig ist, als dich glücklich zu sehen. Selbst wenn das mit sich brächte, dass sich unsere Wege hier und jetzt für immer trennen.«

Mein Puls raste. Der Mann, der stets das bekam, was er wollte, war dazu bereit, mich aufzugeben, sollte mich dies glücklich machen.

Doch wie sollte ich ohne Ben jemals wieder glücklich sein?

Die Erkenntnis, dass es unmöglich war, brach über mich herein wie eine tosende Welle. Sie schwappte über mich hinweg und wusch den Rest des Zweifels hinfort.

Das Papier glitt aus meinen bebenden Händen, als ich meinen Gefühlen nachgab und mit nur einem kleinen Schritt an den einzig wahren Ort zurückfand, in Bens Arme. Er empfing mich unendlich erleichtert, zog mich so fest an seine breite Brust, dass ich kaum atmen konnte. Ich schmeckte die letzten Spuren seiner Verzweiflung auf seinen Lippen und wie sie sich allmählich in Erlösung wandelte.

Vielleicht wurde mir das ganze Ausmaß meiner eigenen Verzweiflung auch erst in diesem Moment bewusst. Sosehr ich es zu ignorieren versucht hatte – ohne Ben war mein Leben trostlos und leer. Er hatte einen Platz darin eingenommen, von dem ich vorher gar nicht gewusst hatte, dass er frei war. Mit ihm war ich ganz.

Erleichtert lösten sich unsere Lippen, wir wiegten uns sanft in unserer Umarmung. Meine Stirn legte sich in seine Halsbeuge. Ich spürte seinen warmen Atem über meinen Nacken streicheln.

»Ich liebe dich«, hauchte Ben. »So sehr, dass es fast schon weh tut.«

Pures Glück vibrierte in jeder einzelnen meiner Zellen. Es prickelte so elektrisierend, dass ich glaubte, mich auflösen zu müssen.

»Ich liebe dich auch«, antwortete ich heiser. »Und ich weiß genau, was du meinst.«

Epilog

Fröstelnd zog ich den Reißverschluss meiner Jacke höher und rieb meine kalten Finger aneinander, bevor ich zur nächsten Seite der Unterlagen blätterte, die vor mir auf dem Tisch lagen. Die Frühlingssonne versprach mehr, als sie halten konnte, denn in Wirklichkeit hatte sie den Kampf gegen den Winter noch lange nicht gewonnen.

Der Lärm einer Kreissäge schallte herüber. Kurz darauf stapfte der Opa vorbei, mehrere Holzlatten geschultert. Er trug seine obligatorischen Latzhosen und darunter der Kälte wegen knallrote Wollunterwäsche, wie man durch das kreisrunde Loch hinten am Oberschenkel eindrucksvoll erkennen konnte.

Ich sah ihm kopfschüttelnd hinterher. Derzeit waren vier Baufirmen in Lichtenöd beschäftigt, und der alte Mann ließ sich trotzdem nicht davon abbringen, tatkräftig mitzumischen. Zum Leidwesen der Bauarbeiter, die ihm eigentlich nie etwas recht machen konnten.

Ich bemerkte einen weiteren Herrn in grauen Latzhosen, der ähnlich penetrant im Baugeschehen mitwirkte. Gerade war er in eine hitzige Diskussion mit dem Architekten verstrickt, der sich am Rande der Verzweiflung den Kopf kratzte. Allmählich würde es mich nicht wundern, wenn der arme Kerl einen Nervenzusammenbruch erlitt.

Der Architekt wurde mit einem eindrucksvollen Fingerzeig ins Haus geschickt und ich sah den Herrn in den Latzhosen tief durchatmen.

Ben schob einen Hosenträger zurecht, der ihm über die Schulter gerutscht war. Er fuhr sich mit den Fingern durchs Haar und schaute unvermittelt zu mir, als bemerkte er, dass ich ihn beobachtete. Sofort verschwand die gnadenlose Aura des Big Boss und ein Lächeln stahl sich auf seine Lippen.

Er kam zu mir und setzte sich mit an die Biertischgarnitur, die ich vor meinem zukünftigen Büro aufgestellt hatte.

Mit übertriebenem Seufzen sah er mich anklagend an. »Die Auflagen des Denkmalschutzes treiben mich noch in den Wahnsinn!«

»Du treibst wohl eher den Architekten in den Wahnsinn«, korrigierte ich.

»Dann soll er machen, was ich ihm sage.«

Ich musterte Ben amüsiert. »Er hat sich an die Auflagen zu halten, und das weißt du ganz genau. Meiner Meinung nach macht er eine tolle Arbeit und die Denkmalbehörde hat sich schon auf einige Kompromisse eingelassen. Allmählich musst du dich damit abfinden, dass du nicht immer deinen Willen durchsetzen kannst.«

»Muss ich das wirklich?« Seine Augen blitzten schelmisch. Er legte mir einen Arm um die Hüfte und zog mich zu sich heran. Dann flüsterte er mir ins Ohr: »Verrat es keinem, aber es gibt auf dieser Welt nur eine einzige Person, der ich es erlaube, sich meinem Willen zu widersetzen.«

Sein Atem kitzelte betörend meinen Hals. »Du erlaubst es ihr? So, so …«

»Okay, du hast mich durchschaut. Es ist vielmehr so, dass diese Person mich ganz und gar unter Kontrolle hat.«

»Wow. Das muss aber eine sehr eindrucksvolle Persönlichkeit sein.«

»Das ist sie.« Er biss zärtlich in mein Ohrläppchen, und ich fiel beinahe rückwärts von der Bank. »Sie hat mich komplett in ihren Händen. Und das, obwohl ich offiziell ihr Boss bin.«

»Klingt nach einem komplizierten Arbeitsverhältnis.«

Er ließ von meinem Ohr ab und beugte sich ein wenig vor, um mir in die Augen sehen zu können. »Ehrlich gesagt, es ist perfekt. Sie ist verlässlich und engagiert. Zudem beschwert sie sich nie darüber, dass sie völlig unterbezahlt ist. Und sie ist eine regelrechte Granate in der Kiste.«

Ich gab mich entsetzt. »Sie schläft mit ihrem Chef? Wie schändlich!«

»Schändlich ist wohl die richtige Bezeichnung für das, was sie gestern abe… Autsch!« Er rieb sich schmollend über den Oberarm, wo ich ihn gezwickt hatte.

»Was du mit deiner Angestellten so treibst, will ich gar nicht wissen!«, schalt ich empört. Ich konnte mir ein Grinsen aber nicht ganz verkneifen. Grübelnd neigte ich den Kopf. »Obwohl ich fast ein wenig neidisch bin.«

Bens Mundwinkel zuckten. »Heute Abend habe ich noch nichts vor …« Er schenkte mir sein altbekanntes Schmunzeln, das meine untere Bauchregion unwillkürlich in Wallung versetzte.

»Da kann ich leider nichts versprechen«, erwiderte ich lässig. »Ich habe einen ganzen Berg an Bewerbungen hier liegen, die ich mir ansehen muss.«

»Vielleicht kann ich dich ja hiermit überreden«, sagte er mit rauer Stimme, legte seine Hände auf meine Wangen und hauchte mir einen Kuss auf die Lippen, der mich abermals aus dem Gleichgewicht brachte.

Doch Ben hielt mich fest. Zärtlich, aber bestimmt.

So, wie er mein Herz festhielt.

9096270R00153

Printed in Germany
by Amazon Distribution
GmbH, Leipzig